彰化學 049

賴和文學論(上)
民間‧古典文學論述

施懿琳‧蔡美端◎編著

晨星出版

學叢書，以累積半線人文資源。原先預計每年十二冊，五年六十冊（2007～2011），不過由於若干因素與我個人屆齡退休（2011），不得不延後，而修改為十年，目前已出版四十餘冊，預計兩年後完成。這裡列舉一些「發現」供大家分享：

（一）民間文學系列：《人間典範全興總裁》，由口述歷史與諺語梭織吳聰其先生從飼牛囝仔到大企業家的心路歷程，為人間典範塑像；《陳再得的臺灣歌仔》守住歌仔先珍貴的地方傳說，平添民間文學史頁；《臺灣童謠園丁——施福珍囝仔歌研究》，揭開囝仔歌的奧祕，讓兒童透過囝仔歌認識鄉土、學習諺語、陶冶性情。而鹿港民間文學的活化石——黃金隆的口述歷史，是我們還在進行中的計畫。

（二）古典文學系列：《臺灣古典詩家洪棄生》、《陳肇興及其陶村詩稿》、《臺灣末代傳統文人——施文炳詩文集》三書充分說明彰化的文風傳統，與古典文學的精采。加上賴和的漢詩研究……，將可使這一系列更為充實。

（三）現代文學系列：《王白淵·荊棘之道》、翁鬧《有港口的街市》、《錦連的年代——錦連新詩研究》、《生命之詩——林亨泰中日文詩集》、《給小數點臺灣——曹開數學詩》、《親近彰化文學作家》……，涵蓋先行、中生與新生三代，自清代、日治迄今，菁英輩出，小說、新詩、散文等傑作，琳瑯滿目，證明了在人文彰化沃土上果實纍纍。值得一提的是，翁鬧長篇小說的出土為臺灣文學史補上一頁；而曹開數學詩綻放於白色煉獄，與跨越兩代語言的詩人林亨泰，處處反映磺溪一脈相傳的抗議精神。

（四）《南管音樂》、《北管音樂》、《彰化縣曲館與武館I～V》、《彰化書院與科舉》、《維繫傳統文化命脈——員林興賢書院與吟社》、《鹿港丁家大宅》與《鹿港意樓——

慶昌行家族史研究》，前三種解析戲曲彰化這一符碼，尤其是林美容教授開出區域專題普查研究，爲彰化留下珍貴的文獻資料。書院爲一地文風所繫，關係彰化文化命脈，古樸建築依然飄溢書香；而丁家大宅、意樓則是鹿港風華的見證，也是先民營造智慧的展示。即將出版的賴志彰傳統民居、李乾朗傳統建築、陳仕賢的寺廟與李奕興的彩繪，必能全面的呈現老彰化的容顏。

　　這套叢書的誕生，從無到有，歷經十年，眞是不尋常，也不可思議，它是一項艱辛又浩大的文化工程，也是地方學的範例，更是臺灣學嶄新的里程碑。非常感謝彰化師大與臺文所的協助，全興、頂新、帝寶等文教基金會的支持；專業出版社晨星，在編輯、美編上，爲叢書塑造風格；書法名家也是彰化人杜忠誥教授，親自以篆書題寫「彰化學」，爲叢書增添不少光彩，在此一併感謝。

　　叢書的面世，正是夢想兌現的時刻，謹以這套書獻給彰化鄉親，以及我們愛戀的臺灣，這是康原與我的共同心願。

· 林明德（1946～），臺灣高雄市人。國立政治大學中文博士。曾任國立彰化師範大學國文學系教授兼副校長。投入民俗藝術研究三十年，致力挖掘族群人文，整合民俗藝術，強調民俗是一切藝術的土壤。著有《臺澎金馬地區區聯調查研究》（1994）、《文學典範的反思》（1996）、《彰化縣飲食文化》（2002）、《阮註定是搬戲的命》（2003）、《臺中飲食風華》（2006）、《斟酌雅俗》（2009）、《俗之美》（2010）、《戲海女神龍》（2011）、《小西園偶戲藝術》（2012）、《粧佛藝師—施至輝生命史及其作品圖錄》（2012）、《剪紙藝術師—李煥章》（2013）等。

【編者序】

冀望承先啓後的賴和文學論述彙編

施懿琳

　　賴和（1894～1943）是臺灣文學史上最具影響力的作家。後人以「臺灣新文學之父」、「臺灣的魯迅」……種種稱號推崇他，與他同時代的文人陳虛谷對賴和的漢詩大為肯定，有詩云：「平生慣作性靈詩，珠玉連篇不費思。藝苑但聞誇小說，世間畢竟少真知。」而賴和的自我期許則是：「要向民間親走去，街頭日作走方醫。」由上述可見，賴和是一位仁醫，他走向民間、親近群眾，他也嫻熟漢詩，更為臺灣文學開創新局面。因此，這一套研究論文集，主要集中於賴和創作的三個面向：民間文學、古典文學以及新文學。

　　賴和的相關論述始於戰後初期，楊守愚、楊雲萍、吳新榮等皆著重於其抗議精神的闡發，並藉以強調臺灣的主體性。然而，隨著一九五〇、一九六〇年代的白色恐怖，臺灣作家被迫噤聲、失語，臺灣文學史的研究也幾近空白。一直要到一九七〇年代晚期鄉土文學論戰促使本土意識抬頭，在臺灣文學史上扮演重要角色的賴和才再度受到矚目。然而，這樣的「再現」卻是以陌生的臉孔，從空白中顯影出這位曾經以熱血澆溉臺灣文學花園的園丁之面貌。梁景峰的〈賴和是誰？〉（1976）敲醒了臺灣人的蒙昧；林載爵的〈忍看蒼生含辱：賴和先生的文學〉（1978）首度以細膩的視角，鋪陳賴和的文學肌理；進入

一九八〇年代的前夕，李南衡、梁景峰等人編纂《賴和先生全集》（1979）蒐集了為數不少的資料，開啓往後賴和研究的新紀元。

一九八五年成大歷史系的林瑞明發表〈賴和與臺灣新文學運動〉，以厚實的史料、雄辯的聲腔，為賴和與臺灣新文學運動的關係做了深刻的闡發；其後將近十年，林瑞明持續鑽研賴和文獻史料，陸續撰寫成篇，一九九三年出版《臺灣文學與時代精神：賴和研究論集》，成為賴和研究的標竿，賴和在臺灣文學史上所具有的重要性逐漸浮現。一九九四年清華大學舉辦「賴和及其同時代作家：日據時期臺灣文學國際會」，進一步帶動研究賴和及日治臺灣文學的風潮；其後，賴和家屬全力提供賴和的手稿、刊稿，進而於二〇〇〇年由林瑞明主編，前衛出版《賴和全集》等資料的齊備，讓賴和研究更迅速地往前推進。

從一九九〇年代至今，有關賴和的相關論述相當豐富多元。一九九四年賴和紀念館編《賴和研究資料彙編》（彰化：彰化縣立文化中心）上下兩冊，為賴和研究做了全面的回顧；二〇〇〇年《賴和全集‧評論卷》（臺北：前衛）林瑞明選編了十篇具代表性的賴和研究論著；二〇一一年國立臺灣文學館推出《臺灣現當代作家研究資料彙編》，編號 01 即是繼林瑞明之後，對賴和投入最多心力的學者陳建忠主編的《賴和》。臺灣文學館藉由編輯排序作為表徵，突顯賴和在臺灣現當代文學的首要地位（NO.1）。陳建忠以細膩紮實的功夫，為賴和及其文學研究做評述，並詳列了研究評論資料目錄，選刊從日治時期到當今與賴和有關的重要評論文章，如此鉅細靡遺的編纂，後出者還有什麼可發揮的空間？甚至，可以追問的是，筆者所編的《賴和文學論》在二〇一六年編輯出版，有什麼意義

和價值？這裡能提出的有兩點理由：第一、賴和作爲臺灣最重要的作家，不能在林明德教授主編的「彰化學叢書」裡缺席。二〇〇七年起，當時擔任彰化師大副校長的林明德教授爲了系統性地開拓彰化學各面向，以產學合作的方式出版《彰化學叢書》，本編即屬此系列作品之一；第二、從二〇一一至二〇一六年，賴和研究仍持續推展，或許可以在陳建忠主編的賴和研究資料彙編之後，再增補些微論著。就是在這樣的心情下，筆者接受林明德教授的委託，以誠惶誠恐的心情進行賴和研究論述的篩選和編纂。

這套論著共分上下兩冊，分屬彰化學叢書的四十九、五〇冊。由於賴和研究資料已經過多次彙編，因此，將收錄的時間點做了限縮：以林瑞明教授開始發表賴和相關論述爲起點（1985），而以二〇一四年十二月明道大學所舉行的「賴和先生一二〇歲冥誕學術研討會」發表的論文爲終點。而後依論文性質分爲上下兩冊，上冊收錄三篇與賴和民間文學理念相關的論文、六篇與古典文學研究相關的論文，共九篇。下冊以新文學論述爲主，同樣選了九篇論文。目次如下：

彰化學

賴和新文學相關論述：

一、林瑞明〈賴和與臺灣新文學運動〉

二、林明德〈賴和新文學涵攝的民俗元素〉

三、陳建忠〈先知的獨白——賴和散文論〉

四、游勝冠〈我生不幸為俘囚，豈關種族他人優——由歷史的差異性看賴和不同於魯迅的啟蒙立場〉

五、楊翠〈介入‧自省‧自嘲——論賴和與楊逵小說中的知識分子形象〉

六、李育霖〈翻譯作為逾越與抵抗——論賴和小說的語言風格〉

七、解昆樺〈雛構新詩文體語言——賴和新詩手稿中的意象經營與修辭意識〉

八、陳建忠〈一個接受史的視角——賴和研究綜述〉

九、下村作次郎〈日本人印象中的臺灣作家賴和——從戰前臺灣文學之歷史性記述中思考起〉

本論文集盡量考慮到與賴和相關的各種文類之選錄，以及研究者的世代，以及論文寫作的時間。所選論文，與陳建忠二〇一一選編《賴和》（以下簡稱「臺文館本」）重複者有：陳萬益〈從民間來‧到民間去——賴和的文學立場〉、游勝冠〈我生不幸為俘囚，豈關種族他人優——由歷史的差異性看賴和不同於魯迅的啟蒙立場〉、陳建忠〈先知的獨白〉、李育霖〈翻譯作為逾越與抵抗——論賴和小說的語言風格〉等。這是選本所難免，具代表性的論著，一定會在不同階段的選本裡重複出現，其經典性或許也就因此而建立。

至於，本選本和「臺文館本」不同之處，主要有以下幾點：

一、林瑞明早期有關賴和的研究論文，陳建忠選的是〈賴和與臺灣文化協會〉，筆者認為林瑞明的〈賴和與臺灣新文學運動〉乃賴和深化研究的起始，雖然許多觀念或說法，後來林瑞明都作了修訂與調整，畢竟此文具有指標性的意義，帶動了往後更多賴和相關研究，因此決定選刊之。

二、「臺文館本」因為以「近當代文學」為範圍，未能納進賴和古典文學的相關研究，本編所選林瑞明、施懿琳、廖振富等六篇論文，當可彌補這個不足。

三、「臺文館本」出版於二〇一一年，其後在二〇一四年紀念賴和一二〇歲冥誕的研討會裡，又有多篇精彩的論著。本編選錄了林明德、楊翠、周益忠之作，皆是這一次研討會的論著。

最後要特別說明的是，感謝日本天理大學下村作次郎教授的熱心提供，這次選本得以收錄國外重量級學者的論文〈日本人印象中的臺灣作家賴和——從戰前臺灣文學之歷史性記述中思考起〉。由於內容非常豐富，在篇幅的考量下，只好將「附錄資料」做了刪減（只標示篇目，未呈現內文），請讀者諸君將閱讀的重點放在作者觀點之敘述，若有意進一步詳讀，請依本書附錄「論文出處說明」，按圖索驥。

作為彰化子弟，筆者在前輩林明德教授的熱心號召下，嘗試和崑山科大的蔡美端老師共同選編這兩冊彰化地區重要的作家賴和之研究論文集，由於才學所限，必然有許多誤失和不足，敬請博雅君子，不吝指正。

二〇一六年十月於鹿港

【目錄】 contents

賴和先生及李獻璋先生等民間文學觀念及工作之探討

胡萬川

一

　　賴和先生被尊稱爲「臺灣新文學之父」，絕不只是一些友人或藝文晚輩的偏愛之辭。在日治時期，他執意用漢文寫作，不論小說、新詩，都能卓然有成。而對文壇後進的愛護扶持，更是不遺餘力。臺灣新文學是在他的影響下，而有了更爲可觀的成績。稱他爲臺灣的新文學之父，是恰當不過的。

　　然而他在文學上的成就，及對臺灣藝文界的影響，其實不僅限於新文學。他在舊詩方面的造詣及成果，已得學界公認、推崇。[1]對於「民間文學」——這個爲傳統士大夫所不屑，至今仍不爲臺灣文學學術界所知、所重的東西——他更早已有特殊的關懷與投入，並在後來促成《臺灣民間文學集》的出版，爲臺灣的民間文學留下可貴的紀錄。

　　賴和先生其他方面的成就，歷來論者已多；但在民間文學方面，他的觀念、工作以及影響，討論的人仍然較少，本文即嘗試從這方面談起，接著再論李獻璋所編，但和賴和也頗有淵源的《臺灣民間文學集》。希望能藉著這一討論，進一步談談

1　林瑞明先生已經編出《賴和漢詩初編》（彰化：縣立文化中心，1994.6）。

民間文學的採集和整理等問題。

　　早在六、七十年前，賴和先生和他的一些朋友，就已有
必須趕緊整理臺灣民間文學，否則就將後悔不及的呼籲。但是
由於政治時空的錯謬，直到今天，臺灣民間文學的採集整理工
作，整體來說仍沒有比六十年前走出多遠的路。本文寫作的目
的，既在緬懷先哲，紀念賴和先生百年，更在藉以策勵現在，
希望臺灣地區科學性的民間文學採集、整理工作，能儘快全面
性地展開。

二

　　關於臺灣民間文學採集整理的歷史，日治時期部分，
一九三六年李獻璋先生在所編《臺灣民間文學集》（以下簡稱
《臺文集》）的序中即有大略的說明。由於該書的重點只在
閩南話（或稱福佬話）部分，因此所論自然也就限定在該年以
前的福佬族群民間文學。一九六三年婁子匡、朱介凡先生合
編的《五十年來的中國俗文學》一書，也有部分章節專談日
治時期至一九六〇年代臺灣地區民間文學的採集、整理概況。
該書所談範圍已擴大到原住民部分，時代下限自然也更長。[2]
一九九三年筆者也有一文，對臺灣地區民間文學工作的過去，
做一大略的回顧。[3]

　　從歷史的反顧當中，我們發覺臺灣的民間文學從日治時期
以迄於今，始終未曾受到應有重視，因此除了原住民部分，曾

2　婁子匡、朱介凡，《五十年來的中國俗文學》，（臺北：正中書局，1987）其
　　中的〈傳說〉、〈故事〉、〈笑話〉、〈歌謠〉等部分，都分別敘述日治時期
　　以來臺灣地區的整理出版情形。
3　胡萬川，〈臺灣民間文學的過去與現在〉，收錄於氏著《民間文學的理論與實
　　際》，（臺北：里仁書局，2010.10）。

因爲民俗人類學家基於學術的需要，而有過較爲科學性的採集紀錄以外，[4]其他如漢族的閩南、客家部分，基礎的工作都很欠缺。在這當中《臺文集》雖然已是將近六十年前舊物，比較之下仍然是較好的一個成果。該書書前除編者自序外，並有賴和先生的序。

第一部由臺灣人主編出版，內容較爲周全的臺灣民間文學的總集，會想到請賴和先生作序，大概不只因爲他當時已是卓然有成，提攜後進不遺餘力的文壇前輩（其實他當時的年紀也不很大），更應當由於他一向對民間文學的正確認識、關懷與投入。

賴和先生在《臺文集》的序中提到：

> 從前，我雖然也曾抱過這種野心，想到這荒蕪的民間文學園地去當個拓荒者，無如業務上直不容我有這樣功夫，直到現在，想來猶有遺憾。

這些話並不是因爲見到他人已有成果之後提出的「事後先見」，而是眞有所感的肺腑之言。

在此之前，賴和先生雖然並沒有在民間文學方面提出過什麼特別的宣言，或寫過什麼專論，但從他在其他相關論述所提示的觀念，我們卻可以看到他對民間文學的深刻認識和關懷。

一九二六年一月他在〈談臺日紙的新舊文學之比較〉一文中說：

4　原住民的部分雖然因人類學者的研究而有過較爲科學性的採集紀錄，但由於學者們基於研究的工作需要，他們的採錄總是較有選擇性，記錄最多的通常是神話與傳說一類，其他如歌謠、謎語、諺語等需要更進一步工作的地方仍然不少。例如鄒族青年學者浦忠勇最近編著完成的《臺灣鄒族民間歌謠》（臺中：臺中縣立文化中心，1993.6），做比較，就可以看出以前的人所收錄的不完全，甚且錯誤之處很多。

　　苦力也是人，也有靈感，他們的吶喊，不一定比較
詩人們的呻吟，就沒有價值。[5]

　　這「苦力的吶喊」所指的雖然不一定就是民間文學，但由
於對勞苦大眾的關懷同情，使他特別能聽到下層民眾的心聲，
而這些心聲、吶喊常常就是民間文學的催化劑。在有些時候，
這些心聲與吶喊，就是民間文學。

　　一九二六年三月在〈謹復某老先生〉一文中，他由苦力的
吶喊提到了乞丐的走唱：

　　　　老先生，苦力的姦你娘，雖很隨便，不客氣，原不
　　　過是他們的吶喊，他們受到鞭撲的哀鳴，痛苦飢餓的哭
　　　聲，在聽慣姦你娘的耳朵裡，亦無有感覺，卻難怪老先生
　　　耳重……若以眾人所不懂為艱深，一字有來歷為刻苦，那
　　　也不見得有什麼價值；像老嫗能解的詩文、乞丐走唱的詞
　　　曲，就說沒有文學價值，也只自見其固陋而已。[6]

　　「老嫗能解的詩文」不一定就是民間文學，「乞丐走唱的
詞曲」，卻是道地的民間文學無疑。以乞食人的走唱和文人作
品同樣有其文學價值的觀點，即使移置當今的臺灣，都還是相
當獨特的見解，更何況文壇風氣還頗為保守的七十年前。而賴
和先生之所以會有這樣一個見地，主要原因大概來自如下者：
其一，能夠傾聽勞苦大眾心聲的人道精神；其二，對民間文學
重要性有充分認識的文學觀。

5　李南衡，《日據下臺灣新文學・賴和先生全集》（臺北：明潭，1979.3），頁
　　210。
6　同前註，頁213。

他對於民間文學重要性的理解，首先當然是反映了日本、臺灣以及大陸在一九二○、一九三○年代之間文學、學術界大背景的影響，但是，他以勞苦大眾之心爲心的人道精神，大概更是驅策他能夠真正傾聽乞食人聲曲的動力。民間文學對他來說是活的民間曲調聲歌，所以只要得空，他就去親聆丐者的說唱。[7]這些乞食人的歌謠，對他來說不只是下層民眾自娛娛人的東西而已，而是應當加以整理保存的作品。他曾經在百忙之中特別找了空檔，把走唱的丐者請到家中說唱，他邊聽邊記錄。可惜的是那些他親手筆錄的東西，今已不可得見。[8]

由於有這樣的觀點，漸漸地就會導引出更爲明白有力的宣示。一九三○年十月他發表〈開頭我們要明瞭地聲明著〉一文，就有著如下的說法：

> 新文學的藝術價值因其有著普遍性愈見得偉大，亦愈要著精神和熱血。所以敢說有思想的俚謠、有意態的四季春、有情思的採茶歌，其文學價值不在典雅深雋的詩歌之下。[9]

這裡除了更進一步肯定俚謠、四季春、採茶歌等民間文

---

7 呂興忠的〈從賴和到洪醒夫──談臺灣新文學的原鄉〉提到他於 1992 年訪問賴和長子賴燊，賴燊說：賴和常於民俗節日，招請乞丐來家飲酒唱歌，並是中山國小附近乞丐寮的常客。該文收於賴和紀念館編：《賴和研究資料彙編》（彰化：彰化縣立文化中心，1994.6）。

8 筆者以前就聽賴和次子賴浻說過，他曾聽家中的長輩親朋談起，賴和曾經邀請乞丐「青瞑珠仔」來家說唱〈黑旗反〉或〈黑旗企反〉，由於當時沒有錄音機，他就邊聽邊記。但是這些紀錄後來不知失落何處。筆者於 1994 年 10 月 24 日又和賴浻先生通電話，確認所說。

9 同註 5，頁 356。但在《賴和先生全集》中註明該文「創作日期不詳，可能是最早期的作品，即臺灣新舊文學論戰初期，1924 年前後」是錯誤的，根據林瑞明，《臺灣文學與時代精神──賴和研究論集》（臺北：允晨文化公司，1993.8），頁 76-78 所附之賴和寫作年表，賴和該文是發表於 1930 年 10 月的《現代生活》創刊號。

彰化學

學的價值外，更宣示了這一類中「有思想」、「有意態」、「有情思」的作品，也應當是新文學的一環。在舊文學勢力仍大行其道，舊式文人正藉著舊式詩文與統治當局相互勾搭呼應的時代，這樣的一個宣示，有藉著重新肯定庶民文化，向民間尋求新生氣息，以擺脫傳統文學困境，並標幟出文為民用，非為官用的思考方向。其中蘊含的既是對過去的反省，同時也是一種新的認知。相對於舊而保守的文學觀來說，這種宣示更代表了一種文學觀念的擴大。在這種信念之下，他寫了〈新樂府〉、〈農民謠〉、〈相思歌〉、〈呆囝仔〉等民間歌謠體的作品。[10]

同時也就在這一時期，和朋友相互討論之後，他提出了應當及早整理民間文學的呼籲：

> 講要把民間故事和民謠整理一番，這是很有意義的工作，我是大贊成。若不早日著手，怕再幾年，較有年歲的人死盡了，就無從調查。現時一般小孩子所唱的豈不多是日本童謠嗎？想著了還是早想方法才是。[11]

就是在賴和先生等有識之士的提倡呼籲下，臺灣文人自己的民間文學採集、整理工作，漸漸地有了積極的開展。[12] 不久之後，便有了《第一線》雜誌的「臺灣民間故事」特輯的出

10　〈新樂府〉發表於 1930 年 12 月。〈農民謠〉發表於 1931 年 1 月。〈相思歌〉發表於 1932 年 1 月。〈呆囝仔〉發表於 1935 年 2 月。
11　李南衡，《日據下臺灣新文學・文獻資料選集》（臺北：明潭，1979.3），頁295。
12　這並不是說在此之前沒有臺灣民間文學的採集，而是說從此之後臺灣的文人有了更自覺而積極的工作。李獻璋於《臺灣民間文學集》序中，在關於早期的採錄介紹之後說：「直到六年新正（1931 年）新民報社醒民氏方才意識的出為提倡歌謠的整理，後得懶雲氏（即賴和）的贊同與全島同好者的支持，就在該報解放紙面，廣向各處讀者徵募。」

刊。《第一線》該期爲一九三五年一月一日發行，卷頭有黃得時先生題寫於一九三四年十一月的〈民間文學的認識〉一文。

後來黃得時先生在〈臺灣新文學運動概觀〉一文中，提到了《第一線》和《臺文集》的關係，他說：「後來李獻璋編著《臺灣民間文學集》（民國二十五年六月三十日發行），是受該誌特輯的刺激和上記幾位採集者的幫助而完成的。」[13]

《臺文集》的出版，當然主要是編輯者（也是主要的採集整理者）李獻璋的功勞，但是一如黃得時先生所言，該書（尤其是民間故事部分），同時也是許多人共同努力的結果。也就因爲如此，該書在日治時期的文藝界，便更有其標竿性的意義。

三

文人學士們對民間文學有興趣，進而關懷呼籲或直接從事採集、整理，其中可資探索的意義頗多，就採錄者的身分來說，就大概可分出如下不同的態度和目的：如果是來自外地或外族的採錄者，他們最可能的目的是爲學術研究收集資料，當然也有可能只是因爲好奇而採錄。[14] 而如果採集調查者和被調查者分屬不同民族，又是統治者和被統治者的對立關係，則這種採集工作，其目的除上述外，便往往更會有統治者的政治考量。譬如日治時期，日本學者對臺灣各地各族的民俗調查（包括民間文學的採集），就是這樣的態度和目的：采風是爲了解那被統治的異族，爲了能儘快有效地治理。

---

13 黃得時，〈臺灣新文學運動概觀〉，收於註 11 李南衡所編書，頁 311。
14 如清初黃叔璥收集平埔族歌謠，大概是屬於好奇一類。黃氏所集見《臺海使槎錄》。而據李獻璋的《臺灣民間文學集》序所言，大正時期日人平澤丁東因愛臺灣的「異國情調」而採集歌謠，亦是此一動機。

　　如果是本土本族的文化人熱心投入民間文學，表現出來的意義當然會有所不同，有時甚至會相當不同。

　　民間文學原是庶民百姓口口相傳的東西，代表的是民間的語言和文化（有的人更認爲代表的就是農村生活和農村文化，[15]筆者不願做此狹窄的定義），因此本土的文人學士重視本土的民族文學，並從事採集、研究等等，就至少代表了他們對本土語言和文化的關懷。而且這種關懷通常不會只是因爲復古念舊，或是回憶農村生活的浪漫想望。特別是在本土本族面對異族侵略或統治的時候，這種民間文化、民間文學的關注，往往是有心之士藉以追本溯源、肯定自身傳統、標幟我族特色的一種工作。十九世紀初，遭受拿破崙侵略壓迫的德國有識之士，收集民歌民謠時的工作指標就是如此。[16]十九世紀後半期，在英國統治下的愛爾蘭，一批文人熱心地從事民間文化傳承研究，因爲他們「確信從這裡的語言、民歌和風俗習慣中可以找到愛爾蘭的民族精神。」[17]瑞典統治時期的芬蘭，一些有心的知識分子，正是藉著研究芬蘭史詩、歌謠及語言傳承，來當作芬蘭文化運動的主要內容，突顯芬蘭的民族精神。[18]

　　日治時期賴和、李獻璋等關心、投注於臺灣民間文學的工作，雖然表面上看似乎沒有明顯標舉出民族文化傳承的大旗，然而骨子裡的精神，卻正是如此。如賴和先生之所以大聲疾呼要趕緊採集臺灣的民間文學，除了有其文學與社會方面的體認

15　洪長泰著，董曉萍譯，《到民間去——1918～1937年的中國知識分子與民間文學運動》（上海：上海文藝，1993.7），頁17引述，謂19世紀的歐洲，民間文學或多或少就是指農村文化。

16　Giuseppe Cocchiara, *The History of Folklore in Europe*, trans. by John N. Mc Daniel,（Philadelphia: Institnte for the Study of Haman Issues, 1981），pp. 202-204.

17　同註15，頁28。

18　同註15，並參看張紫晨，〈關於芬蘭學者卡爾·庫隆的《民俗學方法論》〉一文，收於張紫晨選編，《民俗調查與研究》（河北：河北人民，1988.10），頁671及William A. Wilson, *Folklore and Nationalism in Modern Finland*（Bloomington: Indiana Univ. Press, 1976）。

彰化學

外，另一層面原因就在前已引述的話中：「較有年歲的人死盡了，就無從調查。現時一般小孩子所唱的豈不多是日本童謠嗎？」這就是害怕時日一久，臺灣的小孩除了會唱日本歌謠之外，不再懂得臺灣的曲調。他對於臺灣民間文學的重視，從這一個方面來說，正表現了力圖保存我族本色的一個深遠用心。黃得時先生所以稱臺灣歌謠爲「民族之詩」所指意思亦是如此。[19]

當然對賴和先生個人來說，投注於臺灣民間文學的關懷，除了上述種種原因之外，能更多方面表現他一貫與庶民同心、弱者同情的文學層面，大概也是動力之一。以《臺文集》來說，他除了寫序之外，更特別根據彰化傳說，爲本集寫了〈善訟的人的故事〉。這篇故事，其實是藉古諷今，對官府惡霸提出控訴的作品，內容和〈一桿稱仔〉等小說雖有古今之別，但以爲弱者控訴不義爲主題，卻是一貫的。

四

由於民間文學是民間語言、文化的重要載體，所以過去才會有人在他們民族的某種危機時期，強調民間文學採集、整理的重要性，因爲他們要藉此來標幟本族的文化特色，以強化民族意識。但是，這無疑是帶著相當感情作用的，如果放下這層感性的外衣，我們又應當如何來認識民間文學的重要性，以及有關採集、整理的種種問題？

如前所述，《臺文集》是一部日治時期最具代表性的、由臺灣人所編輯的民間文學集，也是本文討論的重點之一，因此

19　同註 13，頁 294。

有關民間文學的理解，及相關的採集、整理等問題，還是要從賴和以及《臺文集》說起。

賴和先生對民間文學的認識除了見於上述所引的資料外，更重要的應當是他為《臺文集》寫的序。從這篇序中，我們可以看到賴和對於民間文學價值的認識是很周延的，他說：

> 每一篇或一首故事和歌謠，都能表現當時的民情、風俗、政治、制度；也都能表示著當時民眾的真實底思想和感情，所以無論從民俗學、文學，甚至於從語言上看起來，都具有保存的價值。

這就是學術界後來一般所說的：民間文學的價值可分文學的和學術的兩方面。所謂的學術方面指的就是賴和先生所說的民間文學可以提供「民情、風俗、政治、制度、語言」等方面的研究資料。而文學方面，則歌謠、故事等本身既是「文學」，自然具有文學方面的種種價值。

民間文學的文學與學術兩方面的意義是互相依存的，若兩方面的功能要有較好的發揮，都必須以較為全面而且客觀科學的採集、整理為基礎。

採集成果的最終呈現，必須經過整理的過程。因此，如何客觀地呈現這些成果，最主要的就要看如何整理。

民間文學的「整理」是一個頗為複雜的課題，有的人是把「改寫」也當作整理範圍內的工作，但筆者並不認為如此。因為改寫是經過了改寫者視各種不同需要（如讀者對象的認定，是為小學生寫的，或一般讀者寫等等）而做的工作，故有時會

離開原講述或流傳的面目頗遠。[20]因此改寫後的作品，雖然可能很有文學的意趣或價值，但是要做為當地語言或民情風俗的學術資料，卻已不大妥當，或者說是不甚可靠。

另外，就故事類來說，民間文學的講述通常有它常見的一些敘述模式，[21]改寫的工作如果背離這些基本的原則模式太多，我們甚至只能把這些作品當作改寫者的「作家作品」，有如「故事新編」一類，而不是民間文學。

大概地說，民間文學的整理有如下幾個步驟：首先是依採錄所得，照講述的原語做出完整紀錄，如果是沒有文字的民族亦須儘量用其他音標做原音紀錄。而由於原來的講述，可能會斷續不一、語氣不順、次序偶爾倒置錯亂等等，這些現象尤其在故事類更為常見。因此接下來的工作便是根據一般民間故事的講述模式，把這些不順或錯亂之處做適當的調整、整理，但講述語氣、語言特色仍當儘量保留講述者（或說講述者當地語言習慣）的本色，整理工作到此便已大致完成。

這樣整理出來的資料便是客觀的民間文學資料，學術研究者以及文學工作者可以各依所需，在此基礎上有所立論，或多加改寫。

歌謠部分的整理，除了必須忠於原語、原音之外，某些可歌的作品，如果記錄整理者有記譜能力，更當記下歌譜。[22]

當然，如果是沒有文字的民族，或文字未甚通行的民族，則不論是歌謠或故事，整理的同時最好能用較為通行的文字與

---

20 民間文學的講述除了內容之外，講述當時的情境、講述者個人的狀況同是相當重要的。這些情形在做客觀整理時是必須說明的資料，而改寫出的成果卻可以不管這些，因此兩種工作雖有密切相關，但卻有些不同。改寫的作品有時是可以離口頭流傳的面目較遠的。

21 民間故事通常有一定的敘述模式，參看：Axel Olrik "*Epic Laws of Folk Narrative,*" in The Study of Folklore, ed. byAlan Dundes,（New Jersey: Prentice-Hall Inc., 1965）, pp. 129-141.

22 如註4所引浦忠勇之書便是譜詞並記。

原語紀錄對比對照，只有這樣，工作才算更為完美。

有了以上這一些基礎的觀念，我們就可以進一步來談談《臺文集》，看看它有什麼問題與特點，以及呈現的意義是什麼。

《臺文集》收錄的作品，歌謠部分比較沒有什麼問題，因為採集者李獻璋先生在記錄整理時，是已經盡量以福佬字音來做忠實的整理，對於某些字音並有特別的標音和註解，而且採集地點（或說流傳地點）也都有標示。在當時這些都算是難能可貴的。

比較有問題的是故事部分。收在集子裡的這些故事，大都不是依客觀原則整理出來的成果，而是根據資料各自分頭改寫之後的作品。這些作品可以說都已經是前述「故事新編」一類，多的是改寫者的個人風格。其中有些作品其實就等於是「作者」（整理改寫者）以民間傳說故事為材料所寫的小說。[23]

對於這種情形，當時已有人提出批評，參與工作的人自己也知道，譬如文集中民間故事主要編寫者之一的朱鋒先生，後來在一篇文章中就曾提到這一點，他說：

> 我還記著有人對我的〈鴨母王〉一篇批評：「〈鴨母王〉是篇故事，不是創作。這篇雖很有趣，但故事有故事的寫法。我想這篇不無小說手法的粉飾之嫌，未知朱鋒先生以為如何？」等語，我是肯定其批評正確。當我寫作之前，何嘗不知道故事自有其固有的體裁與寫法。然而為了另創一格，使其適合讀者的口胃，才採取了以故事的材

---

23 賴和的〈善訟的人的故事〉，一般的論者大都將它當作小說創作來討論，就是一個證明。

料，加以史的考證，然後運用小說的寫法，把它寫成民間故事與歷史小說的中間體裁的作品。我不但對故事這樣，就是對以後所發表幾篇童話，也是用這樣方法處理的。[24]

對於《臺文集》中的故事部分，我們既然知道有著這樣的問題，那麼對該書又當做何評斷？筆者認爲絕對不能因爲該書這部分的改寫，已違背民間故事的忠實整理原則，就輕率地斷下負面的判語。因爲「改寫」雖然不是忠實的「整理」，但也是大範圍下的民間文學工作之一。如果說採集、整理是民間文學的上游工作，改寫便是下游的工作。要發揚民間文學的效用，上下游的工作都是不可或缺的。

因此，要對《臺文集》的價值做評斷，對它的時代意義做分析，首先便須對該書的屬性有較明白的確認。

民間文學之採集與整理，最直接的可有文學與學術兩方面的價值，當時有心的文人學士是大概都知道的。要想充分提供足夠的資料，以爲廣泛而有效的學術研究之用，則必須有全面性、科學性的採集與整理。而這些工作無論哪一層次都需要大量的人力與物力，絕不是少數幾個人在有限的時間之內就可做得來的事。對於這一點，當時的人也有清楚的了解。[25]

當時的臺灣文藝界，人力、物力都稍嫌不足，特別是在臺灣本地的文人，往往爲求出版一本書，都得費心張羅的情況下，如果硬是要求他們好好的出版一些客觀整理的民間文學「文獻」，未免強人所難。[26]

在那個時代，他們對於民間文學的重要性和採集、整理的

---

24 朱鋒，〈不堪回首話當年〉，收於同註11李南衡所編書，頁394。
25 同註13，頁294。
26 由《臺灣民間文學集》的賴和及李獻璋兩人之序可以看出當時該書之出版頗爲不易。

緊迫性，都已有相當的認識。作爲文學家的他們（日治時期臺灣地區積極於民間文學工作的臺灣人，大部分是文學家，而幾乎前後同時期的大陸地區，這一方面工作的主要領導人，則主要是學界中人，或學界中人兼作家者）大概有著迫不及待的心情，想讓民間文學說話，想把民間文學的內蘊精神發揮出去。又由於他們沒有足夠的人力、物力與時間，因此很自然的他們只能把採集或聽聞到的民間故事（包括傳說），想辦法以最適合一般讀者口味的方式直接傳達出去。在這種情況下，通過改寫，把故事寫得像他們認爲讀者會喜歡的那種樣子，大概就是唯一的辦法。

這種情形如果以較爲嚴格的學術眼光來看，當然有許多的不足，因爲他們畢竟沒有爲後世留下較爲可靠的民間文學原始資料。但是如果能設身處地，理解當時的種種相關情況，便會對他們工作的時代意義，有更多的認識，從而給予較多的肯定，而不會做過分的苛評。

不論從什麼角度來說，要求作家個人完全不考慮讀者們的接受情形，不考慮發表的園地與出版狀況，來爲學術界、文學界做基礎的採集、整理工作，忠實地記錄保存民間文學的資料，是過於天眞的想法。

這樣的工作應當是學術界的事，而且如果要有較大規模的工作，更應當要學術界、文化界、各有心的機關或個人等，共同攜手合作，才能在有限的時間之內做出好成果。[27] 在六、七十年後的今天，臺灣的文學學術界，仍然有許許多多的人不是對民間文學十分漠視，就是十分陌生。想到這種情形，我們

---

27 如中國大陸地區便在國務院的推動之下，展開下及於鄉鎮爲採錄執行單位的全國性採集整理工作。其工作計畫情形可參看：中國民間文學集成總編委會辦公室編，《中國民間文學集成工作手冊》（北京：1987.5）。

五

　　對於《臺文集》的理解，如果為了求全責備，我們當然還可以從其他的觀點來談。首先，如果從不同族群的多元角度來看，則這一本很有時代意義，在臺灣的文學發展史上很有代表性的民間文學集，其局限性便相當明顯。因為它雖然叫做《臺灣民間文學集》，可是實際上所收內容卻僅包括漢人中福佬族群的作品，既沒有客家人的，也沒有原住民各族的。

　　或許有人會說：福佬人是臺灣人的主要族群，而且日治時期就已經習慣以臺灣人為福佬人的代稱，因此這本以福佬人為主的民間文學集而稱《臺灣民間文學集》，並無什麼不妥。這種想法乍看似乎言之成理，但卻恐怕只是從福佬人的主觀觀點來看，如果從臺灣整體的學術宏觀視野來看，這種以為福佬就是臺灣的看法，實在是有欠周延。

　　如果後有來者，要整理出版較具代表性的「臺灣」民間文學集，應當能夠廣泛注意各族群的作品，以更具包容性，更有全面性，畢竟民間文學不同於作家文學。從日治時期以來，作家文學面對的常是已經趨向於融合的現實社會問題，運用的也多半是大家共通可讀的漢文（或日文），因此如果有人要編選臺灣近代作家文學集，他不一定需要刻意地注意到作家的族群分布。在這方面，民間文學的不同是明顯的，因為它傳播的第一語言是各族人各自的母語，傳遞的內容主要是各族群固有的傳統文化。在這種情形之下，各族民間文學的分殊特異便是理所當然（即使在全世界的範圍內，世界各族也常共見相同類型的故事，但人物角色及許多細節仍是具見該族的特色）。我們

常常會發現，在某地某族流傳得相當普遍的民間故事或歌謠，對他地他族的人來說，卻相當地陌生。因此，在不同族群共同生息的地方，要編選該地的民間文學集，如果不是標明專屬某族群的，最好能各族兼顧，否則就不算周全。只有兼容並蓄，多元並存，才是真正體現該地文化特色的工作。[28]

六

民間文學是民間文化的重要載體，本身同時也就是民間文化一個重要構成要素，對沒有自己文字的民族來說，它的重要性在相形之下，就更為突出。然而，不論是在怎樣的地方、什麼樣的族群，民間文學的生命力總在於民間，在於它本來活潑流轉的地方。

文人學士們如果對於民間文學的重要性能有所理解，而要加以採集、整理，本質上可以是一件不錯的事。但是，如果民間文學的採集、整理，最終的目的只是為了給少數幾個專家提供研究的素材，說好聽一點就只是為了純粹的學術研究，那麼，這樣一種工作的意義有時候卻可能就不十分的重大。這種說法對於某些專家學者來說或許聽起來有些刺耳，因此需要進一步的說明。要說明這一個觀點，得先從不同的角度來看問題。

---

28 要做一個全面性的科學性普查，不僅要照顧到各不同族群，而且同一族群的不同生活圈，亦當分別照顧到，這樣才能見出民間文學作品的變異流通情形，以呈現真正多元而充實的民間文學、民俗文化的面貌。在中國大陸，他們現在從事民間文學集成的工作，基本上是要求一些主要歌謠和故事是必須能列出在每一省內的「主要作品分布圖」的。參見：〈中國民間故事集成編選工作會議紀要——一個民間故事集成編纂工作的指導性文件〉，《民間文學論壇》（北京：中國民間文藝，1991.4，總第51期），頁89。而這種分布圖（包括故事本文、類型、情節單元）在研究上的意義和重要性，參看：Stith Thompson, *The Folktale*（New York: The Dryden Press, 1951），pp. 431-436。臺灣在這一方面的工作都仍待展開當中。

　　從專家學者的角度來說，收集資料當然就是為了研究。收集資料越多，包括的族群越廣，就更能為研究者提供有力的立論佐證，也更能證明該研究者的能力。在這種情況下，所有的民間文學，當然都只是資料。如果收集、研究者是外地外族的學者，只能透過翻譯解讀才能知曉本族故事大意的學者，則本地本族的民間文學，當然更純粹只是一堆靜待客觀解剖的「學術材料」。

　　從學術研究的觀點來說，這是正常的現象。

　　但是民間文學還可以有其他更多的意義，尤其是對於本地本族的人來說。如前所述，民間文學原本就「生活」在民間，是民眾生活中情、知交流的一種表達方式，也是一種內容。它當然可以是專家學者們的研究對象，但卻不應當只是專門供人分析解剖的一些材料而已。

　　體會到民間文學深刻意義的本地本族有心之士，特別是在民族危急存亡之秋，採集、整理本地本族的民間文學，一定會更希望整理的成果，不只是在為他人提供研究的資料，而更是為本族的人民做一宣示，宣示一個可以藉以認同的傳統、一個可以存續不絕的傳統，而這樣的傳統應當活生生地存在民間。賴和先生在《臺文集》序中的結語：「最後，我只希望這一冊民間文學集，同樣跑向民間去。」說明的正是這一種不同的意義。

從民間來‧到民間去
——賴和的文學立場

陳萬益

一、前言

　　賴和（1894～1943）於本世紀二十年代臺灣新文學草創時期，陸續發表散文〈無題〉、新詩〈覺悟下的犧牲〉、小說〈鬥鬧熱〉和〈一桿「稱子」〉，其篇章行文，以中國白話為主，摻入臺灣福佬話，「十足表現臺灣人的感覺，發揮了臺灣人獨特的魅力」，[1]「第一個把白話文的真正價值具體地提示到大眾之前」，[2] 為一九二四年張我軍所發動的新舊文學論戰，做出最有力的奧援，也為他在被日本殖民統治的一生中，找到文化抗爭的地位。

　　一九二六年以後，他在行醫之餘，主持《臺灣民報》的學藝欄，參與臺灣人辦的文學雜誌《南音》、《臺灣新文學》等，鼓勵、栽培了許多後進：楊逵、楊守愚、吳慶堂、朱石峰等人都具體肯定他的提攜，因此，賴和作為臺灣新文學的保母、新文學之父的尊稱便不脛而走，流傳至今，更為肯定。[3]

1　李獻璋語，文見李著〈臺灣鄉土話文運動〉，《臺灣文藝》第 102 期。
2　楊守愚語，文見楊著〈小說與懶雲〉原載，《臺灣文學》第 3 卷第 2 號，收入李南衡編，《賴和先生全集》（臺北：明潭，1979 年）。
3　參見賴和紀念館編，《賴和研究資料集編》（上）（下）（彰化：彰化縣立文化中心，1994 年）。其中，葉石濤，〈為什麼賴和先生是新文學之父〉一文可作為代表。

彰化學

　　賴和參與新文學運動的時間並不長，林瑞明統計其新文學作品發表始自一九二五年，結束於一九三五年，前後十年，共發表小說十六篇、新詩十二篇、隨筆散文十二篇、通訊、序文各一篇，總共四十二篇，[4]作品的量雖然不多，然而以其思想和藝術的成就，仍然被肯定與中國的魯迅、蘇聯的高爾基地位相當。[5]王詩琅，〈閒談懶雲〉則說：「有人稱懶雲先生是臺灣的魯迅，依筆者看來，有些方面懶雲先生確實有過之而無不及吧。」[6]藉著我們細細品味賴和創作時期特別艱難的時代背景，以及個人面對語文障礙所付出的努力與成績，再加上不少陸續出土的未刊遺稿，使賴和其人其文的形象更加充實飽滿，我們更加深信前輩的稱許絕非過當。

　　本文的寫作，不擬對賴和的作品重做評估，只是想就賴和所作文字中，陳述個人文學見解的部分做一統觀。賴和遺留下來的文字多屬創作，評論不多，而其登上文學壇坫之前，張我軍等人已經掀起漫天烽火，斬將搴旗之功，自然無緣，後人檢點新舊文學論戰的業績，也就著墨不多。但是，因為賴氏是從創作出發，從新舊文學論爭，經民間文學運動，到臺灣話文的論爭，他都曾經參與其事，雖然沒有長篇大論，但是零簡碎篇之中，都展現個人的睿智，以及從創作實踐中得來的前瞻性見解，彌足珍貴；而統觀這些文獻，賴和「到民間去」的文學立場非常明顯。賴和出身民間，臺灣總督府醫學校畢業以後，雖然也參與政治、社會運動，基本上還是以基層醫生的身分，在

4　林瑞明著，《臺灣文學與時代精神──賴和研究論集》（臺北：允晨文化實業公司，1993 年），頁 74-83。

5　史氏（吳新榮），〈賴和在臺灣是革命傳統〉，《臺灣文學》第二輯（1948.9）云：「賴和在臺灣，正如魯迅在中國，高爾基在蘇聯，任何權威都不能漠視其存在。」

6　此文刊載於《聯合報》副刊，1982 年 6 月 28 日。

彰化民間行醫；[7] 其立身於民間，傾聽民間的聲音，向民間文學學習，爲平民創作文學的立場都是始終一貫的。

賴和大概於一九二三至一九二四年間創作〈寂寞的人生〉，對於其個人的出路，在「有人跑上了東京，有人守住在家裡」的對比下，他就有「跑向民眾中間去」的想法；[8] 在參與臺灣文化協會理事會中，他發言要求「切實走向民眾中間」；[9] 後來，他爲李獻璋編輯的《臺灣民間文學集》作序，希望它「同樣跑向民間去」。[10]

「到民間去」是中國大陸知識分子伴隨五四運動，從一九一八～一九三七年間的民間文學運動的口號，[11] 賴和於一九一八年到一九一九年間曾經在廈門鼓浪嶼博愛醫院服務，可能受到五四運動的影響，「到民間去」的思想也不無與彼岸呼應的意思，但是，已知文獻中，並無直接證據，於此，也只能提而不論了。

二、從舊詩人到新小說家

在一九二五年發表新文學作品之前，賴和參加《臺灣》雜誌的徵詩比賽，〈劉銘傳〉兩首，分獲第二名及第十三名，此後陸續發表漢詩作品；張我軍引爆新舊文學論戰的時候，賴和還有漢詩〈阿芙蓉〉在《臺灣民報》刊登。一九三六年以後，

---

7 林瑞明認爲賴和的祖父由弄鈸起家，父親是道士，都與民間習俗有密切關聯，這種小傳統中的生活，深刻影響賴和幼年的階段，也使他從小與民間有一體感，參見林瑞明前引書，頁30。
8 〈寂寞的人生〉收錄於李南衡編，《賴和先生全集》（以下簡稱《全集》），頁350。
9 參見〈赴會〉，《全集》，頁314。
10 〈臺灣民間文學集序〉，《全集》，頁257。
11 有關大陸此一時期的民間文學運動，可參見洪長泰原著，董曉萍譯，《到民間去——1918～1837年中國知識分子與民間文學運動》（上海：上海文藝，1993年）。

賴和就不再有新文學作品發表；一九三九年中秋後，其與陳虛谷、楊守愚等人成立「應社」，以舊詩酬唱。林瑞明董理有舊詩上千首之多，而從其生前不斷膻改編訂情形看來，也有付梓自珍之意，而其舊詩成就又頗富盛名，因此在新舊文學之間、小說與詩的關係，以至於其間文學立場的折衝更值得玩味。

陳虛谷曾經詩贈懶雲，首先提出此一問題：

> 平生慣作性靈詩，珠玉連篇不費思。
> 藝苑但聞誇小說，世間畢竟少真知。[12]

對於世間重小說、輕舊詩的現象，不只見諸賴和；虛谷本人平生只寫四篇小說，卻受世人青睞，選其一入《臺灣小說選》，名垂文學史，而其得意的詩作，卻得不到重視，使其自覺「見誚」。[13]

其實，世人所以重視小說，實在由於此一新形式和語言，遠較舊詩更能承載時代精神，而賴和本人也有意識地選擇此一形式，他曾經這樣透過小說人物述及自己的轉變：

> 懶先生是西醫，是現代人……幾年前也在所謂騷壇之上馳騁過，有了能詩的名聲，但在別的時候卻很受到道學家們的攻擊，謂他侮經非賢……懶先生變了相……只是不再見他大作其詩，反而有時見他發表一篇篇的白話小說。但是他無聊時聊當消遣的什麼詩，再看不見其朗誦了，已由案頭消失，重新排上的卻是莫泊桑、灰色馬、工

12　陳虛谷，〈贈懶雲〉三首之一，《全集》，頁408。
13　陳虛谷，〈寄許媽瞻・陳玉珠信〉文見陳逸雄編，《陳虛谷選集》（臺北：鴻蒙文學，1986年），頁402。

人綏惠洛夫等中譯和日文幾本小說。……可以說懶先生是醫生而抱有做小說家的野心。[14]

賴和從詩人「變相」爲小說家，起心動意大概可以追溯到一九二〇年代初期：一九二二年傳統詩的稿本中夾雜三首白話詩；而一九二三年的文稿本，〈小逸堂記〉、〈伯母莊氏柔娘苦節事略〉、〈僧寮閒話〉、〈不幸的賣油炸檜的〉四文裝訂成冊，前兩文爲古文，後兩文則介於散文和小說的白話、對話體作品，可見他對新詩和小說的揣摩；相對而言，雖然一九二三、一九二四年的舊詩作品篇數仍然可觀，他對於舊詩人「吟風弄月便風流，酒會歌筵輒唱酬」[15]的風氣早已不滿，一九二三年有詩諷刺御用詩人云：

> 非同應候小蟲聲，盛事朝陽彩鳳鳴。
> 閒和大官詩兩首，世人爭是有光榮。
> 十年時局一翻新，劫後文章亦漸湮。
> 里巷歌謠今已絕，可憐御用到詩人。[16]

「里巷歌謠」與「御用詩人」的對比，顯然可見其創作傾向。因此，一九二三年底治警事件，賴和陷獄以後的詩作，就益發呈現慷慨激昂、悲歌哀吟的時代新聲，「世間未許權存在，勇士當爲義鬥爭。」（〈吾人〉）、「我生不幸爲俘囚，

---

14 賴和作於 1930 年 4 月 30 日的小說〈彫古董〉。此處依據的版本是賴和紀念館的手稿，與收入《全集》的文字有相當出入。

15 〈臺灣詩人〉，見林瑞明編，《賴和漢詩初編》（彰化：彰化縣立文化中心，1994 年），頁 117。案：原詩文收於 1919～1920 年稿本中。

16 「聞之景星慶雲爲天之祥，聖人哲士乃世之寶，故吉祥現而天下咸寧，聖賢生則世人安樂，今也鄉有詩人，聲聞異地，地以人傳，俗因詩化，亦吾鄉之寶也，乃爲詩人詩三章以紀之。」三首錄其二，《賴和漢詩初編》，頁 264。

彰化學

豈關種族他人優。」（〈飲酒〉）……這類淺白有力的思想結晶，其創作取向完全與舊詩人異趣，而與其新文學同軌。

三、論新文學以民衆為對象

賴和首先在一九二五年，《臺灣民報》創立五週年，發行一萬部、特設五問的徵文中，表達了他對文學革命的關心與見解。在五問裡，他有三問的回答，都以文學相應，這在登出的四十則來稿中，顯得特別突出。這三則問答如下：

> （問）五年以來發生的重要事項
>   文學革命之呼聲漸起，新舊思想之衝突激烈（答案五之一）
> （問）希望民報多記載的事項
>   有臺灣地方色彩的文學、世界思潮學術的介紹
> （問）希望勿記載的事項
>   歌功頌德粉飾太平的文學。[17]

這雖然不是正式的文章，卻特別鮮明有力，爾後，他與《臺灣日日新報》的記者論戰的兩篇文字，也是站在此一基礎上發揮的。

一九二六年一月三、四日，官方報紙《臺灣日日新報》漢文欄登出〈新舊文學之比較〉一文，就「外觀」、「組織」、「內容」、「中華與臺灣」、「文學家及感傷的」、「文學上之反省」、「新舊派之接近」等七項比較舊文學，批判新文

17　《臺灣民報》第 67 號，大正 14 年 8 月 26 日，收入《全集》，頁 205。

學；賴和寫了讀後的評論文字之後，《臺灣日日新報》則又登出同一作者署名「老生常談」的文章〈對於所謂新詩文者〉（1926 年 2 月 25 日、2 月 28 日、3 月 2 日），賴和乃又回敬以〈謹復某老先生〉一文。綜合兩文，可見賴和或者出於對舊文學的包容、或者出於溫和的性格，他並沒有使用激烈的措詞以置論敵於死地；他雖然批駁對方的不是，卻更多地表達他對新文學的主張，如果再加上遺稿中〈開頭我們要明瞭地聲明著〉一文，我們大概可以整理出賴和的主要文學見解如下：

首先他肯定文學自有其存在的價值和使命，不能把道德律來範圍其作品，來批評其價值，因為文學根本不是載道的東西，從此一本質觀來說，他也不贊成舊文學從語言、形式方面攻擊新文學之夾雜洋文、洋氣，因為它與舊文學的本質沒有關係。由本質論出發，他認為舊文學自有其存在的價值，新舊本是對待的區分，沒有絕對好壞差別，不一定新的就比舊的好，從心理狀態而言，新舊文學者，皆有共通性，這顯然是從自己親身驗證而來，至於舊文學家，他指望他們能把精神改造，即使採用舊形式描寫，亦所歡迎。

其次，賴和對文學發展採取進化觀，他說：

> 各樣的學術，多由時代的要求，因為四周的影響，漸次變遷，或是進化或是退化，新文學亦在此要約之下，循程進化的，其行跡明瞭可睹，所以欲說是創作，寧謂之進化，較為適當。[18]

此一進化觀，他更藉由中國大陸的文學史來加以申說：

18　〈讀臺日報的「新舊文學之比較」〉，《全集》，頁 208。

人們的,物的生活方式,和精神生活狀態,每因時間的關係,環境的推遷,漸漸地變換轉移,兩(種)生活的表現方式,(文藝繪畫彫刻等)也同時隨著變遷。由文學史的指示,所謂中原文學、實際、雍容、雅淡的態度,在一時代,受到北方悲涼、慷慨、雄壯的影響,氣質上增益些強分,又受到南方,理想、優遊、緻密的淘化,詞彩上添些美質,後再受到佛學的影響,滲入很濃的空無色彩,最近又被沐於歐風美雨,生起一大同化作用。所以新文學的構成,自然結合有西洋文學的元素。[19]

此一進化的新文學史觀,不僅有中國文學發展史的佐證,而且有寬廣的世界性視野和進化論基礎,使他肯定地說出:「新文學是新發現的世界……純取世界主義,就是所謂大同者也。」[20]

那麼,新舊文學不同在哪一方面?賴和認為在於讀者對象,舊文學的對象在士的階級(所謂讀書人),而不屑與民眾(文盲)發生關係;新文學則是以民眾為對象,富有普遍性的平民文學,新文學家的任務是輸配給那些對文人文學家受不到裨益,感不著興趣的多數人們些許精神上的養分。

因此,新文學運動的標的是在「舌頭和筆尖的合一」;[21]新文學的趨向,是要把說話用文字來表現,再加上剪裁使其更合於文學上的美,雖然不免冗長,然而詳細明白;老嫗能解的詩文,乞丐走唱的詞曲,淺陋平易,自有其價值;而苦力的罵語,即使粗俗,但是他們的吶喊、哀鳴,真切感人,也不必苟

19　〈謹復某老先生〉,《全集》,頁212。
20　同上註,頁210。
21　同註18。

責。

　至於新文學創作採取寫實主義手法，因為「由來文學就是社會的縮影」，[22] 新文學家所關心的就是社會待解決、頂要緊的問題，所以，賴和主張與其「向故紙堆中討生活，何如就自然界裡闢樂園。」[23] 在如是見解底下，面對新舊思潮衝激、社會公共律則不穩的狀態，賴和嚴肅地聲明「新文學普及的必要，新倫理建設的緊重。」[24]

　而新文學的藝術價值則因其普遍性，賴和認為更見得偉大，也更需要精神和熱血，他肯定地說：

　　有思想的俚謠、有意態的四季春、有情思的採茶歌，其文學價值不在典雅深雋的詩歌之下。[25]

　從平民文學的觀點，肯定了新文學的價值，賴和因此能在後來的民間文學運動著了先鞭，做出具體的貢獻。

四、臺灣民間文學的先導

　根據黃得時先生的說法，日據時代臺灣人之收集歌謠，大概首見於一九二七年六月，鳳山鄭坤五在其創刊的《臺灣藝苑》雜誌，特闢「臺灣國風」專欄，收集〈四季春〉四十多首加以評釋，而尊其價值，等同〈國風〉；一九三〇年九月在臺南刊行的《三六九小報》，也闢有「黛山樵唱」專欄，陸續刊登了百餘首歌謠。一九三一年，臺灣新民報社開始徵集歌謠的

計畫，從全臺各地徵集而來的歌謠，陸續刊載報上，不到半年，即得百餘首，影響所及，掀起了「鄉土文學」和「臺灣話文」論爭的怒濤，其後創刊的雜誌《南音》、《先發部隊》、《第一線》等都在民間文學的採集上做出貢獻；一九三六年，李獻璋集大成編著出版《臺灣民間文學集》，包括民歌、童謠、謎語，及傳說故事二十三篇，可以說爲臺灣民間文學留下一個可觀的成績。[26]

今查賴和爲《臺灣民間文學集》所作序中有如下一段話語：

> 從前，我雖然也曾抱過這麼野心，想跑這荒蕪的民間文學園地，去當個拓荒者，無如業務上直不容我有這樣工夫，直到現在，想來猶有餘憾。[27]

看來，賴和是徒有理想，而未付諸實踐，其實不然。楊逵主編的《臺灣新文學》雜誌第一卷第八號（1936 年 9 月）開始連載，署名彰化楊清池以同治元年戴萬生反亂爲題材的敘事歌謠，題爲《辛酉一歌詩》，文前有宮安中的「抄註後記」，說明楊清池爲唱者，不是作者，又說：

> 這篇稿子是懶雲先生的舊稿，大約是十年前罷，他特地找了來那位老遊吟詩人來唱，費了幾天工夫速記下來。但是此次謄抄時，卻發現幾處遺漏和費解的，拿去問他，他因爲經時太久了，也不再記憶得，因此，我們又重

26　黃得時，〈關於臺灣歌謠的收集〉，《臺灣文化》第 6 卷，第 3、4 期合刊（1950.12）。
27　〈臺灣民間文學集序〉，《全集》，頁 256。

找了那遊吟詩人，從頭唱了一次，所以我們自信得過是再不會有多大錯誤的。[28]

而賴和本人在一九二四年所作漢詩〈月琴的走唱〉云：

月下叮噹響，順風韻更清。
曲哀心欲碎，調急耳頻傾。
仙侶梁山伯，賊豪戴萬生。
悠悠少兒女，隔世亦知名。[29]

清楚地記錄他對遊吟詩人彈唱的著迷，梁山伯和戴萬生的故事在民間膾炙人口的情形，也由此得知一二，如今，梁山伯故事，民間仍然傳頌，而戴萬生紅旗反亂的故事，則已不復聽聞。所幸，這一闋被黃得時先生拿來與《臺灣民主國歌》合稱為「臺灣革命歌謠的雙璧」[30]的《辛酉一歌詩》竟因賴和的記錄，而得以二度謄抄發表，流傳後世，跑向民間，也是不幸中之大幸。賴和雖然沒有實現拓荒者的美夢，實質上亦做了先導工作。

更有進者，《臺灣新民報》的採集民間歌謠計畫，實際上也是賴和在幕後促成的。黃周（醒民）在一九三一年一月一日的《臺灣新民報》上發表的〈整理「歌謠」的一個提議〉，直接引用賴和的信說：

講要把民間故事和民謠整理一番，這是很有意義的

28　宮安中，〈辛酉一歌詩〉抄註後記，《臺灣新文學》第 1 卷第 8 號。
29　〈月琴的走唱〉，《賴和漢詩初稿》，頁 84
30　同註 26。

工作，我是大贊成，若不早日著手，怕再幾年，較有年歲的人死盡了，就無從調查，現時一般小孩子所唱的豈不多是日本童謠嗎？想著了還是早想方法才是。[31]

採集民間文學的急迫性，躍然紙上，而其中蘊含的語言、文學和文化的意義也不言而喻。這也是賴和在李獻璋的《臺灣民間文學集》的編輯工作上，不僅親自參與寫作〈善訟的人的故事〉，爲集子作序，而且還資助出版，出錢又出力的原因，其貢獻實在匪淺，賴和希望民間文學從民間來，又回到民間去，使我們的子弟有自己的歌謠、故事可以聽聞的立場是值得肯定的。[32]

五、對臺灣話文的思維

賴和先生的新文學創作的特色是以白話爲主，摻雜相當的臺灣話，以表現地方色彩，這樣的行文相當耗費精神，從他遺留下來的手稿多不只一稿，甚至有多至三、四稿者，可見揣摩之艱辛，因此，可以說賴和一開始就不得不面對臺灣話文的文字化問題，尤其臺灣話許多有音無字的現象，因此標記的方法，便是一定要嘗試解決的工作。

前文我們已經論及賴和認爲新文學運動的標的是在「舌頭和筆尖的合一」，後文他說把說話用文字來表現，再稍加剪裁修整，使合於文學上的美，從此一說法可以表示他並不贊成完全「我手寫我口」、「話怎麼說，便怎麼寫」的錄音寫作；他

---

31 醒民，〈整理「歌謠」的一個提議〉，《臺灣新民報》第345號。
32 有關賴和及李獻璋等人的民間文學觀念及其工作的進一步探討，胡萬川已有專文討論，此處不贅述。該文曾於1994年11月在清華大學「日據時期臺灣文學國際學術會議」宣讀。

雖然沒有一開始就完全用臺灣話文寫作，但是，新文學既以民眾為對象，似乎沒有不採用民眾的語言寫作的道理，他選擇的寫作語言，可能是階段性的考慮，因為，早在一九二六年新舊文學論戰的時期，他就已經有獨到的思考。以下兩段文字，可能太有前瞻性，時人無能思慮及此；而今日主張臺語文學寫作者，似亦不曾有見此文者，故不嫌文長，先轉錄於下：

> 　　橫書與直書的分別，在現狀下的文學，尚沒有橫書的必然性，但將來音字採用的時候，就有橫書的必要了。到那時，這項怕就是，頂要緊的比較點了。
>
> 　　又，一事還須別說幾句，就是音字的併用。在現狀下，有許多沒有文字可表現的話語，這是在佛典輸入時代，舊文學曾有過一番經驗，那時有無新造的字，固不能知，大部分是用固有的字音，來翻譯梵語，有的另加口傍，以別於本來的字義。但到現在不僅意義不明，不明句讀的所在也有，翻譯可勿說，只像「欸乃」的讀做「矮魯」，如此且尚不能明白，必待註解，始知是行船時，船夫一種的呼喊。又像山歌的餘音（如噯喲兮）種種樂具的聲音，不用音字，是不能表現，所以一篇文章中，插有別種的文字，是進化的表識，若嫌洋字有牛油臭，已有注音字母的新創，儘可應用。[33]

以上兩段文字雖然是針對舊文學家批評新文學夾洋文的問題而起，然而賴和顯然有感而發，提出了「音字」的問題。

「音字」一詞似乎是賴和所創，就閱覽所及，遲至

33　〈讀臺日紙的「新舊文學之比較」〉，《全集》，頁208。

一九三一年鄉土文學論戰的時候，黃石輝才有如下的話語：

> 文字的問題，中國白話文中之「的、會、什麼、給……」都要採用……遇必要時，可作新字。多取義字、少用音字。[34]

很明顯：「音字」與「義字」相對。這是針對臺灣話「有音無字」部分如何標記的思考。黃石輝贊成可作新字，而作新字時偏向取義，而少取音；賴和在《南音》第一卷第三號（1932年2月）討論新字的問題，主張：

> 新字的創造，我也是認爲一定程度有必要，不過要在既成文字裡尋不出「音」、「意」兩可通用的時，不得已才創來用，若既成字裡有意通而無音不諧的時候，我想還是用既成字，附以旁註較易普遍……[35]

賴和是不贊成任意造新字的，但是音字的採用，顯然有必要，而他認爲漢文中插有別種文字，是進化的表識，他給予相當的肯定，也許一時間還看不出來，他預言將來音字的採用必然會增加，以至於行文便有橫書的必要。

賴和此等音字進化觀，是否借鑒於日語兼採漢字和假名的方式，因文獻不足，故不敢多說，但是，由於堅信新文學是平民文學，必須採用民眾的語言此一信念，使他在創作時多用臺灣話，雖然不敢說他已預見後期臺灣話文的寫作，然而臺灣話的迭次增加，應該是自然的趨勢。至於採用何種符號記音，他

---

34 黃石輝，〈再談鄉土文學〉，轉引李獻璋，〈臺灣鄉土話文運動〉。
35 賴和致郭秋生函，文載《南音》第1卷第3號（1932.2）。

似乎沒有成見，洋文也好，注音符號未嘗不可。[36]

　　以上賴和對文學語言的「音字」問題談過之後，另有一個問題必須附帶一提。

　　賴和受過日文教育，卻終身用中文寫作，被認爲是民族氣節的表現，這是眾所皆知，而爲世人所讚許者。但是，具有相當自傳色彩的小說〈赴會〉卻有一段文字表示賴和也曾有「國語（日語）普及」的主張。

　　〈赴會〉以第一人稱自述搭車前往霧峰參加臺灣文化協會理事會的經過，記錄了車上聽聞紳士風的日本人和臺灣人的對話，以及另外兩位勞動大眾的談話，賴和以客觀實錄的方式，記載了他們對於文化協會諸君子至霧峰林家的不懷善意的批判，後段則述及會議討論的情形：

　　　　我被案內到室中，會議已進行很久了，現在所討論
　　的是民眾教育的問題，對於讀書會、研究會的開設，意見
　　紛紛，我也曾擔當過設置的責任，自有些經驗，實行上打
　　算可借人做些參考，便向議長請到發言權，立了起來。對
　　於我們的行動，一方面無所不施其干涉壓迫，本來的法律
　　不足供他們利用，便再施行那新法，來拘束我們的行動。
　　由我的觀察，這種事業不在他們指導下，至少國語普及這
　　一條款，是不能沒有的。要得他們允准容認，而且我們要
　　切實走向民眾中間，去做些實際工作，外面是不能不稍爲
　　妥協讓步，在一種妥協形式下，來遂行我們的計畫。[37]

36　賴和〈鬥鬧熱〉的手稿，有以「ㄎㄞ ㄎㄞ ㄎㄞ」表達鑼聲者。
37　〈赴會〉，《全集》，頁314。此篇屬賴和遺稿，李南衡謂創作日期不詳。然對
　　照此篇會議內容，以及賴和生平，此文所述爲大正15年（1926）5月15～16
　　日在霧峰召開的文協理事會，而賴和與會，並有留影，見諸《臺灣民報》第107
　　號。所以此文作於1926年之後。

彰化學

　　「我」此一提案，即刻被慷慨激昂的聲音所壓制，而另以快速鼓掌的方式通過了「普及漢文教育」和「普及羅馬字」的提案。

　　文中普及國語和講究妥協的策略，似乎大違賴和一向的為人和觀點，而此次理事會議的情形除了在《臺灣民報》的報導外，沒有相關的賴和具體言論，所以無法肯定小說之言是否即賴和眞實的主張。然而從小說情節的安排來看，後段陳述會議內容的文字，是作者有意安排與前文民眾的批判文字相對照，以呈現一九二六年理事會時期的臺灣文化協會諸君子已經遠離群眾，為群眾所唾棄而不自知；「我」所以突出普及國語的說法，看似妥協讓步，實際上乃是務實的做法，在貌似配合官方的國語政策底下，自己掌握教育權，以達到提升民眾知識水平的目標。「我」深信其來自基層，且深知其中關鍵，所以他才會有「切實走向民眾中間，去做些實際工作」的呼籲。從此一觀點來看，國語普及的說法，完全符合賴和「到民間去」的思維，和他一生操守毫無矛盾。

賴和的雅俗文學觀試論

翁聖峰

一、賴和文學的多元面向

　　關於賴和（1894.5.28～1943.1.31）的文學成就，最常被冠上「臺灣新文學之父」的尊稱，這個稱呼源遠流長。早在一九三六年王錦江即稱讚賴和：「臺灣的新文學能有今日之隆盛，賴懶雲的貢獻很大。說他是培育了臺灣新文學的父親或母親，恐怕更為恰當。」[1]除此之外，為一九四二年黃得時在撰寫臺灣文學史時，於〈輓近臺灣文學運動史〉一文中就提到，賴和被學者稱為「臺灣的魯迅」。[2]另因賴和在醫藥不普及的年代，同情弱者，善待貧苦病患，在一九四○年被陳虛谷稱讚為「南門媽祖婆」——「共仰名醫是賴和，病家來往若穿梭。漫遊歸去尤隆盛，也似南門媽祖婆。」[3]關於賴和的傳奇，傳說他的墓草可以醫好病人，所以墓上才經常被拔得光潔，「還

1　王錦江（王詩琅），明潭譯，〈賴懶雲論——臺灣文壇人物論〉，原載《臺灣時報》201號（1936.8）；賴和紀念館編，《賴和研究資料彙編》（上冊）（彰化縣立文化中心，2004.6），頁7。

2　黃得時，〈輓近臺灣文學運動史〉，〈臺灣文學〉2卷4期，1942.10；葉石濤編譯，《臺灣文學集2》（高雄：春暉，1999年），頁101。又1942年4月2日，臺灣大學法學教授中村哲由巫永福陪同來訪先生（賴和），說看到先生便聯想到魯迅，先生的特徵是鬍子像孔廟屋頂上仰天長嘯的龍鬚，又說是過去臺灣白話文學的第一人：中村哲，〈臺中日記〉，《民俗臺灣》11號（1942.5.15），頁34-35。

3　陳虛谷在《臺灣新民報》215號發表〈懷友十首〉，其中有一首詠懶雲的詩作（1940.1.11）。

傳他已做了高雄的『城隍爺』」。[4] 這種傳聞雖帶有民間的想像，間接來看亦反應人們對賴和的敬重。

當我們注意賴和對臺灣新文學、民間文學的貢獻時，同樣不可忽略他的傳統「雅」文學，《賴和全集》其實傳統漢詩占的分量最多，正如賴和的知己兼同鄉陳虛谷曾寫過〈贈懶雲〉：「平生慣作性靈詩，珠玉連篇不廢思；藝苑但聞誇小說，世間畢竟少真知。」賴和的創作除了世俗較熟悉的小說，其漢詩更不容忽略。[5] 賴和研究不僅須注意其啟蒙、進化的新思想，其傳統思想亦不可忽視，才可掌握賴和的全貌，誠如王錦江所說的：「他還保有大量的封建文人的氣質」，[6] 在其一九三〇年帶自傳色彩的小說〈彫古董〉中，[7] 賴和自稱有遺老的氣質，對漢學曾很用心過，王錦江的評論或許就源自〈彫古董〉。賴和的學識基礎源自傳統漢文的雅文學，復接受新文化浪潮與白話文學的洗禮，進而關心民間文學，記錄民間文學，因而更豐富其文學內涵。

雅俗文學之間的特質，鄭明娳有下列的區分方法：[8]

一、準實用正文與虛構正文
二、直指式語言與文學語言
三、表面結構與深層結構

4　一剛（王詩琅），〈懶雲做城隍〉，《臺北文物》3卷2號（1954.8.20）；賴和紀念館編，《賴和研究資料彙編》（上冊），（彰化：彰化縣立文化中心，2004.6），頁43。

5　林衡哲，〈臺灣現代文學之父——賴和〉賴和紀念館編，《賴和研究資料彙編》（下冊），頁386。

6　王錦江，明潭譯，〈賴懶雲論——臺灣文壇人物論〉。

7　賴和，〈彫古董〉，《臺灣新民報》312-314號（1930.5.10～1930.5.24），又見林瑞明編，《賴和全集》（臺北：前衛，2000年）。本文所引作品如出自前衛版《賴和全集》，不另特別標註出處。

8　鄭明娳，〈通俗文學與純文學〉。林燿德、孟樊主編，《流行天下：當代臺灣通俗文學論》（臺北：時報，1992年），頁18-40。

四、寫實與象徵

五、單義與歧義

　　關於上述特質，除可從雅（純）文學角度替通俗文學下定義，推知通俗文學是「相較」雅（純）文學簡易的、清楚明瞭的、表層意涵的、直接表達的，因此自然產生其所屬讀者，或因發展出特定讀者而更有上述敘事特質，簡言之，通俗文學就是「淺顯易懂」，[9] 進而可推得以「淺顯易懂」為定義的文學，自然容易接近民眾、民間，或可說是民間文學亦屬「淺顯易懂」，由此更看出「民間性」與「通俗文學」互為表裡的特質。

　　要從雅俗兩種思考角度看待賴和的文學作品，可先將雅俗兩種不同的概念做一釐清，以便接下來考察賴和文學中的雅俗。雅俗文學往往於界定上有不同概念或因切入角度的不同而解釋各異，其中不乏已帶著許多正、負面二元對立的意識先行看待雅俗之別，造成如何分際雅俗問題時，有許多盲點與錯誤的認知。實際上雅俗之別，自有其複雜度，因時代差異性，社會文化脈絡與文學研究的差異等不同面向，昨日之俗可能成為今日之雅，今日之雅又可能為明日之俗，這是審美史上屢見不鮮的，例如古代的許多野史，在今天看來已是小說，但是與當時用白話寫成的通俗小說相比，這些用文言和「史家筆法」寫出的小說，則屬於「雅文學」。[10] 林芳玫曾言：

　　　　雅俗之爭不是絕對的，而是相對的，而這種相對關

9　范伯群、孔慶東，〈雅俗互動與融合〉，《通俗文學的十五堂課》（臺北：五南，2008 年），頁 296。

10　范伯群、孔慶東，〈雅俗互動與融合〉，《通俗文學的十五堂課》，頁 295。

▲賴和〈一個同志的批信〉

係，往往受到文學社區中產銷組織的變化而顯得游離不定，……作品本身的內在文本特色並未完全決定它是純文學還是通俗文學。通俗文學不是一個靜態的內在本質，而是一個動態的貼標籤的過程。[11]

理論上最接近庶民的語文應是最易被接受的作品，事實卻未必都如此，例如，一九三五年十二月，賴和在《臺灣新文

11　林芳玫，《解讀瓊瑤愛情王國》（臺北：時報，1994 年），頁 197。

學》創刊號發表〈一個同志的批信〉，該文以臺灣話文書寫，按理臺灣話文最切合當時臺灣人的語言，不過，當時臺灣話文的創作尚在嘗試、摸索階段，表現手法尚未符應共同的閱讀模式，造成閱讀上的不習慣，所以，貂山子批評：「灰氏的計畫是以漢字寫臺灣白話，以謀大眾化，他的立想確實可敬，可是用了許多新造的臺灣白話漢字，反見得為諸篇中最難讀的一篇。」[12] 可見語文大眾化與接受度尚須考量各種因素，並無絕對的模式，確實是「貼標籤的過程」。賴和的「雅」、「俗」觀念也似如此。本文擬透過探討賴和雅俗文學觀的變動關係，以釐清背後所蘊含的文學及文化意義。

二、賴和的民間文學觀

賴和與臺灣民間文學關係最深的應是參與《臺灣民間文學集》，[13] 他不但為《臺灣民間文學集》寫〈序〉，並撰寫〈善訟的人的故事〉。不僅如此，賴和還鼓勵民間文學的採集、整理，甚且在百忙之中還抽空請說唱的乞者到家中，親自聽唱、記錄。[14] 而對這些工作，他的認定是：來自民間的，整理之後，再讓它「跑向民間去」。

一九三五年一月《第一線》出版「臺灣民間故事特輯」，關於民間文學的價值引起張深切、李獻璋、廖漢臣在《臺灣新民報》、《臺灣新聞》、《東亞新報》打了數個月的筆墨官司，癥結點是李獻璋、廖漢臣站在民俗學的立場，而張深

---

12 徐玉書，〈臺灣新文學社創設及「新文學」第一、二、三期作品的批評〉，《臺灣新文學》5 月號（1 卷 4 號，1936.5），頁 97-102。
13 李獻璋編，《臺灣民間文學集》（臺北：臺灣文藝協會，1936 年）。
14 胡萬川，〈民間文學的理論與實際〉（新竹：清華大學，2004 年），頁 108、208。

▲ 賴和《臺灣民間文學集》〈序〉

▲ 一九三六年《臺灣民間文學集》出版

切則是站在文學的立場。[15]一九三六年出版的《臺灣民間文學集》，賴和在〈序〉中特別提到，出版《臺灣民間文學集》引起了不少爭論，有的批評：「從事無用的非難，助長迷信的攻擊，使得他忙於辯解。」由這點來看，當時對民間文學的整理甚為辛苦，李獻璋費了三、四年的工夫，收集了近一千首的歌謠、謎語，更動員了十多個文藝同好者，寫成了廿多篇的故事和傳說，賴和特別肯定《臺灣民間文學集》：

> 每一篇或一首故事和歌謠，都能表現當時的民情、風俗、政治、制度；也都能表示著當時民眾的真實底思想和感情，所以無論從民俗學、文學、甚至於從語言學上看起來，都具有保存的價值。

---

15 廖毓文，〈臺灣文藝協會的回憶〉，《臺北文獻》3卷2號（1954.8）。

　　李獻璋在《臺灣民間文學集》〈自序〉期許：「高談荷馬的史詩，希臘的頌歌等等，不如低下頭來檢討一下採茶歌，研究一下『鴨母王』的故事。放下自己應做而且易做的任務不做，徒要學人家的口吻演講時髦的外國名詞，除爲攝取參考與比較研究的目的而外，畢竟是件最可恥的事情。」李獻璋的觀點甚爲務實，強調臺灣民間文學的重要性，他並強調：

　　　　民間文學，可以説是先民所共感到的情緒，是他們的詩的想像力的總計，也是思惟宇宙萬物的一種答案，同時也就是民眾的思想行動的無形的支配者。我們得從那裡去看他們的宇宙觀，宗教信仰，並對於自然界的認識等等。

　　他們對臺灣民間文學的熱忱，克服現實環境當中許多困難，確實不容易。〈臺灣歌謠傳説的研究略史及其概觀（一）、（二）〉與李獻璋《臺灣民間文學集·序》內容相近，惟此版本部分文字略有出入，如第一段就多出二句：「不料給活版所竟彫了整個年的古董。險將我狹小的腦袋都氣破了。」[16] 這是一九三六年《臺灣民間文學集》李獻璋〈自序〉所沒有的文字，可清楚看到《臺灣民間文學集》的出版困境，再加上當時部分學者因反對迷信，連帶非難《臺灣民間文學集》的內容，有的還因故事內容涉及殷家大戶的先人，同樣可能遭致批評。《臺灣民間文學集》要面對的困難有好幾重，以民間有限的力量，其出版誠屬不易，是繼《第一線》「臺灣民間文學特輯」後，進一步深化臺灣民間文學的成果。

---

16 李獻璋，〈臺灣歌謠傳説的研究略史及其概觀（一）、（二）〉，《臺南新報》（1937.1.25 八版、1937.1.26 夕刊四版）。

▲《臺灣民間文學集》版〈善訟的人的故事〉

　　胡萬川針對《臺灣民間文學集》提出批評，他認爲：在這些民間文學「故事篇」的部分，雖然民間故事的母題有些依然保留，但大部分的文字卻更像是作家的創作書寫，缺乏口傳民間故事的原有情趣。[17]胡萬川並指出：

　　　　本書所收的每一篇民間故事，都帶有過多的作家風格，沒有一篇是根據民間口述者的敘述所做的眞實紀錄。我們甚且可以說，其中的某些篇章只是「作者」們根據民間故事內容所寫的「作品」，也就是民間故事的改編或改寫本。……改寫後的作品，雖然可能很有文學的意趣或價值，但是要做爲當地語言或民情風俗的學術資料，卻已不大妥當，或者說是不甚可靠。……賴和的〈善訟的人的故

17　胡萬川，《民間文學的理論與實際》，頁135。

▲葉陶版《臺灣民間文學集》末頁及版權頁

事〉，一般的論者大都將它當作小說創作來討論，就是一
個證明。[18]

　　不過，胡萬川並未完全否定《臺灣民間文學集》的價值，
他認為不能因為該書這部分的改寫，已違背民間故事的忠實整
理原則，就輕率地斷下負面的判語。因為「改寫」雖然不是忠
實的「整理」，但也是大範圍下的民間文學工作之一。如果說
採集、整理是民間文學的上游工作，改寫便是下游的工作。[19]
陳建忠同意賴和〈善訟的人的故事〉「故事新編」的手法固不
符民間文學採集的體例，但肯定以臺灣話文寫下的這篇作品，
從形式到內容都顯現一種強烈的「民間意識」，亦即認同弱
者、勞動者的語言及思想，由作家所寫的具「民間文學」原型

18　胡萬川，《民間文學的理論與實際》，頁 200、215、217。
19　胡萬川，《民間文學的理論與實際》，頁 219。

的作家文學，充分顯現認同民間、對抗壓迫的意識，這當然有助於臺灣人歷史認同的形塑。[20]

賴和撰寫的〈善訟的人的故事〉至少有三個不同版本，[21]〈善訟的人的故事〉原作於一九三二年十二月二十日，刊載於《臺灣文藝》二卷一號，一九三四年十二月十八日，一九三六年《臺灣民間文學集》版本的〈善訟的人的故事〉少了篇首前二頁敘說貧富與喪葬的話語，及篇尾一段話：

> 可是時代不同，事情也有些相反，現在窮苦的人可以自由去做和他身分相應的風水，有錢人可就不能了，又不僅是五錢銀的墓地稅、一坪地須納拾圓的使用料。這是當然不過的事，因為他們有錢。像這樣時代也在替以前受刁難的窮苦人，出一點氣。

《臺灣文藝》版的〈善訟的人的故事〉，篇尾這段話同情窮苦人家，批判富人喪葬的奢華，作者立場的介入較為明顯。《臺灣民間文學集》刪掉故事前兩頁及篇末一段話，直接進入故事：「先生！可憐咧、求你向志舍講一聲……」這樣處理，可減少作者的主觀敘述，更接近故事形式。因此，評論〈善訟的人的故事〉須注意是針對哪個版本，問題焦點才能清楚。

一九四七年一月葉陶發行單行本《善訟的人的故事》，[22]主要是採《臺灣文藝》版的內容，不過，有的地方又有增益，

---

20 陳建忠，〈書寫臺灣・臺灣書寫——賴和的文學與思想研究〉（高雄：春暉，2004年），頁424。

21 陳益源，〈賴和〈善訟的人的故事〉的故事來源〉，收在胡萬川主編，《臺灣民間文學學術研討會暨說唱傳承表演論文集》（臺南：國家臺灣文學館，2004年），頁193-207，另指出〈善訟的人的故事〉有手稿殘存4頁，該文對〈善訟的人的故事〉的版本源流考證翔實、深入。

22 賴和，〈善訟的人的故事〉（臺中：民眾，1937年）。

如篇末又多了：「但這也是人民自主團結纔得爭取來的」一句話，這句話不見於《臺灣文藝》及《臺灣民間文學集》版，這或許是一九四七年出版時，楊逵或葉陶所加進去的，他們可能認爲加入「但這也是人民自主團結纔得爭取來的」，更符合故事的精神，可見，葉陶刊印單行本《善訟的人的故事》不等同於《臺灣文藝》版，兩者實略有出入，不可完全等同。當然，在一九四七年二二八事件的前一個月刊印單行本《善訟的人的故事》，不無存在借古諷今之意，傳達了對戰後初期臺灣政治、司法的不滿。

然而就文體而言，〈善訟的人的故事〉屬故事？還是小說？值得推敲。這牽涉所謂「民間文學」的定義，胡萬川引用了一九五〇年代以來，美國民間文學家理察‧道森（Richard Dorson）的 Fakelore 觀念：

> 許多假造的民間文學也真的沒什麼「民間文學的價值」，但卻並不代表所有的牽涉到"Fakelore"的作品都是不好的作品，……因爲有些被指爲"Fakelore"的作品其實是相當好的，在民間文學的發展史上也是影響重大的作品。[23]

面對真假民間文學之辨，胡萬川指「偉大的伐木工人保羅‧賓揚」傳說故事，其實是一九四〇年代虛構出來的，卻被傳媒、大眾文化出版品炒作成了幾乎是代表各行各業的傳奇英雄，另一方面又成了美國開荒拓土精神的象徵，事蹟傳播至世界其他地方。[24]納粹時期德國政府設立機構操控民俗調查、研

23　胡萬川，〈民間文學的理論與實際〉，頁 112。
24　胡萬川，〈民間文學的理論與實際〉，頁 115。

究（包含其他民俗要項及民間文學），以爲遂行所謂民族更新再造的過程。中國於一九八○年代出的教科書還把郭沫若寫的〈山歌早已過江南〉劃入人民歌範圍。[25] 以上三例都不是眞實的民間文學，卻因政治因素而建構不實的民間文學，並影響外界對民間文學的認知。對照日治時期的臺灣民間文學來看，王錦江質疑：

> 〈鴨母王〉是篇故事，不是創作。這篇雖很有趣，但故事有故事的寫法。但我想這篇不無小說手法的粉飾之嫌。未知朱鋒先生以爲如何？[26]

在同一期的《臺灣新文學》徐玉書提出不同見解：

> 故事，過去《第一線》曾有發表一些，但，這篇〈鴨母王〉的描寫技術我總覺得比《第一線》所發表過的故事較有活潑、而流利，其內容是否有充實，這層讓有心關於民間故事的人去批評，因爲我對於故事沒有趣味。[27]

徐玉書肯定〈鴨母王〉的描寫技術較一九三五年《第一線》「臺灣民間故事特輯」更爲活潑，可知徐玉書肯定〈鴨母王〉的表現手法，王錦江則批評〈鴨母王〉有違故事體例，面對〈鴨母王〉的不同評價，王美惠認爲：「顯示故事該如何整理，在當時臺灣文壇並未達成共識，所以呈現作家與評論者各

---

25 胡萬川，〈民間文學的理論與實際〉，頁 127、128。
26 王錦江，〈一個試評——以「臺灣新文學爲中心」〉，《臺灣新文學》5 月號 1 卷 4 號（1936.5），頁 94-96。
27 徐玉書，〈臺灣新文學社創設及「新文學」第一、二、三期作品的批評〉，頁 97-102。

自表述，多音交響的樣貌。這說明了臺灣民間文學形成和發展階段，一切的方法皆在探索及嘗試中。」[28] 再參照〈鴨母王〉原撰筆者朱鋒的回應，更能清楚日據時期民間故事撰寫的摸索與特殊考量，朱鋒一方面肯定王詩琅的批評，另一方面他也提出說明：

> 當我寫作之前，何嘗不知道故事自有其固有的體裁與寫法。然而爲了另創一格，使其適合讀者的口味，才採取了以故事的材料，加以史的考證，然後運用小說的寫法，把它寫成民間故事與歷史小說的中間體裁的作品。我不但對故事這樣，就是對以後所發表幾篇童話，也是用這樣方法處理的。[29]

日治時期业無 Fakelore 這種民間文學觀念，胡萬川以一九五〇年之後較嚴格的觀念檢驗日治時期民間文學，固然有助於明瞭日治時期民間文學的特性，然而這樣是否落入「以今律古」的窠臼？在學科屬性的全貌尚未完全建構之前，倘日治時期那時代的多數人可以接受《臺灣民間文學集》是「民間文學」，而我們以當今新的民間文學定義進而否定《臺灣民間文學集》的故事不是「民間文學」；倘若未來產生新的「民間文學」定義，而這種定義又與當今的觀念出入甚大，進而以未來的「民間文學」定義否定當今多數人認同的「民間文學」，這是否非常弔詭？

況且，《臺灣民間文學集》徵集經過多次田野調查，如

---

28 王美惠，〈1930 年代臺灣新文學作家的民間文學理念與實踐——以《臺灣民間文學集》爲考察中心〉（臺南：成功大學歷史系博士論文，2008.1），頁 242。
29 朱鋒，〈不堪回首話當年〉，《臺北文物》3 卷 3 號（1954.12.10）。

「壽至公堂」就經五次稿，拜聽過十多個老者，《臺灣民間文學集》的用心與捏造的「偉大的伐木工人保羅·賓揚」傳說故事、納粹時期德國政府設立機構操控民俗調查、郭沫若寫的〈山歌早已過江南〉差異頗大，將之都視爲非民間文學是否允當？或許可以增加不同判準，以 Fakelore 代表當代的民間文學概念，並回到日治時期歸納當時民間文學的概念，從兩個不同向度去論述《臺灣民間文學集》的故事採集，這樣應可更深入論述《臺灣民間文學集》故事採集的是非。

以一九二八年五月賴和〈前進〉載於《臺灣大眾時報》創刊號爲例，此篇第一次發表時的文體原爲「隨筆」。不過，一九四〇年賴和的〈前進〉、〈棋盤邊〉、〈辱？！〉、〈惹事〉、〈赴了春宴回來〉，這五篇作品被選入李獻璋編的《臺灣小說選》，可見日治時期〈前進〉文體曾被認定爲隨筆及小說兩種。戰後在八四課程標準下，〈前進〉被龍騰版高中《國文》選爲教材，並被歸類爲散文，[30] 不過，一九九四年施淑將〈前進〉編入《賴和小說集》，可知〈前進〉於戰後出現散文、小說兩種不同的文體分類，與日治時期的文體分類同樣紛歧。〈前進〉文體分類的紛歧，顯現因文體標準的不同，分類即可能紛歧。同樣的，朱鋒所撰之〈鴨母王〉爲適合讀者的口味，採取了以故事的材料，加以史的考證，然後運用小說的寫法，把它寫成民間故事與歷史小說的中間體裁的作品。故須考慮特殊的創作環境，是否應當列入日治時期民間文學分類的參考指標，兼顧當時作者、作品、讀者的不同面向？

《世說新語》的文學觀與當今差異甚大，其〈文學篇〉

---

30 翁聖峰，〈八四課程標準高中《國文》賴和教材試論〉，發表於「彰化文學國際學術研討會」，彰化師範大學國文學系暨臺灣文學研究所舉辦（2007.6.9）。修訂稿刊於施懿琳等，《彰化文學大論述》（臺北：五南圖書，2007年），頁551-567。

包括鄭玄《經學》、何晏《老子注》、郭象註《莊》、宣武講《易》、支道林、于法開的玄理之辨等；《世說新語》〈文學篇〉的內容包含思想文化，而《世說新語》所謂的「文學」，可以說是文化之學概念下的廣義文學觀，與當今的「純」文學觀差異甚大，充分反映六朝的文學觀與當今的差異，倘以當今文學觀做爲標準，去非難《世說新語》〈文學篇〉不是文學，這是否落入以今律古的窠臼？日據時期張我軍與傳統文人論辯新舊文學時，也曾面對因文學觀的不同而衍生的爭議，張我軍批判舊文人爲何將「詔敕」、「聘」與文學攪混在一起，[31]然而「詔敕」也是傳統文學的一部分，雖然，這種觀點不被提倡「純文學」的新文人張我軍所接受，但若明瞭傳統「文學」常含括在「文化」範疇之內就不會感到奇怪；在儒家重要經典《禮記》、《儀禮》中，「聘」占有相當分量，從這個角度看倫理道德都屬傳統文學的一部分，「聘」當然也不例外。以上兩例顯現因跨時代文學觀的差異所衍生的爭議，故論述《臺灣民間文學集》的故事是否爲民間文學時，亦須釐清當今及日據時期不同的民間文學概念，或能避免以今律古的疑慮。

　　賴和除參與《臺灣民間文學集》撰寫，並鼓勵民間文學的採集、整理，甚且自己百忙中還抽空請說唱的乞者到家中，親自聽唱，他邊聽邊記錄。《臺灣新文學》在一九三六年九月，第一卷第八號起開始連載題爲〈辛酉一歌詩〉的敘事歌謠，此歌謠署名者爲彰化楊清池，所說爲同治元年戴萬生反亂的情事，文前有宮安中的「抄註後記」，說明楊清池並非作者而是唱者，並說這舊稿乃來自賴和所記，可見賴和長期以來對民間文學的關心。賴和漢詩〈月琴的走唱〉：

31　一郎，〈隨感錄〉，《臺灣民報》3 卷 4 號（1925.2.1），頁 11。

月下叮噹響，順風韻更清。曲哀心欲碎，調急耳頻傾。仙侶梁山伯，賊豪戴萬生。悠悠少兒女，隔世亦知名。

經由民間走唱，透過曲調聲情的說唱文學，無論是浪漫的梁祝故事或所謂「賊豪」戴萬生都歷歷在目，充分反應賴和對民間文學的重視與肯定。

以戰後理察·道森 Fakelore 標準評價《臺灣民間文學集》的故事不是民間文學，是否值得再加商榷？金榮華在〈論民間故事之整理與整理原則〉，認為理察·道森是批評故事情節被增刪竄改，這是「改寫」；倘對故事只是梳理冗沓的詞句及做填縫式的補述，並不改動任何原有的情節單元，這是「整理」，並非理察·道森所批評的，金榮華的論述可提供重新檢視〈善訟的人的故事〉是「整理」或「改寫」的思考空間。[32]面對賴和所撰寫的〈善訟的人的故事〉，除須注意不同版本，亦當注意其歷史脈絡，〈善訟的人的故事〉結語：「這故事的大概，聽講刻在一座石碑上，這石碑是在東門外，現在城已經折去了，石碑不知移到什麼所在，惹起問題的山場，還留有一部分做公塚……」[33]依陳益源考證：「賴和結語所言，實亦不

---

32 參金榮華，〈民間故事論集〉（臺北：三民書局，1997 年），頁 290-297。

33 句中「現在城已經『折』去了」，在戰後 1947 年葉陶發行的《善訟的人的故事》印作「折」，但在日據時期，無論是 1934 年《臺灣文藝》版的〈善訟的人的故事〉，或是 1936 年《臺灣民間文學集》版〈善訟的人的故事〉，均使用「折」，未使用「折」。不僅如此，考究《賴和全集》、《賴和手稿集》、《水竹居主人日記》、《南瀛佛教會報》、《臺灣日日新報》等刊稿或手稿，「折」去、「折」下的意義時亦作「折」，不作「折」。參翁聖峰，〈建構日治時期臺灣語文表達的主體性——從張我軍〈請合力拆下這座敗草叢中的破舊殿堂〉入手〉，於「2007 年臺日學術交流國際會議——殖民化與近代化：檢視日治時代的臺灣」，2007 年 9 月 8 日宣讀。亞東關係協會編，《2007 年臺日學術交流國際會議論文集——殖民化與近代化——檢視日治時代的臺灣》（臺北：外交部，2007.12），頁 63-175，

宜把它視作小說之筆。」[34] 或許，以理察‧道森之 Fakelore 標準建立的觀念可視爲當今學界對民間文學的嚴格定義，而歷史上（如《臺灣民間文學集》）出現較寬泛的民間文學觀念亦應受到尊重，就學科的發展史而言，《臺灣民間文學集》的編纂，可視爲日治時期臺灣的民間文學觀念，或廣義的民間文學觀念，這樣或可避免以後人的民間文學觀念，去否定日治時期多數臺灣人所認可的民間文學觀念。

三、賴和的白話、通俗文學觀

　　賴和誕生在一個平凡的家庭裡，是一個沒有顯赫家世的孩子，祖父賴知是個賭徒，後來痛改前非，由拳術改習「弄樓」、「弄鈸」，父親賴天送則延續爲相關的道士，祖父、父親與庶民大眾異常密切。賴和的民間文學、通俗文學與其成長環境的薰陶不無關係。

　　賴和本從傳統漢詩文的雅文學創作出發，約莫在一九二三年之後朝向以新詩、新小說的文學形式展開新的創作路徑，林瑞明曾經直呼賴和爲「民間的兒女」，[35] 精確地指出賴和文學中所隱含的民間文學精神。賴和以一九二六年發表在《臺灣民報》的〈讀臺日紙的「新舊文學之比較」〉回應「一記者」的立論，他特別提到：「苦力也是人，也有靈感，他們的吶喊，不一定比較詩人們的呻吟，就沒有價值。」[36] 他還批評那些舊文人不食人間煙火，不知民間疾苦：

34 陳益源，〈賴和〈善訟的人的故事〉的故事來源〉，收在胡萬川主編，《臺灣民間文學學術研討會暨說唱傳承表演論文集》（臺南：國家臺灣文學館，2004年），頁 193-207。

35 林瑞明，〈民間的兒女——〈相思〉引言〉，《臺灣文學與時代精神——賴和精神研究論集》（臺北：允晨，1993 年），頁 431-434。

36 賴和，〈讀臺日紙的「新舊文學之比較」〉，《臺灣民報》89 號（1926.1.24）。

優遊自得，嘯涼於青山綠水之間，醉歌於月白花香之下，怕只有舊文學家罷？唉！幸福的很！欣羨的很！

賴和肯定新文學的內容「較有活氣、較有普遍性、較易感人」，舊文學家僅能「養成了一般人們懦順的無二德性」。

接著以同年發表在《臺灣民報》的〈謹復某老先生〉一文回應署名「老生常談」：「苦力的姦你娘，雖很隨便，不客氣，原不過是他們的吶喊，他們受到鞭撲的哀鳴，痛苦、饑餓的哭聲，在聽慣姦你娘的耳朵裡，本無有感覺」，[37]「像老嫗能解的詩文，乞丐走唱的詞曲，就說沒有文學價值，也只自見其固陋如已。」[38] 這些都在在顯示賴和對於臺灣勞苦大眾的注意與關切，進而思考不同階級的文學觀點，重視「民間」，這也呼應後來賴和認爲應該對民間文學投注更多的心力、當有屬於臺灣本土的歌、兒童不當僅唱日本童謠：

> 講要把民間故事和民謠整理一番，這是很有意義的工作，我是大贊成，若不早日著手，怕再幾年，較有年歲的人死盡了，就無從調查，現時一般小孩子所唱的豈不多是日本童謠嗎？想著了還是早想方法纔是。[39]

賴和的〈讀臺日紙的「新舊文學之比較」〉、〈謹復某老先生〉，兩篇文章論爭的焦點集中在文學的道德、雅俗方面，詮釋上難免都找對自己較有利的一面，「老生常談」就戀愛自由所衍生的社會問題批判新文人支持戀愛自由，賴和則論

---

37 賴和，〈謹復某老先生〉，《臺灣民報》97 號（1926.3.21）。
38 賴和，〈謹復某老先生〉。
39 此段話是賴和給醒民的信中所提及的，參醒民，〈整理「歌謠」的一個提議〉，《臺灣新民報》345 號（1931.1.1）。

臺灣民報　第九十七號　　大正十五年三月廿一日

謹復某老先生　　懶雲

前日因指頭發癢，遂寫出一篇不像樣的文字，老實也不忍使老先生失了一臉子，竟驚之不一瞬。小子何人，敢希聖如孔子，也時在開卷，可是屢讀屢增益懷疑，本日讀書雖未有二十五年，也時在開上。

知根性愚劣，遠近怕無奈何，和人們的，物的生活方式，和精神生活狀態，每因時間的關係，環境的推遷，漸々地換轉移。一兩生活的表現方式，（文藝繪畫彫刻等）也同時隨着變遷。由文學史的指示，所謂中原文學，實際、雍容、雅淡，的態度，在一時代，受到北方，悲涼，慷慨雄壯的影響，氣質上增益些強外，又受到南方，理想，優遊，綺密的淘化，同彩士添些美質，後再受到佛學的影響，滲入很濃的宏，無色彩，最近又被沐於歐風美雨，生起一大同化作用。所以新文學的構成，自然結合有西洋文學的元素。且人們心遇，不見有多大懸隔，表現方法，偶有雷同。

本不足異。若以道學二切，皆可睡藥，唉！想老先生一定尚在敲石取火，點一根燈心草的油燈，在披閱蒲編竹簡，難有洋燈，打算無所用罷！還有一點不可思議，就是老先生也利用到報紙，雖無牛油臭，汽油的臭味固很強，見得勢利的徒圈，人們是不易逃脫！前人所貽留文學的田地，固然廣漠無垠，擁有無限寶藏，要不是利用有組織的規模，科學的利器，來墾闢經營，只任各個人，一鋤一鋤開掘去，終見亂草滋生，像臺灣一部分富人，只一個錢亦得不到使用的自由，尚不忍。

老先生！苦力的姦於娘，雖很隨便，不客氣，原不是他們的呀，他們受到艱樸的哀情，儀破的哭聲，在聽慣滋你娘的耳朵裏，本無有感覺，卻難怪老先生耳重。

放葉富豪的地位。

老先生！文字上的韻韻，瑣端的感情，自信尚未越出，人生態度的批評，相對性原理既已被公認，老先生說一句，小子要不應一斃，那就真的欺悔。

▲〈謹復某老先生〉，一九二六年

述戀愛自由與文學的關係，將婦女誘拐事件分開來看；「老生常談」會將兩者合在一起談，是因其認為這兩者有因果關係。賴和支持中國白話文，反對文言文的重要原因是新文學已經在中國茁壯發展，一九三〇年以後，他不但參加臺灣話文討論，也以實際創作支持臺灣話文，與他在一九二六年的主張有所差異。[40] 賴和早年曾接受傳統漢文教育，反對「同姓結婚」，支持傳統儒教觀念，後來轉為支持中國白話文，批判文言文及傳統儒教，後來更轉為支持臺灣話文，但在一九三七年六月　日之後，報刊漢文欄被日本統治者廢止，他則轉而參加應社，改

---

40 1930年賴和對舊文學的態度亦有所轉變，不再持強烈批判的態度看舊文學，稱「新舊亦是對待的區分，沒有絕對好壞的差別。」〈開頭我們要明瞭地聲明著〉，《現代生活》創刊號。

爲創作傳統詩歌，由此可以見到賴和不斷自我調整，他的文學觀念也隨之轉變。[41]

從〈讀臺日紙的「新舊文學之比較」〉、〈謹復某老先生〉很清楚可看到賴和支持白話文，關心世俗大眾心聲如何有效表達，其五言古詩〈論詩〉亦表達文學當以自然筆法、抒發情志爲重，而非賣弄技巧，僅在追求字句的營構：

國風雅頌篇，大率皆言志。所貴在天眞，詞華乃其次。嘲笑及萬物，刻劃半遊戲。未用嘔心肝，不妨閒擁鼻。有時還自來，求之轉不易。無病作呻吟，易滋人謗議。頌揚非本心，轉爲斯文累。迫仄乾坤中，閒情堪託寄。鞭策牛馬身，此即自由地。多少嘆息聲，幾許傷心淚。主權尚在我，揮洒可無忌。門戶勿傍人，各須立一幟。梅花天地心，鳴鳳人間瑞。思想之結晶，文字爲精粹。（《賴和全集·漢詩卷》）

詩中強調「主權尚在我，揮洒可無忌」，然事與願違，身爲殖民地的子民，固然「頌揚非本心」，有時可能難以避免應時之作，所謂「多少嘆息聲，幾許傷心淚」，也表達內心深深的無奈。

賴和學養雖源自傳統的雅文學，然爲求新求變，擴展文學的內涵，他支持新文學的創作，並於一九三〇年十月在〈開頭我們要明瞭地聲明著〉特別指出：

---

41 參翁聖峰著，國立編譯館編，〈日劇時期臺灣新舊文學論爭新探〉（臺北：五南圖書，2007 年），頁 118-130。

　　新文學的藝術價值因其有著普遍性愈見得偉大，亦愈要著精神和熱血。所以敢說有思想的俚謠、有意態的四季春，有情思的採茶歌，其文學價值不在典雅深雋的詩歌之下。

　　一九三〇年代他雖然不否定傳統的典雅文學，但對通俗、民間文學同樣重視與肯定，在他詩歌裡可看到〈新樂府〉、〈農民謠〉、〈相思歌〉、〈呆囝仔〉等民間歌謠體的創作。

　　賴和透過文學如實呈現臺灣人民草根性格，細緻的描寫，與其說賴和觀察入微，不如說賴和出身民間、關心民間，忠實呈現他生活周遭的景況。若這是一種寫實主義的實踐，或許賴和把這種寫實呈現在文學文本上，更是一種讓大眾認識「民間」，也讓「民間」獲得認同自我文化地位的途徑。例如，賴和透過〈鬥鬧熱〉描寫世俗大眾的信仰，可看到許多對話中出現「他媽的」，除了展現了憤怒，更突顯臺灣人的直率表現，或許這在雅俗認定上是「通俗」的，也與「淺顯易懂」的特質相符，然而我們是否可遽下定論，認為〈鬥鬧熱〉是通俗文學？如重新檢視〈鬥鬧熱〉，其中帶有相當濃厚抒情特質的敘事手法，又似乎與上述所謂的「俗」無法畫上等號：

　　　　明月已漸漸斜向西去，籠罩著街上的煙，迷濛地濃結起來，燈火星星地，在冷風中戰慄著，街上布滿著倦態和睡容，一絲絲的霜痕，透過了衣衫，觸進人們肌膚，在成堆的人們中，多有了袖著手、縮著頭、聳著肩、伸懶腰、打呵欠的樣子了。議論已失去了熱烈，因為寒冷和睡

彰化學

眠的催促，雖未見到結論，人們也就散去。[42]

看到以上文字通過較爲文學性的描寫，將民眾情緒以直率寫實的手法，轉化成委婉含蓄的筆調，把直接激動的情緒用文學手法融合，這樣的特質在〈鬥鬧熱〉所呈現的應不僅僅只有「俗」，更不可簡單化約成「通俗文學」看待，如前面所揭櫫的雅俗是辯證關係，是動態的貼標籤過程。

四、賴和的雅文學觀與漢學

傳統文化以儒學爲核心，賴和的雅文學觀與儒學的關係異常密切。

賴和與傳統文化的關係，論者常舉其〈無聊的回憶〉的文字爲例：「書房在我是不願去，我比喻牠做監獄」，以此做爲賴和強烈反傳統的證明，因此可能造成研究者忽略賴和與臺灣傳統漢學（雅文學）的關係。我們必須檢閱〈無聊的回憶〉全文，而非斷章取義，以偏概全。〈無聊的回憶〉雖批評書房（傳統私塾）教學法的僵化，未能貼近孩童的學習心理，但仍肯定其存在價值，該文篇末特別提到：

> 比較純正的舊學者，全是安分守命的人，干犯法規的事，他們是絕不敢做爲。現時若不得到官廳的許可，隨便把所學的教人，會同盜賊一樣，受到法的制裁，所以我所認識的範圍裡，實在尋不出可以寄託孩子的書房，沒有方法，也只得送他來進學校。

---

42 賴和，〈鬥鬧熱〉，〈臺灣民報〉86 號（1926.1.1）。參林瑞明編，《賴和全集·小說卷》（臺北：前衛，2000 年），頁 35。

由這段文字來看，可知賴和還是肯定書房的價值，仍希望將子弟送到書房學習傳統的雅文學，但是由於日本統治者對書房管制日益嚴格，最後只好忍痛放棄，無法讓子弟就讀書房，[43]去學習臺灣傳統漢文。可見〈無聊的回憶〉前後的文意差異甚大，須通讀全文方不致流於見樹不見林之弊。

賴和與臺灣傳統雅文學的關係，由他的〈小逸堂記〉所表現的孺慕之情可以見其一端，這段學習對他有深遠的影響，一直到晚年，小逸堂同窗依然持續在固定期間維持聚會，切磋傳統雅文學。賴和就讀臺北醫學校時，參加由該校學生及校友組成的「芸香吟會」，並發表詩作。一九一八年六月他遠在廈門博愛醫院服務，但仍參加彰化的崇文社徵文活動。[44]臺灣文社在一九一八年十月由櫟社同仁蔡惠如、林獻堂、林幼春、林子瑾等人所成立，並於一九一九年發行《臺灣文藝叢誌》，賴和也是臺灣文社的會員，現存文獻可發現賴和一九一九年繳交社費六圓，一九二三年繳交社費三圓。由《崇文社貳拾週年紀念詩文集》可發現他在一九一八年捐獻九圓給彰化崇文社，又在一九二一年捐了六十圓做為事務費，[45]甚至一九四一年不幸入獄時，其於十二月二十五日申請攜至獄中閱覽的兩種書籍，除醫學專業《治療學雜誌》外，另一種文學書籍便是傳統雅文學《歷代詩話》，[46]可見傳統文學與賴和文學關係的密切。

除了傳統的雅文學之外，賴和與臺灣傳統思想亦有深遠的

---

43 日本政府隨著統治權力的深化，逐步加強對書房的管制，並嚴格要求書房設立的條件，逐步將書房定位為公學校教學的輔助機構，使書房傳遞傳統文化的日益功能喪失，日據時期書房教育的變遷可參閱吳文星，〈日據時代臺灣書房之研究〉，《思與言》16卷3號（1978.9）。

44 賴和，〈戒奢侈說〉，《臺灣日日新報》（1918.6.12六版），此次徵文賴和獲得第10名，賴和的〈戒奢侈說〉，《賴和全集》未收錄此文。

45 黃臥松編，〈彰化崇文社歷年有志者獻納事務費一覽表〉，《崇文社貳拾週年紀念詩文集》（彰化：崇文社，1936.7）。

46 林瑞明編，《賴和影像集》（彰化：賴和文教基金會暨臺灣省文獻委員會，2000年），頁74。

關係，自傳色彩小說〈彫古董〉稱其「受過聖人的尊稱」，雖然賴和說這是別人取笑的名號，但可看到他需嶄露傳統文化的氣質，才可得到這個稱號。他並曾以孔孟的聖賢之徒自居：

> 我本聖賢徒，無勞主人勸。拇戰愧未能，幸有吟詩伴。（〈聚飲於以專君宅上主人索詩卒爾成此〉）

「聖賢」本是指傳統儒學所追求的終極價值，由上面詩歌的語境來看，賴和接受傳統漢文教育，傳統文化價值深化在其內在，故嶄露在其文學作品時以聖賢爲志。[47]

日治時期的臺灣除面對現代化風潮，然而統治者總是優先照顧自己的利益，無可避免日本化及殖民化的壓力。知識分子追求理想，希望爲臺灣帶來新氣象，爭取更多政治及經濟利益，往往不易達成，還可能遭致統治者的迫害，甚至被牽連下獄，無可避免地面對現實，知識分子的理想往往帶來衝突、矛盾，當必須迎接諸多挑戰，身心必然面對種種折磨。賴和是日治時期重要的文學人物，爲推動新文化運動不遺餘力，他當然也難以例外，因希聖希賢而追求理想時，可能與統治者的利益相衝突，在其現實生活中衍生許多困境，對其內心造成挑戰與矛盾，因此藉〈怨嗟〉詠嘆：「短嘆長吁日怨嗟，聖賢何補我些些。而今愁恨都依舊，酒量無端竟漸加。」這是賴和一九一五至一九一七年在「嘉義醫院」服務時期的漢詩，雖然以聖賢爲志，但面對現實諸多不如意，有時不免借酒消愁。

---

47 由另一篇自傳色彩小說〈蛇事〉同樣可看到傳統道德價值觀的影響力，「二十左右的青年，雖使他有一個由戀愛結合的妻，無事給他去做，要他安安靜靜守在家裡，我想一定有些不可能，況且是未有妻子的人。在這年紀上那些較活潑的青年，多會愛慕風流，去求取性的歡樂。但是我所受到道德的教訓，所得到性格的薰陶，早把這生的自然要求，壓抑到不能發現，不僅僅是因爲怕被笑做浪蕩子墮落青年。」

一九二二年，賴和藉〈濁水溪〉詩，表現不平之鳴：「滔滔濁浪挾雷鳴，閱世興亡帶恨聲。今聖未生前聖死，何時徹底見澄清。」詩中期待聖人出現以擴清濁流的橫行。

賴和在〈客恨〉感嘆「聖賢到底原難學」，故「怨尤不足且狂顛」，顯示對現實社會諸多的無奈，這種情形不僅出現傳統古典詩，在其新詩也可看到生活的苦悶與找不到出路的感嘆：

> 唉！寂寞的人生，寂寞得似沙漠上的孤客／……／找不到行過人的蹤跡／……／朋友雖不我厭棄／帶著傳染性的危險人／自己也應來迴避（〈寂寞的人生〉）
>
> 在煩忙的裡頭／誰也不覺得苦痛／不然為什麼受這無理的束縛／至死不得解放／且也至死不敢抵抗（〈忙〉）
>
> 教士們雖讚美死的快樂／但是到了那個時候／人們已別的沒有希望了／思想至此吾不禁為人們放聲大哭（〈生的苦痛〉）

不僅詩歌反映現實社會的苦悶，在其一九二五年的小說〈阿四〉，同樣可看到生活在殖民地的無力感：

> 處處都有法律的干涉，時時要和警吏周旋，他覺得他的身邊不時有法律的眼睛在注視他，有法律的繩索要捕獲他。他不平極了，什麼人們的自由？竟被這無有意義的文字所剝奪呢？但是他空曉得不平，只想不出解脫的方法來。

失望與不平，讓知識分子重新反省傳統文化的意義，有時因對現實人生的無奈，對傳統文化提出強烈的批判；經過思考與反省，有時則能區隔新文化與傳統文化不同的意義與分際。

五、結語

儒學對賴和有深遠的影響，傳統漢文的雅文學教育是賴和學識的基礎，他一生創作最豐富的是漢詩，而非一般人所熟知的小說。隨著新文化衝擊臺灣，賴和藉由反省傳統文化以面對新時代的挑戰。然而，他只是重新反省與批判傳統倫理道德與統治者的法律，不似張我軍主張與傳統文化決裂。一九二五年之後他雖陸續發表新文學作品，但並未中止漢詩的創作，一九三六年他先後三次在《臺灣新文學》發表〈寒夜〉、〈苦雨〉、〈田園雜詩〉、〈新竹枝歌〉等十九首漢詩，他曾因發表十首〈田園雜詩〉被林克夫批評：「賴和先生、守愚先生過去在新詩壇已建立了不少功勞，如今他卻作舊詩，豈不是使了後進新詩人起了動搖嗎？」[48] 由此例亦可印證賴和文學的多元面向。

賴和的文學創作由傳統雅文學到中國白話文、臺灣話文及民間文學，晚年再回到傳統文學。一九三七年六月一日之後，臺灣的報紙漢文欄被迫全面取消，知識分子希望能互通聲息，砥礪志向，一九三九年中秋節後一日，賴和與其他八位同是「流連思索俱樂部」的成員：陳虛谷、楊笑儂、楊雪峰、陳渭雄、吳蘅秋、楊雲鵬、楊守愚、楊石華，組織詩社，由吳蘅秋取名為「應社」，取其「同聲相應」之意，〈應社召集趣意

---

48 林克夫，〈詩歌的重要性及其批評〉，《臺灣新文學》1 卷 7 號（1936.8.5）。

書〉則由賴和執筆，他強調：

> 詩的一道，很難窮極，以陶冶性情，嘯吟風月，亦
> 以比興事物，歌頌功德，唱和應酬，諷涼時世。是文學上
> 的精粹，思想上的結晶。雖然若吟失其情，涼失其事。不
> 僅僅使詩失了價值，連做詩的自己亦喪其品格了。

　　他們希望能避免「把趨附認作識時務，把賣節當作達權
變」，達到「獨標勁節，超然自在」，成為「真正詩人」。在
異族統治之下，知識分子的理想常面臨許多挑戰，甚至衍生矛
盾、苦悶，為了尋找出路，賴和文體的表現非常多元，他不斷
調整與傳統文化的關係，希望開展更活潑的生命力，他的用心
值得我們肯定。

　　一九二六年賴和透過〈讀臺日紙的「新舊文學之比
較」〉、〈謹復某老先生〉，主張臺灣文學應當求新求變，文
學不應該沉迷於文字遊戲，一味流於追求名利，他的白話文學
觀擴展了臺灣文學的內涵，也包容了臺灣民間文學，賴和除為
一九三六年出版的《臺灣民間文學集》寫〈序〉，發表〈善訟
的人的故事〉，還代墊欠印刷廠款項一百五十元，[49]他對《臺
灣民間文學集》的出版出錢又出力，非常用心。賴和在一般人
認為較為「俗」的民間文學、臺灣話文、白話文學到較「雅」
的傳統文學均有很好的成績，他為斯土斯民留下典範之作，哲
人日已遠，典型在夙昔，賴和關懷鄉土，熱愛臺灣的精神值得
大家學習與效法。

49　王美惠，〈1930 年代臺灣新文學作家的民間文學理念與實踐——以《臺灣民間
　　文學集》為考察中心〉，頁 30-35。

賴和漢詩初探

林瑞明

一、前言

　　賴和（1894～1943）是臺灣文學發展史上新舊過渡期的人物，以其才華並充分掌握社會脈動，開創了臺灣新文學的原型，成為日治時期臺灣文學抗議精神的代表性作家，生前即已博得「臺灣新文學之父」的美譽。賴和能詩，在友朋之間，甚見有名。應社同仁楊雲鵬在賴和逝世之後的〈哭懶雲社兄〉一詩中，起筆即言：「詩名醫德有公評，腸斷騎箕返玉京」；[1]社友陳虛谷亦以詩聞名，更曾充分肯定賴和的文學成就，虛谷云：

> 　　賴和生於唐朝則可留名唐詩選；生於現代中國則可媲美魯迅。[2]

　　對於賴和的新舊文學皆稱譽備至。然則賴和生前漢詩，僅零星發表〈劉銘傳兩首〉、〈秋日登高感懷四首〉、〈懷友〉、〈秋日登高偶感〉（以上，1922年）；〈文天祥〉、

1　〈哭懶雲社兄〉，原載《文化交流》第一輯，收於《賴和先生全集》（臺北：明潭，1979.3），頁432。

2　見陳逸雄〈我對父親的回憶——陳虛谷的為人與行誼〉，收於《陳虛谷選集》（臺北：鴻蒙，1985.10），頁496。

〈最新聲律啓蒙〉（以上，1923 年）；〈阿芙蓉〉（1924
年）。一九二五年八月發表第一篇隨筆〈無題〉之後，即熱
衷於新文學創作；直至一九三六年始再發表漢詩〈寒夜〉、
〈苦雨〉、〈田園雜詩〉、〈新竹枝歌〉；一九四〇年黃洪炎
（可軒）編《瀛海詩集》，收錄〈晚霽〉、〈過苑裡街〉、
〈寒夜〉……共十四首，發表數量相當有限。一九七〇年五月
應社出版《應社詩薈》，始輯錄〈懶雲詩存〉，總題共九十三
首。日治時期連雅堂整理的《臺灣詩乘》，戰後臺灣省文獻會
出版的《臺灣詩錄》、《臺灣詩錄拾遺》、《廣臺灣詩乘》
……俱未收錄賴和漢詩；博、碩士論文，如廖雪蘭的《臺灣詩
史》，[3] 處理及日治時期，亦未提及賴和、陳虛谷等新知識分
子之漢詩；許俊雅的《臺灣寫實詩作之抗日精神》[4] 則僅簡略
取證。凡此種種，皆說明受過日本教育的臺灣知識社群之漢詩
研究，是個猶待開發的領域。

　　由於一九七〇年代以來的臺灣文學研究，以新文學爲重
點，談論賴和新文學成就的作品甚多，賴和紀念館所編之《賴
和研究資料彙編》上下兩冊，及李篤恭編《磺溪一完人》相繼
於一九九四年出版，大體總結了賴和新文學的成績；一九九四
年六月筆者經由手稿輯錄，出版《賴和漢詩初編》，始將賴
和的漢詩做了初步清理。在此之前，以賴和漢詩爲研究對象
的論文，僅見花村〈從舊詩詞起家的臺灣新文學之父——賴
和〉[5]、薛順雄〈賴和舊俗文學作品的時代意義〉[6] 等少數論
文，兩文俱有見解，唯限於資料，不免有所遺憾。施懿琳〈從

3　文化大學博士論文，《臺灣詩史》（臺北：武陵，1989.8）。
4　師範大學碩士論文，《臺灣寫實詩作之抗日精神研究——光緒 21 年～民國 34
　　年之古典詩歌》（臺北：自印本，1987.4）。
5　原刊於《臺灣文藝》80 期「賴和專輯」，收於賴和紀念館編《賴和研究資料彙編》
　　（彰化：彰化縣立文化中心，1994.6）頁 134-155。
6　東海大學「臺灣文學研討會」論文，1993 年 5 月 28 日發表。

《應社詩薈》看日據中晚期彰化詩人的時代關懷〉，[7]雖論及賴和漢詩，但主要側重於應社詩人的時代關懷。本文以整理賴和漢詩的心得，提出一些看法，然而限於所學背景，論詩實力有未逮，不足之處，猶待日後補正。

二、詩路歷程

《賴和漢詩初編》係爲紀念賴和誕生百年慶而編，筆者在整理詩稿時，爲了顧及系統，稍做分類，序言中云：

> 初編以〈論詩〉爲卷首，是賴和對詩簡明的見解，亦可視爲詩人之序詩；另分六卷，第一、二卷感懷詩、詠物詩居多，儘量兼顧寫作年代；第三卷較雜，稍做歸類，無法顧及年代；第四卷酬贈詩；第五卷行旅詩；第六卷記事詩、詠古詩。[8]

如此分類，大抵而言，綱目較爲清楚，但無法充分顧及寫作先後順序。事實上，各稿本之間，詩作屢見重覆、修改，亦無法完全判定寫作年代。要做好作品紀年，尚須經過仔細比較、研究。

（一）小逸堂

賴和接受漢學始於一九〇七年春天，時年十四歲，入設於彰化南壇（南山寺）側之小逸堂，拜師黃倬其（黃漢）先生，奠定了漢文的基礎。十五歲尚未正式學詩之前，寫作第一首漢

7　收於《第1屆磺溪文藝營營論文選集》（彰化：磺溪文化學會，1993.1）。
8　林瑞明〈新詩吟就且心寬——《賴和漢詩初編》序〉序文部分，頁4。

詩〈題畫扇〉，詩云：

｜｜一一｜ ｜｜｜一一 ｜｜一一｜ 一一

水草迴環處，白鷺自成群。赤日天當午，青空

｜｜一

一片雲。

此首詩作應屬於平起首句不押韻定式：平平平仄仄，仄仄
仄平平。（用韻）仄仄平平仄，平平仄仄平。（用韻）首句應
是平平平仄仄，但賴和卻寫成仄仄平平仄，誤，他日後附記：

　　此首作於明治四十一年夏，時年十五矣。雖然尚未
學詩，端午前由先生賜扇一柄，扇畫流水一曲，綠草環
生，其間宿鷺鷥數隻，又復襯以紅日一輪，白雲幾點，乃
題此首，實學詩之第一作。因起聯平仄失調，思欲竄改，
更無將著筆，故記之。大正三年正月十八日。[9]

然而此詩既是處女作，有紀念之意義，賴和仍慎重收錄
下來。值得注意的是向來論者皆謂賴和不署日本年號，唯在
此附言中，明記「明治四十一年」（1908）、「大正三年」
（1914），說明賴和年輕時代，畢竟是身為日本國籍的臺灣
人。在一九二三年十二月治警事件之後，〈飲酒〉一詩中云：
「我生不幸為俘囚，豈關種族他人優」以前，賴和並非那麼堅
持不署日本年號；他在古月吟社亦有日本人詩友如永島、井野
邊（見〈賀年詩〉、〈寄古月吟社諸先生〉）；在一九一六年

9　《賴和漢詩初編》（彰化：彰化縣立文化中心，1994.6），頁7。

的〈環翠樓送別〉詩中，更有臺、日相融的精采描繪：

> 一生瀟灑寄園林，愛酒又兼愛苦吟。
> 環翠今宵同諷詠，定軍他日共登臨。
> 白沙猶有鴻泥跡，古月何如龍井深。
> 我替松梅愁不了，倚欄獨賞歲寒心。
>
> 酒興詩情老更饒，追隨曾與破無聊。
> 日臺差別吟中撤，汝我猜疑飲次消。
> 肆口未聞清虜罵，闊肩不似國民驕。（自註：日人指驕矜
> 之態曰闊肩。）
> 缽聲此夕敲殘後，萬里相思入暮潮。

　　從詩裡，可以充分感受不同種族的詩人，在詩宴中因平等而和睦相處；於廈門博愛醫院時亦與擔任會計工作之書記高萩春吉、看護婦竹內靜江甚友善（見〈送高萩會計卸職歸臺〉、〈回想〉、〈猶是嬌癡〉）；[10] 廈門歸來之後，有時亦不免感觸云道：「文章聲譽吾無分，枉作皇朝聖世民」（〈感懷〉）；賴和一九二三年四月發表於《臺灣》四年四號的〈最新聲律啓蒙〉中云：「蕃和漢，北中南」，實含有族群融合的情操（詳下），人與人、民族與民族理應平等對待，如果不是政治上的支配者與被支配者的對立關係，賴和不見得非要抗日不可。

10　竹內靜江，大阪人。1918 年 1 月至 1919 年 8 月服務於廈門博愛醫院。聞之賴和哲嗣賴燊，當賴和任職博愛醫院時與大阪籍護士甚友善；1939 年 3 月賴和前往日本時還特地前往探望。經查〈廈門博愛會舊役員〉名冊，與賴和同時服務於博愛醫院之護士，大阪人僅有竹內靜江。見《廈門博愛會廈門醫院滿 5 週年紀念誌》（廈門博愛會，1923.7），頁 151。

　　賴和學詩文於小逸堂，而小逸堂對其一生影響相當深遠。
一九二三年塾師黃倬其逝世，賴和寫作〈小逸堂記〉，充分
表現了漢文的造詣，而漢詩中以小逸堂為題的計有〈小逸堂
雜興〉、〈小逸堂感舊〉、〈小逸堂書舍即景〉、〈小逸堂
菊花〉、〈小逸堂〉、〈寄小逸堂諸兄〉、〈寄小逸堂諸窗
友〉、〈小逸堂賞菊上吳秀才〉等總題八首詩作。以最早的
〈小逸堂雜興〉為例，平仄分明，以八首七言絕句構成組詩。
詩云：

　　　今日歸來變換多，一窗生意草娑娑。
　　　舊書架上橫陳遍，盡付蜘蛛掛網羅。

　　　飯罷無聊倚竹床，午風催睡簟紋涼。
　　　記將枕上拋書後，浪得遊仙夢一場。

　　　午夢醒回日已斜，移來蕉影上窗紗。
　　　攬衣起向閒階立，叉手無言對落花。

　　　補巢前日記來歸，乳燕毛豐早學飛。
　　　啣盡落花還啄絮，雙雙相撲上柴扉。

　　　盤繞籬笆藤蔓青，一庭桃李漸零丁。
　　　剩來階下蒙茸草，移向窗前養性靈。

　　　落日遮雲暗復明，棟陰風過冷還清。
　　　中庭獨立心閒適，只惜葡萄未上棚。

遠樹分明畫碧天，山嵐濃翠滴簷前。
愛聽燕雀歸巢語，忘記經書念未完。

庭上煙烘落照餘，蟬聲無力晚風徐。
閒來架上都翻遍，發見當年未讀書。

　　在整首詩作中，賴和將歸來（午前）、飯罷（中飯）、午夢之後的觀景（落花、乳燕、藤蔓、青草）、落日心境、傍晚時分的感觸，藉著一日時間的推移，以景寫情，達到情景交融的境界。最後一首的末聯「閒來架上都翻遍，發見當年未讀書」，又回扣第一首的「舊書架上橫陳遍，盡付蜘蛛掛網羅」，閒適之中，亦表達了無比的遺憾。如此首尾相銜，使〈小逸堂雜興〉成為一體的組詩，令人回味無窮，的確是詩家手筆。

　　〈小逸堂感舊〉、〈小逸堂書舍即景〉，從〈感舊〉的「無憑天道終難論，已喪斯文痛後生」；〈即景〉詩描寫後輩「四人當榻縱橫臥，獨客攤書寂寞看」的感慨，當是一九二三年十一月塾師黃倬其逝世之後的作品。「當年聞義悲難徙，今夜重過恨獨長」（〈感舊〉），賴和歷經世事之磨練，已有了「而今事事堪愁悵，世路羊腸步步艱」（〈即景〉）之感，今不似昔，亦是對時間流逝的浩歎。

　　〈小逸堂菊花〉、〈小逸堂〉、〈小逸堂賞菊上吳秀才〉等三首，除了藉以表達對其師黃倬其的深刻懷念：「老圃黃花著意栽，艱難亦似育英才」（〈上吳秀才〉），亦有「誰復念吾輩，斐然正成章」（〈小逸堂〉）的自負；而「自慚骨幹生來俗，不與淵明共起居」（〈菊花〉），則約略表現了現實之社會運動與理想世界之衝突。〈寄小逸堂諸兄〉，則是離鄉在

外的感懷：「閒不能堪唯習畫，靜無聊奈但吟詩。近來消息何須問，夜半挑燈讀楚詞。」顯見小逸堂的漢詩文教育，對賴和一生影響之深遠。〈寄小逸堂諸窗友〉，是一首樂府形式的詩，展現了賴和的敘事功力，其中一段云：

> 於月之初四，我始來嘉義。初到生疏地，萬事不如意。
> 回想阿本君，寂寞還似此。我自到此間，暫時不得閒。
> 東食而西宿，朝出而暮還。晚來或有客，暫得同笑歡。
> 夜深行人絕，剩我孤影單。市遠鄰居少，繞屋叢樹環。
> 陰森鬼氣多，心怯夢不安。君在天之北，此恨欲寄難。
> 只有階下蟲，和我作悲嘆。諸君寄校中，知己聚一室。
> 鬥詩清泠音，鬥字淋漓墨。細雨落杏花，滿地皆春色。
> 我行殊零丁，舉目無相識。日日苦相思，相思曷有極。
> 學生要勉強，宿舍有規律。願君鑑別人，參酌爲標準。
> 君自閱歷多，餘事何足論。

由「於月之初四，我始來嘉義」及詹本等人仍寄宿校中，可以斷定這首詩寫於一九一四年十二月，賴和醫學校畢業後初至嘉義醫院任職時，時年二十一歲，白描中有一氣呵成之感。而詩中「念我平生交，南北各一處」，則是賴和兩個重要學習的地方，一是小逸堂，一是臺灣總督府醫學校；前者是賴和心靈的故鄉，詩人賴和由此出發，後者則是他習醫濟世的起點。在這兩個地方，他各有了一些知心的朋友，日後的酬唱詩以這兩處的知交居多。〈小逸堂記〉云：

> 丁未（1907）春，家居賦閒，我等父兄仰其（黃倬其）博約善誘，欲以子弟相托，乃爲築室於南壇之側以講

學。夫子動於誠，一時聞者亦競遣子弟從遊。因夫子教導有方，我等學生皆甚契洽，遂成一無形之統。[11]

小逸堂的同學黃文陶、石錫烈、陳吳傳、楊以專等人，不僅少年時代筆硯相親，晚年更合組晉一會，逢十晉一，集會歡祝生日。

（二）臺灣總督府醫學校

一九○九年四月，十六歲的賴和考入臺灣總督府醫學校第十三期，同班同學有杜聰明、翁俊明、吳定江等人。賴和利用五年完成醫學校課程，並在這段期間廣泛地接受了新學，此時也是漢詩寫作非常熾熱的時期。《賴和漢詩初編》卷一、卷二所輯錄的作品，絕大多數寫於醫學校時代。癸丑（1913）、甲寅（1914）兩年，他且在很多詩題之下註記月日，說明了漢詩是賴和寄情、感懷的重要媒介。前述〈小逸堂雜興〉即是寫於此一時期，詩人的影像已然成形。癸丑十月十七夜的〈敲詩〉云：

> 敢問蒼蒼太不平，飄零空恨吾平生。
> 自憐身世難為用，欲藉文章小立名。
> 無限壯懷山月冷，一腔詩思夜燈清。
> 撚眉苦憶歈蘆管，漏剪催人又五更。

「欲藉文章小立名」，已呈顯賴和未來作為一個文學家的抱負。同一時期以〈梅〉為總題的七首律詩，充分表現其詩

---

11 《賴和先生全集》，頁320。

情，第五首的尾聯「新詩偶向花前得，風緊雲忙雪滿天」，當句翻送的手法，使得詩的密度極大。第三首的首聯「春在梅花何處邊，向南斜放一枝先」，恍若信筆拈來，但充滿了韻味。〈厭讀〉一詩云：

> 二十年來原故我，惟將靜坐送年華。
> 晴窗二月春風暖，默坐終天竹榻斜。
> 暫得心閑即覓句，都因懶讀每思家。
> 欲開舊卷頭生痛，步出庭前摘草花。

意境渾然天成，「暫得心閑即覓句」，是醫學校時期的寫照。青年賴和以詩藝鍛鍊自己的性靈，且嘗試各種詩體，如樂府風格的〈憶家〉：

> 出外許多時，家中今奚似。秋深落葉飛，目斷雲千里。
> 鄉思日在胸，音書無半字。輾轉到深更，忽入魂夢裡。
> 阿母手縫衣，吾弟正裁紙。為道寒衣成，明朝付郵去。
> 未識稱身無，歸來可一試。怪此幽蟲聲，忽焉震吾耳。
> 攪我還家夢，增我懷鄉意。秋深霜氣寒，西風冷透被。
> 飄泊滯天涯，栖栖遠遊子。白髮高堂上，垂念情何已。

更是將遊子的心情娓娓道來，因想家而輾轉難眠，睡中作夢，親情無限，卻又被蟲聲吵醒，醒來更加思親。整個情境，一環扣緊一環。寄至味於淡泊之中，詩意由是更加飽滿。賴和善用平淡語言，亦不避俗音，〈西北雨〉題下特別註明讀俗音，〈感慨〉題下註明俗語，顯見賴和尊重臺灣口語，不做文言古音的奴隸，以具體而為表現出他的漢詩係從臺灣的土地與

人民出發。〈感慨〉詩云：

> 自憐心地久糊塗，直到如今夢始蘇。
> 我與秋花同寂寞，人如春草盡榮枯。
> 看來畢竟多芻狗，望去居然似丈夫。
> 何事可能容理論，無言便算未爲愚。

這類的詩作在後來的〈我心惻〉註明押俗韻，〈農民嘆〉註明押臺灣土語韻，返本溯源，在醫學生時代，賴和已嘗試這類創作了。另外，在同一時期，亦有〈實習竹枝詞〉之作：

> 問汝而今年幾許，從來生業賴何如。
> 底事雖爲二豎欺，有甚原因休汝隱。
> 細將苦痛訴余知，身中猶存潮寒熱。
> 胃口能無苦渴飢，此病到今經幾日。
> 可曾服藥可曾醫，幾番打診兼聽診。
> 不辨清音或濁音，更還按脈別浮沉。
> 斷作癆傷疑未穩，欲言寒熱病方深。

將醫生診療的過程，表現得淋漓盡致。詩中有醫生的詢問、病人的主訴，聽診之外猶不放心，還需按脈，下診斷之前，尚需考慮再三，醫生的敬業精神，完全呈現出來。竹枝詞的民間性，是賴和深所喜愛的，爾後尚有〈北港竹枝〉、〈新竹枝歌〉、〈田園雜詩〉，皆呈現出賴和的民間性格。早在醫學校時代〈實習竹枝詞〉，已是絕佳的代表作。

此時由於正當青春年少，難免亦有一些爲賦新詞強說愁的詩作，感時傷秋之句每每常見，以致情境、句法每相類似，愁

緒濃得化不開來，到底也有慘綠少年的一面。此時，賴和亦喜好旅遊，水源地、大湖山，尤以劍潭寺詠之再三，感時憂國之情屢見，如〈初夏遊劍潭山寺〉八首律詩，其中第五首詩云：

> 一葉扁舟泛晚風，劍光隱約有無中。
> 層層急浪磨天碧，滾滾流波落日紅。
> 家國興亡有遺恨，子孫不肖負前功。
> 我來獨向空潭哭，煙水茫茫盡向東。

「家國興亡有遺恨」，在後來的詠古詩中，如〈旗山廢壘懷古〉、〈讀林子瑾黃虎旗詩〉、〈讀臺灣通史十首〉、〈赤崁樓〉等等，更是有深刻、複雜的表現。

有一年寒假，賴和與杜聰明兩人從臺北徒步回彰化老家，沿途所見所聞，一一以詩表現。〈年暇徒行歸家計費五日〉，透露出不少訊息，「吃苦本來愚者少，相隨難得有聰明」，杜聰明與蔣渭水等人正是一九一一年醫學校學生成立復元會的要角，而復元會是中國同盟會在臺灣的外圍組織，反映了當時知識分子對於故國之關切。[12] 遊經臺北盆地邊緣三角湧（三峽）時，賴和除了寫詩之外，在附記中有「此鄉義民彼所謂土匪者」，[13] 顯示出賴和在民族認同上有一貫的立場，並不接受日本政府的宣傳。經桃園大嶺崁（大溪）時，他苦於語言不通，在其〈發大嶺崁〉詩中云：

---

12 參閱拙著〈賴和與臺灣新文學運動〉，第 2 小節「民族意識與復元會」，收於《臺灣文學與時代精神——賴和研究論集》，（臺北：允晨，1993.8），頁 8-26。
13 同註 9，頁 193。

我本饒平（四縣）客，鄉語更自忘。感然忽傷抱，數典愧祖宗。[14]

　　賴和家族幾代居於彰化，由於環境、婚姻的影響而逐漸福佬化，賴和以福佬話為母語，雖已不能說客家話，但並未忘記身為客家後裔。青年賴和常在詩作中感嘆身世，如〈有感偶得寄錫烈藝兄〉，就有「自憐身世太淒涼，惹卻傍人話短長」，〈讀石詹二兄書知近況獲多如意為之少慰然反而自念又不知悲之何來因作二詩以寄之〉亦有「身世而今不可道，只堪歸去傲煙波」之句，可能與身為漢族，但卻因馬關條約而轉隸籍日本的民族失落之情有關；但身為客家後裔，卻只能講福佬話，戶籍登記亦是福佬族，或許與此亦不無關係。[15]

　　行經新竹北埔，正是一九〇七年十二月北埔事件之地，賴和眼見碑文，在詩中有「我來剔蘚讀題字，不敢哀號只淚垂」的悲情，其中一首云：

唱亂居然第一聲，只是區區小不平。（亂首因一日婦背己，而官又偏袒，乃生憤慨。）亦覺婦人實可憐，得從虎口獲餘生。乃知釀亂非民責，為政休教失不平。（男皆傲慢可厭，女卻柔媚可憐。評語。）

　　二十歲不到的青年賴和，對於臺灣人民的悲境已有了深刻的體認。「乃知釀亂非民責，為政休教失不平」，他於

14　在賴和另一稿本中，此詩云：我本客屬人，鄉語竟自忘。感然傷懷抱，數典愧祖宗。

15　從來賴和被認為是福佬人，日治時期賴家的戶口名簿，種族欄登記為福佬族。筆者翻查賴和漢詩稿本，發現〈發大料崁〉一詩，於〈賴和的文學及其精神〉（林本源基金會第64次臺灣研究研討會），首次提出。同註12，頁337-338。

一九二一年二月參加臺灣議會設置請願運動、十月參加臺灣文化協會擔任理事，正是爲了爭取日本殖民統治下，臺灣人應有的平等地位。

（三）廈門行

賴和何時渡海廈門任職博愛醫院？何時歸臺？向來有兩說：一是源自墓誌，賴恆顏、李南衡合編〈賴和先生年表簡編〉採用，將之繫於大正六年（1917）；[16]但由於一九一七年十一月臺灣總督府才訂立章程，博愛醫院尙未正式成立，故筆者懷疑墓誌有誤不予採用；另據賴和《一九〇八～一九一四年稿本》扉頁之簡單記事推論爲一九一九年七月入閩，[17]現由賴和《一九一八～一九二二年稿本》之漢詩，證實兩說皆誤。賴和在〈元夜渡黑水洋〉一詩：

> 月正橫天夜正中，雪山高壓怒潮雄。
> 船窗濺沫疑狂雨，樓塔凝煙恰息風。
> 幾點寒星當馬尾，一團雲氣辨雞籠。
> 舟人圍坐閒相語，北斗依稀尚半空。

黑水洋即是臺灣海峽，詩題已記明了渡海前往廈門的日期，戊午年元夜（元宵節）時當西曆一九一八年二月廿五日。另查《廈門博愛會廈門醫院滿五週年紀念誌》，在〈廈門博愛會舊役員〉名冊，載明賴和（大正）七年二月任職，（大

---

16 墓誌云……大正5年懸壺本市。翌年渡廈勤務博愛醫院。26歲歸臺行醫。
17 筆者之推論有誤，當時所持之依據，參見〈賴和與臺灣新文學運動〉註35及36，《臺灣文學與時代精神——賴和研究論集》，頁25。爲學不易，自當謹記，懷疑一說亦不宜過度推論。

正）八年七月退職，[18] 亦即入閩、歸臺之日期，已可確定是一九一八年二月廿五日及一九一九年七月，總計任職廈門博愛醫院一年六個月，自從墓誌以來之錯誤，一併更正。

賴和以〈去國吟〉、〈歸去來〉兩首詩，表達了他入閩、歸臺的心情。其間則有遍遊廈門、泉州各地風景名勝之詩作，逢年過節每與臺灣詩友寄詩酬唱。

離開臺灣而曰「去國」，殊堪玩味。[19] 賴和出生隔年，即因乙未割臺，轉而隸籍日本，他具有文化遺民的意識，但亦有現代的國家觀念，〈中秋寄在臺諸舊識〉，其中給「古月吟社諸公」詩云：

亂世奸雄起並時，中原殘局尚難知。
茫茫故國罹烽火，颯颯西風隕舊枝。
萬里客懷傷寂寞，百年大局費支持。
亞歐變幻良宵月，定入樽前感興詩。

「茫茫故國罹烽火，颯颯西風隕舊枝」，賴和漢詩凡提及中國皆曰故國，如一九一八年的「乘風非有中原志，聞笛寧無故國情」（〈同七律八首〉）、「茫茫故國罹烽火，颯颯西風隕舊枝」（〈中秋寄在臺諸舊識〉）、「故國相思三下淚，天涯淪落一庸醫」（〈得敏川先生書及詩以此上復〉）、「袖

---

18 筆者1990年7月曾前往廈門臺灣研究所尋訪有關博愛醫院之資料，但未找到；費力尋訪位於鼓浪嶼原日本領事館旁之博愛醫院舊址，則已改變用途，故一無所得，還因此被一街坊委員會的中年女性婦女干涉、監視，印象至深。今承天理大學下村作次郎教授，惠寄故中村孝志教授所藏《廈門博愛醫院滿5週年紀念誌》影本，終於能確定賴和服務博愛醫院之年月，謹此致謝。賴和任職、退職之紀錄，見前揭書，頁150。

19 唐柳宗元〈別舍弟宗一〉有「一身去國六千里，萬死投荒十二年」，〈南澗中題〉有「去國魂已游，懷人淚空垂」，解者皆以「去國」為離開京城。賴和的〈去國吟〉，「去國」兩字值得推敲。

裡乾坤傷迫仄，眼前故國嘆沉淪」（〈送盧谷之大陸〉）等等。稱中國為故國，當然有民族血緣、文化關係的感情，但畢竟是隸籍日本的臺灣籍民，對於時局只有感嘆。給林肖白的詩（〈中秋寄在臺諸舊識〉中予「肖白先生」詩）云：

> 莽莽神州看陸沉，縱無關繫亦傷心。
> 迴天有志憐才小，填海無功抱怨深。
> 蕭瑟客途秋復半，淒迷庭院月初陰。
> 亂離世界良宵景，料定先生有壯吟。

這首詩尤其值得注意，起聯「莽莽神州看陸沉，縱無關繫亦傷心」，已具體表達對於中國的亂局，雖然身為局外人，但仍是深感悲傷；「迴天有志憐才小，填海無功抱怨深」，大抵表現出無所著力之莫可奈何。〈答鏡湖先生〉詩云：

> 身世飄零感最多，不勝惆悵輒狂歌。
> 亦知有恨難排遣，徒付長噫可奈何。
> 時代已隨青史改，年華空趁白駒過。
> 漸知富貴吾無分，依舊耽吟一賴和。

其中已有「時代已隨青史改」之句，乙未割臺，臺灣民主國失敗之後，臺灣已是日本帝國的殖民地，未回中國大陸的臺灣人，國籍上已隸屬於日本，賴和在〈送高萩會計卸職歸臺〉詩云：

> 萬里悲為客，飄零祇此身。忘形同愛酒，列籍自相親。
> （下略）

　　由於兩人同時任職於廈門博愛醫院，在廈門都是臺灣去的外來客，故彼此親近。然而賴和在博愛醫院仍無法發揮所長。〈寄錫烈君〉詩，有「渡海光陰忽半年，猶然醫界一閒員」之句；〈得敏川先生書及詩以此上復〉云：

　　　　故國相思三下淚，天涯淪落一庸醫。
　　　　此行祇爲虛名誤，失腳誰能早日知。
　　　　流水萍蹤遊子恨，秋風蓴膾楚囚悲。
　　　　近來生活無須問，贏得傷離幾首詩。

　　詩中反映了臺灣總督府在對岸政策下一手推動成立的廈門博愛醫院，臺灣人醫師，並不被重視。故國已是另一國，而殖民帝國的醫院也不看重，兩無著落，以致有「此行祇爲虛名誤，失腳誰能早日知」的強烈感嘆。受日本保護的臺灣籍民，賴和亦看不慣，〈廈門雜詠〉，其中一首有關臺灣籍民的描寫：

　　　　門牌國籍註分明，犯禁公然不少驚。
　　　　背後有人憑假借，眼中無物任縱橫。

　　被中國人稱爲臺灣呆狗的某些臺灣籍民，在日本帝國的庇護之下，狐假虎威，確是令人反感；然而賴和寄情山水，往來廈門鄉間所見，也是不免令人失望，賴和於〈鄉村〉詩云：

　　　　萬家煙突幾家生，破屋斜陽戶不扃。
　　　　零亂瓦磚餘劫火，流離骨肉感飄萍。
　　　　數聲野哭雲沉黑，滿眼田荒草不青。

匪患初安兵又到，一村雞犬永無寧。

在一九一八年的〈答林肖白先生並和瑤韻〉則云：

落魄何妨志少降，違親碌碌入危邦。
依人活計慚中馬，寂寞春深客鷺江。

一九一八年的〈同七律八首〉之一亦云：

茫茫大陸遍瘡痍，蠱病方深正待醫。
蠢豕直成真現像，睡獅猶是好名詞。
未嘗世味心先醉，聽慣民聲耳亦疲。
如此亂離歸不得，排愁無計強吟詩。

中國大陸因擾亂不安，亦非久居之地。尤其當地吸食鴉片情形嚴重，身為醫生的賴和，更是觸目驚心，因此有〈於同安見有結帳幕於市上為人注射瑪琲者趨之者更不斷〉一詩：

人病猶可醫，國病不可醫。國病資仁人，施濟起垂危。
今無醫國手，坐視罹瘡痍。禹域四百州，鴉片實離離。
無賢愚不肖，嗜毒甘如飴。沈痼去死近，惘惘誰復知。
又嫌費吐吞，倩人注射之。受毒日以深，轉喜得便宜。
四體針既遍，瘢結成蛇皮。受者滋感悅，我淚滂沱垂。
作俑而有後，天道益堪疑。

這首樂府風的敘事詩是至為痛心之作，語言通俗流暢，將鴉片的社會問題層層揭開。「人病猶可醫，國病不可醫」，

即使本身是醫生，也只有興起「今無醫國手，坐視罹瘡痍」之嘆。

賴和於一九一九年七月退職返臺，寫下〈別廈門〉、〈歸去來〉……等漢詩。一九一八年二月的〈去國吟〉，詩中有「辭家雙淚下，去國一何悲」之句，〈歸去來〉一詩則更見沉痛，後半段詩云：

此行未是平生志，誤惹傍人豔羨仙。
酬世自知才幹拙，思鄉長爲別情牽。
一身淪落歸來日，松菊荒蕪世亦遷。
詩壇寂寞嘯霞死，風流太守長致仕。
市人趨利日奔馳，故舊成金多得意。
鏡前自顧形影慚，出門總覺羞知己。

賴和何以前往廈門鼓浪嶼任職博愛醫院？何以一年半退職歸臺之後，傷痛如此之深？這是值得更進一步探索的問題。[20]不過可以確定的是賴和在廈門行之後，他更落實在「四顧茫茫孤島嶼」（〈歸去來〉）的臺灣，爲臺灣奉獻全部心力了。

（四）治警事件前後

賴和回到臺灣，於一九二五年八月發表第一篇隨筆〈無題〉之前，一面行醫，一面在漢詩的詩藝上精進。一九二二年六月應《臺灣》第一回徵詩，發表〈劉銘傳〉兩首，分別入選第二名及第十三名，此後陸續發表漢詩數首，率多詠史之作，

---

20 筆者在〈賴和與臺灣新文學運動〉，第 3 小節「出身民間回到民間」，試圖提出解釋，但仍不滿意。〈歸去〉詩中之「思鄉長爲別情牽」，「別情」兩字或有別解。請參閱拙著，同註 12，頁 27-39。

其中〈阿芙蓉〉（《臺灣民報》2卷23號）尤其是一首七古的傑作。從賴和稿本中得知，該詩曾經過前清秀才洪以倫之批改，並寫下批文。[21] 詩云：

> 風燈開火人倚床，燒來氣味芬而芳。
> 始侵肝肺漸銷骨，憒然墜入黑甜鄉。
> （批）：起亦軒豁。
> 大千世界人如蟻，斯風未識從何始。
> 東西兩洋曾無聞，雍雍漢族乃耽此。
> 傷心舉國盡成風，言者嘆息摧心胸。
> 十有八年廢朝視，世間傳說明神宗。
> （批）：轉韻即須押韻，總不可謂一定不易，然總較有機
> 　　　　勢，後勿忘卻。
> 沿及前清益紛糾，洋船競入珠江口。
> 西賈居奇挾帶來，奸民漏稅偷關走。
> 維時粵督林則徐，風行雷厲欲殲諸。
> 可惜一炬燒難盡，至今蔓草不可除。
> 當年將士多沉湎，吞吐煙雲失教練。
> 炮火未接各驚奔，不待十年無可戰。
> 英人北向更長驅，防邊萬壘一人無。
> 紅旗敵艦初擎起，已見三彈下大沽。
> 豎子無知難謀國，三軍屢敗膽摧落。
> 厚幣甘為城下盟，天津和議竟成約。
> （批）：據事直書，言之可勝浩歎。
> 從此輸來更自由，芙蓉城主百無憂。

21　採訪自賴和哲嗣賴燊。據云，洪以倫本身寫詩平常，但善於修改他人詩作。

惡習難除偏易播，迷濛毒霧鎖神州。

神州之廣猶不足，臺灣沾染更成俗。

（批）：如此用典，巧不傷雅。恰好落到本地風光，言中
　　　　有物，非同泛泛。

卻憶前年割讓時，曾將處置苦當局。

疇司民政曰後藤，創成良策世稱能。

非止漸禁民忘苦，財源政府亦倍增。

（批）：喚醒夢夢，一片婆心。

餘毒沉淪多黑籍，愚民密吸翻成癖。

或遇偵查破案時，鬼薪株送累千百。

（批）：戛然而止，較有意味。

　　這是一首有關鴉片禍害中國並及於臺灣的史詩。賴和先
從吸食鴉片描寫，一轉述及史實，從而批判在腐敗政權之下，
上行下效，人民吸食鴉片所受之毒害，清朝中葉後更是變本
加厲，「西賈居奇挾帶來，奸民漏稅偷關走」，而林則徐的
禁菸政策，導致中英貿易衝突而引起鴉片戰爭，「當年將士
多沉湎，吞吐煙雲失教練」，以致每戰必敗，簽下種種不平
等條約，「從此輸來更自由，芙蓉城主百無憂」，鴉片煙鬼更
多了，不僅遍及中國大陸，臺灣更是沾染成俗，禍害無窮，直
到清朝割讓臺灣之後，民政長官後藤新平，才採用鴉片漸禁
政策，「非止漸禁民忘苦，財源政府亦倍增」，未登記而吸食
者，被查獲則送官究辦。全詩據事直書，氣勢磅礴，轉韻再三
而一氣呵成，的確是了不起的傑作。更值得注意的是全詩具有
批判性，對於後藤新平的鴉片漸禁政策，也給予肯定的評價，

並非盲目抗日。[22] 發表〈阿芙蓉〉一詩，已是一九二三年底治警事件之後，賴和第一次下獄，寫作〈囚繫臺中銀水殿〉、〈囚中聞吳小魯怡園籠鶴〉、〈繫臺北監獄〉、〈出獄作〉、〈出獄歸家〉等漢詩，以〈繫臺北監獄〉而言，即云：

> 功疑惟重罪疑輕，敕法何嘗喜得情。
> 今日側身攖乳虎，模糊身世始分明。

賴和自從治警事件之後，抵抗精神日增，「今日側身攖乳虎，模糊身世始分明」，明白表現出與殖民政府對立的立場，然而對於日本的政策，亦非一概否定，其給予後藤新平的評價，即是一例。

三十歲左右的賴和，一方面參加臺灣議會設置請願運動、臺灣文化協會，一方面詩藝益漸成熟，並且對於漢詩也有了自己的風格與特色。

一九二四年汲古書屋徵詩，詩題〈論詩〉五言古體限賓韻，四月發表於連雅堂主編的《臺灣詩薈》第三號。當時入選的計有 ST 生、王了庵、瑤英、詩奴、王則修、周思禮、古餘、孟華、邁公、南豐逸老等十名，老輩及年輕輩的漢詩人均共襄盛舉。入選第一名的 ST 生其詩作如下：

> 論詩古今人，比比先四義。獨有嚴滄浪，借禪以喻意。
> 玲瓏透徹中，終竟有文字。我老廢吟哦，古詩但編次。

---

22 許俊雅在《臺灣寫實詩作之抗日精神研究》，關於鴉片漸禁政策，持否定態度，並云：鬻毒戕民，復以刑罰從之。其賊我華族，害我炎孫之陰謀，詎非彰明較著乎？賴和諷譏後藤「創成良策世稱能」，蓋斥其野心矣。前揭書，頁 141。非持平之論，此因扣緊賴和抗日而導致；薛順雄〈賴和舊俗文學作品的時代意義〉（東海大學「臺灣文學研討會」論文），就此一政策及賴和之論點，則已就事論事。日治時期之複雜性，包括筆者都需再三思考。

亦愛今人詩，未敢輕擬議。規模不必同，氣骨勉勿墜。
詩爲心之聲，作者身世異。其言足動人，乃爲詩之至。[23]

賴和漢詩稿本中，亦有〈論詩〉一首，同樣是五言古體賓韻。全詩如下：

國風雅頌篇，大率皆言志。所貴在天眞，詞華乃其次。
嘲笑及萬物，刻畫半遊戲。未用嘔心肝，不妨閒擤鼻。
有時還自來，求之轉不易。無病作呻吟，易滋人謗議。
頌揚非本心，轉爲斯文累。迫仄乾坤中，閒情堪託寄。
鞭策牛馬身，此即自由地。多少嘆息聲，幾許傷心淚。
主權尚在我，渾灑可無忌。門戶勿傍人，各須立一幟。
梅花天地心，鳴鳳人間瑞。思想之結晶，文字爲精粹。

此詩是否曾經投稿《臺灣詩薈》，不得而知，但同樣詩題、同樣五言古體、同樣限定賓韻，絕非偶然，大有可能平日閱讀詩刊、雜誌，得知徵詩消息，亦試著寫下〈論詩〉，因此可以判斷是寫於一九二四年的作品。與 ST 生的〈論詩〉比較，毫無遜色，甚且更有過之。簡言之，ST 生的作品，均是傳統之見，串連成篇而已。賴和的〈論詩〉，則除了古意之外，尙有新見，將詩的本質及創作過程中各種不同的心境，皆一一呈現。如「所貴在天眞，詞華乃其次」，這是直抒性靈，語言文字只不過是媒介而已，何需雕琢？「嘲笑及萬物，刻畫半遊戲」，如果創作不具遊戲的性質，如何從創作中得到快樂，又何以持久不懈？德國詩人席勒即有遊戲說；「有時還自

---

23 《臺灣詩薈》第 3 號，頁 143。

來，求之轉不易」，正是創作之神祕性，《文心雕龍》的〈神思篇〉即述此意。更值得注意的是賴和在〈論詩〉中有「鞭策牛馬身，此即自由地」，這是賴和生存的時代處境，即使身受殖民統治的壓迫，只要努力奮鬥，不放棄希望，仍可掙脫大環境的制約；「主權尚在我，揮灑可無忌」，這是他樂觀的信念，不管在漢詩或新文學創作，皆可從其作品中，看到這樣的特質。全詩以「思想之結晶，文字爲精粹」總結，更點出了文學創作，文字必須凝鍊以及思想性之重要。縱觀全詩，古、新意並存，而文字簡白，即使用典，也只有「未有嘔心肝，不妨開擁鼻」而已，全詩明瞭易解，意義深刻。賴和的確是具有「文字般若」之人，所以新舊文學皆能成其一家之言。

前述此一階段賴和已參加文化運動，並因治警事件下獄，對於殖民地臺灣的處境，日益關切，殖民地民眾被壓迫的情形，更見關懷，漢詩作品逐漸跳脫小我而入大我，如〈吾民〉詩云：

剝盡膏脂更摘心，身雖苦痛敢呻吟。
忍飢糶米甘完稅，身病驚寒尚典衾。
終歲何曾離水火，以時未許入山林。
艱難幸有天憐憫，好雨興苗滴滴金。

表達了對農民深刻的同情，這樣的情懷同樣表現在後來的新文學創作，小說如〈一桿「稱仔」〉、〈豐作〉、〈善訟的人的故事〉、新詩〈覺悟下的犧牲〉、〈流離曲〉、〈新樂府〉、〈農民謠〉等，皆是臺灣新文學運動的代表作。賴和對於弱勢者有感同身受的關懷，〈哀聞賣油炙粿者五古〉詩云：

夜長眠易足，一覺眼朦朧。出門瞻天象，北斗正當中。
十月嚴霜降，餘寒溫曉風。我裘尚畏寒，哀彼誰家僮。
顛縮復顛縮，體羸衣衫薄。一聲油炸檜，屋簷驚凍雀。
行經派出所，賣聲時間作。忽被警官拘，簌簌但淚落。
人家睡正好，衾褥溫暖生。擾夢難初歇，汝復荷荷聲。
欲續未完夢，瞿然忽震驚。他罪或可恕，此罰斷難輕。
大人且憐之，憐我孤零子。忍凍起清晨，原望有生意。
不想賣聲高，飛入大人耳。夢好忽中斷，吾罪合當死。
法在情難恕，絮絮將何為。幾次乞放歸，放歸日暮時。
有貨已難賣，飢腸雷鳴飢。歸逢繼母怒，怒彼歸何遲。
云汝貪嬉戲，飽矣休再食。鄰童笑聲譁，方事軍鬥賊。
可往與之遊，未容留頃刻。飢寒三尺身，嚶嚶泣路側。
塵起北風號，天日為昏黑。

全詩描述一窮苦的小孩賣油炙粿營生，一日間之辛酸遭遇，一層一層道來，彷彿歷歷在目，同樣充分表現了賴和古體詩的敘事功力。在他的新文學作品中，亦有一篇生前未刊遺稿〈不幸之賣油炸檜的〉，[24] 表現同一題材，由此兩篇作品比較，可以說賴和在此一時期，已有意將社會觀察所得，轉為小說創作來加以表現了，其創作形式近於一九二三年九月所寫的，介於散文與小說體之〈僧寮閒話〉，[25] 這是在他一九二六年一月發表第一篇白話小說〈鬥鬧熱〉（《臺灣民報》86號）之前的創作。由此可知〈哀聞賣油炙粿者五古〉亦是傳統文學轉變為新文學創作的關鍵期作品。

賴和此時漢詩創作則益見蒼勁有力，抗議精神日益昂揚。

24 全文收於《賴和先生全集》裡的〈遺稿集〉，頁322-325。
25 同上註，頁316-319。

其作批判日治時期臺灣警察的〈偶成〉，詩云：

一自揚名後，非同草野身。用刑還及母，執法竟無親。
時日亡及汝，威風代有人。清如風過袖，到底不憂貧。
飽飯閒尋事，貪功每陷人。心同鷹隼鷙，性比犬羊馴。
以我同胞血，沽他異樣恩。不知民可貴，但畏長官尊。

　　對照新文學作品有關警察之欺凌善良百姓，賴和此一主題表現了對日本帝國行政末梢之強烈不滿。自由、平等、民權的觀念，在他的漢詩，日漸突出。茲舉下列詩句爲例：

室中坐臥日優遊，覺不自由亦自由。（〈囚繫臺中銀水殿〉）
幽囚身是自由身，尺蠖聞雷屈亦伸。（〈繫臺北監獄〉）
頭顱換得自由身，始是人間一個人。（〈飲酒〉）
破除階級思平等，掙脫強權始自由。（〈送林獻堂之東京〉）
滿腔碧血吾無客，付與人間換自由。（〈李君兆蕙同黃張二君過訪因住勸之以酒書此言志〉）
自由花蕊正萌芽，風要扶持日要遮。
好共西方平等樹，放開世紀大光華。（〈自由花〉）
弱肉久矣恣強食，至使兩間平等失。（〈飲酒〉）
無識可憐民闇弱，恃權久失法尊嚴。（〈書憤四首〉）
玉石俱焚成浩劫，民權今後待誰張。（〈弔在京遭難學生〉）
壓迫自然生反動，艱難豈爲慕虛榮。（〈送林獻堂之東京〉）

世間未許權存在，勇士當爲義鬥爭。（〈吾人〉）
世間久矣無公理，民眾焉能唱利權。（〈元日小集各賦書懷一首不拘體韻〉）

　　凡此種種，不僅是觀念而已，賴和還是臺灣文化協會的理事，歷經全程的文化運動、社會運動、政治運動，爲爭取臺灣人的尊嚴、權利而身體力行。[26]並且在參與運動的實踐過程中，在社會主義思潮的衝激下，產生了共和、獨立的觀念，〈讀林子瑾黃虎旗詩〉是其中的代表作，其詩云：

黃虎旗。此何時。閒掛壁上網蛛絲，彈痕戰血空陸離。不是盛名後難繼，子孫蟄伏良堪悲。三十年間噤不語，忘有共和獨立時。先民走險空流血，後人弔古徒有詩。黃龍破碎亦已久，風雲變幻那得知。仰首向天發長嘆，堂堂日沒西山陲。

　　臺灣民主國的成立以及義軍的英勇抵抗，在臺灣史上是極爲驚心動魄的一幕，然而隨著日本的殖民統治，臺灣人民已「三十年間噤不語，忘有共和獨立時」，這是被統治者的歷史失憶症。賴和此詩當是讀過林子瑾〈詠臺灣抗日軍旗〉的回應之作。林子瑾其詩云：

一場春夢去無痕，畫虎人爭笑自存。
終是亞洲民主國，前賢成敗莫輕論。[27]

26　不另評述，請參閱拙著〈賴和與臺灣文化協會〉，同註 12，頁 143-263。
27　該詩收於王建竹編《臺中詩乘》（臺中市政府，1976.12），頁 196。

彰化學

即使臺灣民主國失敗，保鄉衛土的志氣，仍然是深受肯定。賴和在後來的〈讀臺灣通史十首〉其中之一，對於臺灣民主國充滿了惋惜，甚至對臺灣的歷史，更有一番深刻的看法：

旗中黃虎尚如生，國建共和怎不成。
天與臺灣原獨立，我疑記載欠分明。[28]

賴和這首曾經改稿的詩，是非常值得注意的作品，不但表現了他的臺灣觀，也牽涉了歷史評價，[29]與櫟社創辦人林朝崧（癡仙）的〈謁延平郡王祠〉起首兩聯云：

國能獨立無小大，蜂蠆有毒誰敢害。魏之遼東梁吳越，仰人鼻息真奴軰（自註：翻楊以迴祠聯語）。[30]

頗有異曲同工之妙。而賴和詠鄭成功詩亦不在少數，任職廈門博愛醫院時期，即有〈登廈門觀日臺〉、〈石井〉、〈鄭成功廢壘用張春元韻〉等作，而〈施琅墓道碑〉一詩則云：

豐碑突兀蘚痕生，三百年間大物更。
靖海功勳終泡影，世間爭說鄭延平。

即使面對施琅史蹟，還是突顯了開臺的鄭成功。賴和回臺灣之後更有〈臺南雜感〉、〈弔延平郡王〉、〈赤崁樓〉等

28　賴和在稿本上原稿以毛筆書寫：「旗中黃虎尚如生，國建共和竟不成。天限臺灣難獨立，古今歷歷證分明」。後再以鋼筆修正之。值得注意的是修正後之詩與初稿，意義恰恰逆轉。
29　筆者在〈重讀王詩狀〈賴懶雲論〉〉，首先提出，認為賴和的改稿，呈現了他「民族主義／國家主義」（Nationalism）前後期不同的面貌。同註12，頁361-377。
30　林朝崧《無悶草堂詩存》（臺北：龍文，1992.3，重印本），頁155。

彰化學

詩作，對被西方人稱爲「臺灣王」（King of Taiwan）的鄭成功，輒弔再三。林朝崧、林子瑾、賴和是不同世代的人，其漢詩的風格亦迥然有異，但對於臺灣歷史上不同時期的獨立均有類似的肯定，約略也反應了臺灣人意識的雙元結構。

賴和詩中的「天與臺灣原獨立，我疑記載欠分明」，尚可上推至臺灣原本是屬於南島語系的原住民之樂土。賴和對原住民沒有傳統的漢人偏見，並且是對霧社事件充滿深刻同情的人，他的〈南國哀歌〉，是對抗暴者的熱情歌頌。在他的漢詩中亦有四首有關進入原住民世界之作品：〈由崙龍雇獨木舟入水社〉、〈留題水社涵碧樓詩帖〉、〈正月十四夜珠潭泛舟〉、〈石印化蕃〉，尤其後兩首，誠然是傑作。〈正月十四夜珠潭泛舟〉詩云：

> 夜深月微暈，水靜潭澄碧。漁舍幾排筏，參差泊遠澤。
> 一葉舴艋寬，三兩無聊客。擊槳發狂謳，仰天數浮白。
> 興到任風移，遂叩石印柵。一社盡驚起，眾犬吠巷陌。
> 太郎出啓關，婦女窺籬隙。教喚阿吻來，睡眸尚脈脈。
> 云儂夢正酣，何事惡作劇。願聞妙歌聲，聊以慰夙昔。
> 且喜言可通，無事置重譯。相攜笑登舟，宛如范少伯。
> 太郎彈胡琴，吾乃按節拍。婉囀嬌喉輕，風生動岩石。
> 人世誰無憂，罄樽盡今夕。

將原住民世界的純淨無垢，描繪得恍若世外桃源，來到日月潭遊覽的漢人也深受感染，「擊槳發狂謳，仰天數浮白」，興之所至則任風飄往石印。石印位於日月潭之南岸，西北距光

華島（珠嶼）約五百公尺，[31]是邵族所在地。在日本殖民統治下，原住民與漢人都能使用日文（「且喜言可通，無事置重譯」），而賴和在詩中表現了兩個民族和樂相處的情形，又彈又和又唱，誠為一片樂土。〈石印化番〉則是一首邵族受到漢族競爭、迫害的史詩。詩云：

番人無曆史不傳，一事曾聞傳祖先。追逐白鹿忘近遠，遂來浩蕩潭水邊。渴有可飲飢有食，清泉甘冽魚肥鮮。天留此土養吾輩，移家不嫌地僻偏。竊喜紅塵得斷絕，昏昏悶悶長守拙。聚族歌哭恆於斯，不愁世上亂離別。世外桃源古徑通，桃花消息人間泄。漢民冒險入山深，澄潭始染競爭血。伏屍共痛殺傷多，埋石誓天暫講和。漁獵分區不相擾，佳時載酒或相過。猜忌漸忘情誼厚，共存始覺利尤多。鹽鎞鹿脯互交易，浸潤能教蠻性革。語言不作舊唧啾，嘉會已解聯裙屐。飾胸黥面風尚存，殺人馘首冤早釋。漢人肆詐漸欺凌，求活終年苦力役。社中婦女姿態佳，下山多作漢人妻。至今壯夫無配偶，丁口減失生率低。散亡相繼年蕭索，夜中冷落牛驚嘶。相杵歌殘明月下，含情禁淚心楚悽。誰知我亦天孫裔，（自註：番人言語多有同於日本，謂其先必同種每以自誇。）未甘長作漢人隸。牛馬生涯三百年，也應有會風雲際。境過循環還到君，今日番人更得勢。直率初無報服心，與君協力永共濟。

賴和處理這題材，並不站在漢人的角度，反而站於原住

31　陳正祥《臺灣地名辭典》（臺北：南天，1993.12），頁128。

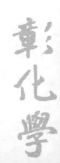

民的立場。一部漢人開拓史，正是原住民被迫害史，賴和在〈石印化番〉裡，已超脫了漢人族群的偏見，有所反省，有所檢討，在一九二、三〇年代能夠有如此的視角，比之今日猶具偏見的漢族社會，誠然是先知先覺。當年賴和詩中所陳述的一些現象：「漢人肆詐漸欺凌，求活終年苦力役。社中婦女姿態佳，下山多作漢人妻。至今壯夫無配偶，丁口減失生率低」，即使時至一九九〇年代依然存在，原住民九族三十多萬的人口，處境依然堪憂，諸多被販賣的雛妓，尤其可見臺灣社會的殘酷。幸有覺醒的原住民，「未甘長做漢人隸」，努力爭取原住民的權利，呼籲保存原住民的文化，正是「牛馬生涯三百年，也應有會風雲際」。族群平等相處，是臺灣希望之所繫，「直率初無報服心，與君協力永共濟」，賴和的〈石印化番〉，寫出美好的理想，刻畫出希望的藍圖，值得原住民與漢人共同深思。賴和不僅是屬於漢人的作家，也是屬於原住民的作家，在他的新詩〈南國哀歌〉、小說〈善訟的人的故事〉、漢詩〈石印化番〉，皆表現了恆久感人的人道關懷。賴和是屬於臺灣的作家、詩人，而他有一首〈臺灣詩人〉，詩云：

> 風塵馬上困英豪，賢者惶惶沒世勞。
> 偏有詩人容易做，坐談風月獨名高。
> 吟風弄月便風流，酒會歌筵輒唱酬。
> 身外微名究何用，怪人偏愛署街頭。[32]

詩裡含有自我消遣的意味，如「怪人偏愛署街頭」，「走街先」正是賴和發表新文學作品常用的筆名之一。身為醫生，

---

32 在賴和稿本中，原題〈詩人〉，後來又加筆「臺灣」兩字，成為〈臺灣詩人〉之詩題。

他常到鄉間往診，雖然自謙「學業不修身老大，淪爲市井一庸醫」（〈端午憶舊〉）、「糊口自慚成走卒，銜頭終悔署庸醫」（〈三十生日〉），但這位醫生也是宅心仁厚，「要向民間親走去，街頭日作走方醫」（〈十日春霖〉）具有醫德的醫生，有著「但願世間無疾病，不愁餓死老醫生」（〈壬戌元旦試筆〉）的悲宏大願，賴和仁醫的形象永遠常存人間，而做爲一位文學家，他是以臺灣詩人自居。人格的高潔，反映在其作品中，也是詩藝的完成。

（五）回歸漢詩

一九二五年八月發表〈無題〉（《臺灣民報》67 號），迄一九三六年元月發表〈赴了春宴回來〉（《東亞新報》新年號），賴和活躍於臺灣新文學運動，前後歷經十年。這段期間，賴和熱中於新文學創作，漢詩寫作減少，但並非全然停筆，因其不時修改舊件，以致一詩常有文字稍異之數首。其間之新文學創作，亦有歌謠體之〈新樂府〉（《臺灣新民報》343 號）、〈農民謠〉（《臺灣新民報》345 號），前者發表於一九三〇年元月，後者發表於一九三一年元月，其形式是從樂府、竹枝詞而來，以臺灣口語表現而放得更鬆。一九三五年十二月發表臺灣話文小說〈一個同志的批信〉之後，受困於臺灣話文的書面表現，因而停止了新文學創作，回到不受臺灣口語表現束縛的漢詩創作。[33] 一九三六年陸續於楊逵主編的《臺灣新文學》，發表〈寒夜〉、〈苦雨〉（1 卷 3 號）、〈田園雜誌〉（1 卷 5 號）、〈新竹枝歌〉（1 卷 6 號）。比起前述的〈新樂府〉、〈農民謠〉，已可看出又走回漢詩的形式，格

33　這是筆者有關賴和停止新文學創作的看法，請參見拙著《臺灣文學與時代精神——賴和研究論集》。

律、平仄亦甚嚴謹。〈苦雨〉、〈田園雜詩〉都是反映農民生活的詩作，如〈苦雨〉在賴和漢詩稿本中即有一首云：

去年天何怒，降罰及三農。狂飆時一發，不雨過殘冬。
飢寒遍四郊，示罰何重重。年始多雨霖，田疇正蒔秧。
共喜天心回，慰我雲霓望。溝澮久盈溢，淋漓尚未央。
柴薪已斷絕，甕裡罄餘糧。所植或不生，田家苦罹殃。
哀此無告民，仰天徒淒愴。聞昔帝堯天，十雨五日風。
今茲復何日，民勞汔小康。

農民缺雨水苦，雨水過多亦遭殃，因之對於「十雨五日風」的風調雨順，有無限的想望，然而天地不仁，受害農民首當其衝。發表於《臺灣新文學》的〈苦雨〉，風格相近，其詩云：

寒雨霏霏久不晴，違時亦自害農耕。
秧苗黃幼生機弱，霜凍風敲阻長成。
自入新年無事做，草些燒盡米籮空。
凡軀不耐春寒襲，又是連朝雨合風。
滴滴如彈直打頭，營生計莫出門籌。
措雲見日知無術，空向階前看雨愁。

將農民苦於雨水過多的情形，表現得淋漓盡致。與前一階段的〈吾民〉一詩之喜雨恰成對比。在〈吾民〉詩中，農民受盡稅賦、山禁之苦，「艱難幸有天憐憫，好雨興苗滴滴金」；〈苦雨〉則是「寒雨霏霏久不晴，違時亦自害農耕」，農民靠天吃飯的處境，如果沒有良好的制度以抒解其困，則永遠是受

剝削的一群。〈田園雜詩〉對農民為了生活而與天地相爭有深刻的描寫，首二聯云：

　　風過砂奔走，潮生水倒流。移溪種番麥，護岸插林投。

　　然而破壞自然生態的結果，儘管平日努力耕作，一遇雨天則成災，「漏天愁野蹔，亂水溢溪流。蔗浸多黃尾，蔬寒已爛頭」。此首〈田園雜詩〉與一九三○年的新詩創作〈流離曲〉（《臺灣新民報》329～332號），可以對比觀照，雖是兩首不同的作品，然而同情農民的心境則是一致的。

　　一九三九年九月二十八日（中秋後一日），賴和與陳虛谷、吳蘅秋、楊笑儂、楊雲鵬、楊守愚、楊雪峰、陳渭雄、楊石華等友人合組「應社」，這是延續一九二五年左右成立的「流連思索俱樂部」而來，[34] 此後賴和則以漢詩為創作的重點，與詩友時有聚會、酬唱。〈應社首集於小杏園感賦〉、〈虛谷招諸同社默園小集〉、〈首春渭雄招諸同社小集〉、〈飯於友竹居醉後作〉等，皆是此一時期作品。當一九三七年七七事變，中日戰爭全面爆發之後，臺灣總督、軍司令部對臺民發表戰時警告，禁止所謂「非國民之言動」，賴和、虛谷⋯⋯等人也只有寄情於詩。在賴和這些詩作中，可以看到歸回漢詩之後，儘管有「悠然見著南山影，避世未能愧慕陶」（〈虛谷招諸同社默園小集〉）之無奈，然而亂世之中，老友相聚，亦有閒情適意一面，〈首春渭雄招諸同社小集〉詩云：

---

34 參見拙著〈賴和與臺灣新文學運動〉，第4小節〈由舊文學進入新文學〉，同註12，頁40-60。

賡和虛齋餘興在，今宵又赴渭雄招。
客齊獨愧吾來晚，詩思偏輸酒興饒。
適口香酥排骨炒，朵頤甘脆響皮燒。
醉來忽發高聲笑，食指前天已動搖。
（批）：感舊情深形於歌詠，晚近間幾見有此種人。

在這首詩作中，格律、平仄已如同呼吸一般自然，而且非常口語化，「適口香酥排骨炒，朵頤甘脆響皮燒」，可說襲取了白話文學的精神。〈飯於友竹居醉後作〉詩云：

偷閒偶過友竹居，主人平日原愛余。
挽留不住牽余裾，欲歸不歸遂後時。
火車已行難歸去，聽說有酒且爲住。
餚佳酒美饜老饕，醉來索紙狂爲賦。
摩空黑突煤煙騰，半輪新月隔雲明。
窗紙斜橫印竹影，市上轔轔車馬聲。
問君對此意如何，言休管它且唱歌。
酒正入腸夜正好，誰要與汝發牢騷。
破喉唱出歌聲咽，杯盤一擊齊破裂。
瓶中酒盡興更豪，幸及茶鐺水尚熱。
一甌解我饑渴多，餘情未盡猶吟哦。
主人已醉橫臥榻，夢語模糊蚊聲高。

更是全然表現性情，是一首真性情之作。詩友相聚自得，酒酣耳熱之際，「破喉唱出歌聲咽，杯盤一擊齊破裂」，更是將一群對時局無可如何的熱血男子之豪情，表現得淋漓盡致。戰爭聲中的苦悶，由此可見一斑。

一九四○年底，賴和往昔的一些小品〈晚霄〉、〈過苑裡街〉、〈寒夜〉、〈余之無用〉、〈人生〉等十四首漢詩，收於黃洪炎（可軒）編選之《瀛海詩集》。[35]〈余之無用〉雖是昔日之作，但於一九四○年底刊出，亦反映此一時期之心境。詩云：

天地長悠悠，人生原罔罔。光陰如過客，百歲等一夢。纔看日出扶桑巔，回首西山已薄暮。男兒生不能作驚天動地事，亦當暢遂此生之快樂。吁嗟悲兮余之無用！做人尚未能，心猶懷奢望。論詩人嗤俗，行醫世笑庸。勞勞無所成，持此以長終。吁嗟悲兮余之無用！

「纔看日出扶桑巔，回首西山已薄暮」之句，與唯一留存於世，寫於丁丑年（1937）春天的書法作品：

影漸西斜色漸昏，炎威赫赫更何存。
人間苦熱無多久，回首東山月一痕。[36]

其意境一致，顯示日本帝國即使在軍國主義擴張侵略戰爭的局面下，賴和認為畢竟是如同夕陽西斜，「人間苦熱無多久，回首東山月一痕」，臺灣的未來，仍是有所期待！然而一九四一年十二月八日，日軍偷襲珍珠港事件當日，賴和仍因他過去的政治運動以及「半線俱樂部」的聯誼組織，而被懷

35　《瀛海詩集》（臺灣詩人名鑑刊行會，1940.12），收入各詩社詩人作品甚多，也是現時所見賴和生前唯一輯錄其詩作之詩集。

36　在賴和漢詩稿本中，題為〈夕陽〉，書法作品第 2 句「炎威赫赫更何存」，「更」字，稿本裡是「竟」字。

疑「反戰」，遭憲警拘捕下獄。[37] 入獄期間，留下了〈獄中日記〉。在〈獄中日記〉中除了〈獄中詩〉十九首，賴和並錄下古人詩作兩首。[38] 這些〈獄中詩〉反應了賴和的晚年情境，可以看出他的負擔是多重的，「家將破滅心猶繫，愁苦塡心解脫難」（〈家將破滅〉）、「高堂憂患因兒女，家計艱難幾弟兄」（〈曉來〉）、「剖腹徒看吾弟死，掛心總爲小兒牽」（〈長夜〉）。爲了求得心靈的安慰，賴和還屢讀佛經，「聞道心經能解危，晨昏虔誦兩三番」（〈家將破滅〉），〈昨宵〉一詩更是沉痛，詩云：

　　昨宵心躍不能眠，囚繫何堪更病纏。

　　牆外語聲如聚鬼，床中念咒學安禪。

　　人從地獄才成佛，我到監牢始信天。

　　飢渴滿前無力極，愁煩相對互相憐。

　　在這首漢詩裡，可以見到充滿抵抗精神的賴和，在獄中已不堪憲警及病體的折磨。人畢竟是血肉之軀，精神力量亦有其限度。如從「人」的觀點，來看賴和〈獄中詩〉中的〈豎壘〉、〈忽聞〉兩首，[39] 當能體會賴和期待戰局有利，當局可能及早放他出獄，否則不知何日才能重見天日。他在入獄第

---

37 「半線」是彰化古地名，日文發音爲はんせん（Hansen），恰與「反戰」同音。請參閱拙著〈賴和〈獄中日記〉及其晚年情境〉，同註12，頁265-297。

38 〈獄中日記〉第26日記載：昨夜比較有點好睡，但是亂夢猶多。怎麼竟憶起這二首詩來。「子規啼徹四更時，起視驚稠怕葉稀。不信樓頭楊柳月，玉人歌舞未曾歸。」、「花花相對葉相當，金鳳銀鸞各一叢。每遍舞時分兩向，太平萬歲字當中。」筆者編《賴和漢詩初編》時未知前者是宋人謝枋得〈蠶婦吟〉，後者亦可能是古人作品。承當時師大國文系博士班研究生廖振富指正，謹此致謝。

39 〈豎壘〉、〈忽聞〉兩首如下：「豎壘已收尼剌，東西新建事非難。解除警戒容高枕，囚繫哀愁亦少寬。也許開窗能見月，還驚吹篳有風寒。」、「日來飯食都無味，羸得鬚長體漸屝。忽聞街上有遊行，說是軍人要出征。好把共榮圈建設，安全保護我東瀛。」

彰化學

十七日時，因被蚊子叮擾，作〈嚶嚶〉一詩云：

> 嚶嚶只想螫人來，吾血無多心已灰。
> 你自要生吾要活，攻防各盡畢生才。

實實在在反映了在獄中體弱多病，不免灰心喪志，但仍掙扎著想要活出監獄。

現時可見的賴和漢詩，最後的作品即是一九四二年一月十一日的〈風淒雨冷〉，其詩云：

> 風淒雨冷夜迢迢，孤枕懷人鬢欲焦。
> 聞道邊庭罷征戍，無窮希望在明朝。

三、風格與特色

賴和潛靜，有歸隱之心，然亦有其奔放之一面。一九二八年左右的〈偶成〉末兩聯云：

> 扁舟遠宿桃花源，溪深何處問漁父。
> 倘逢德祐子遺民，應訝真人有洪武。

這兩聯以陶淵明、朱元璋兩人對比，最足以呈現賴和性格之兩面，其詩風亦有潛靜與奔放之特點。先述奔放，朱元璋是推翻異族統治之人，不甘心於雌伏現狀，始能以一介平民而做出一番驚天動地的大事業；賴和自治警事件前後，因其全程參與臺灣文化、社會、政治運動，試圖貢獻一己之力量，以改變殖民地臺灣的命運。一九二三年十二月因治警事件第一次入

獄，然而此時精神昂揚，出獄後所寫的〈留鬚五古〉，最足以表現其詩風之奔放，其詩云：

> 齒落不再生，搖搖悲欲脫。髭剃悲復長，每苦勞人拔。
> 悠悠縲絏中，忽焉將一月。繞頰森如戟，得意更怒發。
> 一捻一回長，臉皮癢復熱。戴盆莫望天，坐使肝膽裂。
> 豈無丈夫氣，豈無男兒血。悲欲示吾衰，聊與少年別。

「繞頰森如戟，得意更怒發」、「戴盆莫望天，坐使肝膽裂」皆是血脈賁張之句。全詩寫來，極具速度感，熱血男子如在眼前。另有〈書憤四首〉，其中兩首云：

> 事到難平略一吁，昏昏若輦更何誅。
> 幸能入穀猶炫智，不信群狙肯受愚。
> 亂世奸雄曹孟德，老天驕子大單于。
> 而今兩目長須閉，怕看獰猙百鬼圖。（四首之一）
> 淤塞溝渠積水腐，人間何意唱尊古。
> 利名一世喪貪夫，仁義千秋誤尼父。
> 老而不死是爲賊，犢甫能行豈怕虎。
> 縱然血膏橫暴吻，勝似長年鞭策苦。（四首之三）

亦具同樣的特質，在這些詩作中，氣勢雄渾，即使「而今兩目長須閉，怕看獰猙百鬼圖」，亦是突顯出外界的橫行勢力；「縱然血膏橫暴吻，勝似長年鞭策苦」，則是表現出正面的抵抗。詠史詩〈旗山廢壘懷古〉，更具氣吞山河之勢，其詩云：

鯨魚跋浪滄溟開，將軍鼓角天上來。
籐牌子弟貔貅壯，分途扼守南山隈。
雄關百二古無比，拱衛東寧賴有此。
南臨大海萬丈深，北與鼓山相對峙。
打鼓之險險莫京，左旗右鼓天塹成。
中間一隙通舟楫，內港風濤靜不驚。
河岳無靈鼓聲死，清師十萬入鹿耳。
廣武有險不能憑，遂使阮籍哭豎子。
即今杖策一登臨，但見頹垣沒草深。
昔年虎踞龍蟠地，眼裡荒涼摧我心，破彈遺鏃無可尋。曾
聞中法干戈連，三臺驀地漲硝煙。雞籠一鼓曾不守，滬尾
內海亦終填。此壘兀兀獨無恙，想見當時修築牢且堅。
又聞民兵唱義時，砲火未接先不支。
硝磺自爆大砲裂，倉皇遁走劉黑旗。
地猶此地險猶昔，令人搔首長懷疑。
白日如丸貼水低，山煙海霧莽淒迷。
杜鵑豈有興亡恨，心血雖乾亦自啼。

　　由高雄旗山上的砲壘寫起，一首詩裡，時間上寫盡了鄭
成功開臺之後的守備，以迄乙未抗日之際的「倉皇遁走劉黑
旗」；空間上由旗山廢壘而遍及全臺要塞，就在這些要塞演出
了臺灣一頁頁悲壯的對外抗爭史。其詩作氣勢之奔放，藉此可
以一覽無遺。不僅如此，對於從來被稱爲詩仙、詩聖的李白、
杜甫，在〈詩〉這首律詩裡，賴和敢於寫出「稱仙稱聖由來
久，李杜文章莫浪誇」之句，其狂放實超越古人，亦表現出賴
和對於其漢詩的自信。
　　另一面，其詩風近於魏晉，魏晉詩人在其詩中屢被提及。

彰化學

如：

> 交遊興世終須絕，名號猶宜署懶龕。（〈閒齋偶成〉）
> 茶漿斷絕由妻懶，爲誦劉伶傳與聽。（〈醉臥〉）
> 廣武有險不能憑，遂使阮籍哭豎子。（〈旗山廢壘懷古〉）

約略言之，狂取若嵇康，頹放若劉伶，狷介若阮籍，閒適若淵明。而這些人物，皆是魏晉亂世中人，對於陶淵明更是充滿傾慕之心，賴和有詩〈讀陶〉，顯示賴和對於陶淵明其人其詩，皆有所解，〈讀陶〉詩云：

> 門垂碧柳此何人，短褐簞瓢困一身。
> 束帶羞爲彭澤令，無懷自擬葛天民。
> 衰頹道德嗟當世，理想微言託避秦。
> 留得勸農詩句在，關心惟有稻苗新。
> 望子無如子太癡，善人無後眾人疑。（自註：〈責子〉一詩吾意其非實讀，不知六與七句湊韻，可知乃箋注，皆云實有其事，殊可疑。）
> 先生於此常逃酒，吾輩何能不愛詩。
> 與世委蛇羞北海，傾心愛菊在東籬。
> 一腔故國沉淪痛，千古難忘晉義熙。

「留得勸農詩句在，關心惟有稻苗新」，賴和關心農民的詩作，亦何其多也，其語言文字淡泊亦有淵明風。詩裡提及陶淵明所在多有，如：

陶令高風久已亡，東籬依舊菊聞香。（〈小逸堂菊花〉）
自慚骨幹生來俗，不與淵明共起居。（〈小逸堂菊花〉）
悠然見著南山影，避世未能愧慕陶。（〈虛谷招諸同社默
園小集〉）

而〈行行〉一首，則直接取自〈桃花源記〉，其詩云：

行行不覺入桃源，谿斷雲深隔亂山。
自是漁郎來有意，桃花流水兩無關。
世外桃源有路通，武陵春水落桃紅。
避秦今日行嗟晚，也自艤舟入洞中。
問到仙源路本生，桃花能爲紀遊程。
洞中雞犬渾相識，見客依然總不驚。

賴和渴望避秦，「洞中雞犬渾相識，見客依然總不驚」，
彷彿前世亦是陶淵明筆下的桃花源中人，這是賴和的理想世
界，然而在日本殖民統治下，他選擇了戰鬥，退隱不得，桃花
源更是無窮的企盼，陶淵明的詩慰藉了他的心靈，詩風無形中
也受了影響，形成了其漢詩風格之一。

四、結論

賴和漢詩可探索之處尚多。本文著重他的詩路歷程，亦
略探風格與特色。從不同階段的漢詩作品中，可以看出不同的
關懷，要略而言，其詩不僅表現了賴和的特色，也可看出其關
懷面向之廣。賴和及其同輩的人，寫作漢詩不僅是自居文化
遺民而已，與其前輩櫟社詩人實有不同，傅錫祺（鶴亭）於

一九二二年（壬戌菊秋）在〈櫟社第一集序〉云：

> 古人有言曰：詩言志，又曰：詩以理性情，職是之
> 故，時無古今，洋無東西，皆有嗜而作之，且有瘁一生之
> 心力，孜孜以求精至者，惟自攻用世之學者視之，則以爲
> 不適於用。飢不可以易粟，寒不可以易衣，而共棄之。滄
> 海栽桑之後，我輩率爲世所共棄之人。棄學非棄人不治，
> 故我輩以棄人治棄學，林君痴仙唱之，諸同志者和之，月
> 泉之社，是以繼成。[40]

這裡所提出的是「棄人治棄學」，文化遺民的心態一覽無
遺；林南強〈櫟社題名碑記〉，亦記述「櫟社」命名之由來，
林南強云：

> 櫟社者，吾叔痴仙之所倡也。叔之言曰：吾學非世
> 用，是爲棄材。心若死灰，是爲朽木。今夫櫟不材之木
> 也，吾以爲幟焉。其有樂從吾遊者，志吾幟。[41]

以林獻堂、林南強（幼春）而言，雖是櫟社社員，但亦
介入臺灣文化協會的運動，林幼春因治警事件且入獄服刑，不
過老輩如傅錫祺、林癡仙等人，的確是以棄人治棄學，不問
世事，但求在詩藝上精進。賴和、陳虛谷、楊守愚等應社社
員，都是受過日本教育的人，是新世代的知識人，介入社會甚
深，且賴和、陳虛谷、楊守愚三人還都是新文學運動的健將。
當一九三九年秋天，應社成立時，賴和手書的〈應社招集趣意

40　《臺灣詩薈》第 3 號，頁 160。
41　《臺灣詩薈》第 1 號，頁 26。

書〉，以白話文寫道：

唉！詩的一道，很難窮極，藉以陶冶性情，嘯吟風
月，亦藉以比興事物，歌頌功德，唱和應酬，諷詠時世。
是文學上的精粹，思想上的結晶。雖然若吟失其情，詠失
其事，不僅僅使詩失了價值，連作詩的自己亦喪其品格
了。請看，現在我們的彰化，文風不振，詩道萎靡，致使
人心敗壞，世風日下。那些人們，不是身耽聲色，即便心
迷利慾，把趨附認作識時務，把賣節當作達權變，是好久
的了。當這時代，能獨標勁節，超然自在，不同季世沉淪
的，惟有真正詩人拉（啦）。我們雖未嘗學問，至詩的一
道，亦粗曉得一二。所以要招集我們這樣同志，組一應社
詩會，講求吟詠的趣味，琢勵詩人的節操。凡我們的同志
呵，總望讚成罷。[42]

全文以白話寫成，與櫟社詩人比較，可以看出是屬於不同
的世代，「雖未嘗學問」，亦不以棄材、朽木自居，也沒有老
輩詩人的沉重包袱，組成應社，主要在於「講求吟詠的趣味，
琢勵詩人的節操」。應社詩友，寫漢詩當然有其文化遺民的一
面，但另一方面用世之心強烈，試圖改變殖民地臺灣的狀況，
使得賴和的漢詩具有極強的社會性與抗議性，畢竟不是「棄人
治棄學」，精神面貌與老一輩櫟社人仍舊有所不同。施懿琳論
應社詩人的時代關懷，其結論云：

---

42 賴和單張手稿，存賴和紀念館。

就文學技巧而言，或許應社詩人在藝術的層面，未能臻達純熟的境界，他們的舊詩造詣恐怕也不足以與同時代的某些才華獨具的傳統詩人相頡頏。但是，這個人數有限，也極少參與全島詩人聯吟會的詩社，卻以極強烈的批判色彩、清新的面貌、蓬勃的生命力，在異族統治的困境裡，堅持延續漢文化的立場，鎔鑄新思想，為日本統治下的臺灣文化，思考未來可行的走向；在暗濁的時代，綻露一點幽微的光芒，這或許便是應社在日治晚期的時代意義和價值所在。[43]

就整個臺灣漢詩的傳統而言，這樣的結論確是持平之論。以賴和而言，其漢詩屢次提及自由、平等、民權、階級、共和、獨立之字眼，已清楚地標明，在世界思潮的衝激之下，他與時代的脈搏同躍動，有其積極的理想性。賴和的漢詩面向廣闊，除了熱血奔騰的抗議作品之外，亦不乏性靈之作，值得吟詠再三，也因如此，賴和漢詩具有更加豐富的內涵。

本身亦善於詩的陳虛谷，一向不吝於稱讚賴和。曾有〈贈懶雲〉詩云：

到處人爭說賴和，文才海內獨稱高。
看來不過庸夫相，那得聰明爾許多。

平生慣作性靈詩，珠玉連篇不費思。
藝苑但聞誇小說，世間畢竟少真知。

43 施懿琳〈從《應社詩薈》看日據中晚期彰化詩人的時代關懷〉，收於《第2屆磺溪文藝營論文選集》，頁78。

鄉里皆稱品學優，少年原不解風流。
那知心境年來變，每愛偷閒上酒樓。[44]

其中「藝苑但聞誇小說，世間畢竟少真知」，的確是真知卓見。賴和〈答盧谷〉云：

盧谷先生善作詩，詠懷比物有新意。
近作懷人數十首，字字多見苦思處。
稱揚人便如其人，獨於稱我過致譽。
嗜河豚者忘其毒，愛薔薇者忘其刺。
先生愛我意自偏，我不自愧人亦議。[45]

在摯友兩人的酬唱之中，我們看見了日治時期知識人的風格，也看見了臺灣漢詩在日本殖民統治下仍有旺盛的生命力。賴和漢詩的研究，才剛起步，我們仍需透過各種角度的分析，透過其人其詩，建構臺灣文學的傳承。

44　《陳盧谷選集》，頁170。
45　同上註，頁171。

賴和漢詩[1]的新思想及其寫作特色

施懿琳

一、前言

　　賴和（1894 ～ 1943）彰化市人，筆名有懶雲、甫三、安都生、走街先等。少時曾習漢文，十歲時入小逸堂接受黃倬其的指導，奠定下相當深厚的古文基礎。一九〇九年考上臺北醫學校，一九一四年畢業後至嘉義實習，因不滿日人的差別待遇，憤而離開。一九一七年返回彰化自行開設「賴和醫院」，一九一八年二月前往廈門鼓浪嶼的博愛醫院任職，一九一九年七月返臺。[2]一九二一年加入臺灣文化協會，並當選爲理事。一九二三年十二月十六日因「治警事件」[3]第一次入獄，次年一月獲不起訴處分，出獄後留鬚以爲紀念，並益堅定其抗日意識。一九二九年二月與陳虛谷、楊笑儂等人成立「流連思索俱樂部」，此實一九三九年賴和與彰化友人所創設的傳統詩社——彰化「應社」之前身。一九二五年發表第一篇

1　所謂「漢詩」乃指日治時期傳統詩人所寫的舊詩而言，亦可稱爲「傳統詩」或「舊體詩」。

2　過去對賴和前往廈門的時間一直無法確定，直至 1994 年林瑞明發表〈賴和漢詩初探〉一文，始據天理大學教授下村作次郎，寄贈中村孝志生前所藏《廈門博愛醫院滿五週年紀念誌》影本資料考查得知，賴和確定的任職、退職紀錄。這個時間的考定，對理解賴和與中國五四運動的關係頗具重要性。參考林瑞明該文，「賴和及其同時代作家——日據時期臺灣文學國際學術會議」所宣讀之論文（新竹：清華大學，1994 年），頁 41。

3　治警事件之始末，可參考葉榮鐘《臺灣近代民族運動史》，第二章（臺北：學海，1979 年）。

白話隨筆〈無題〉，一九二五年十二月發表第一首白話詩〈覺悟下的犧牲〉，一九二六年一月發表第一篇白話小說〈鬥鬧熱〉，此後積極投入新文學創作，並努力提攜年輕一輩的創作者，成爲臺灣新文學發展重要的主導人物。一九三一年擔任《臺灣新民報》顧問兼學藝部編輯，一九三六年一月發表〈赴了春宴回來〉之後終止其新文學之創作，轉而繼續以舊詩表達對殖民者的抗議。一九四一年十二月八日珍珠港事變之時，再度入獄，爲期約五十日，撰有〈獄中日記〉，並有多首〈獄中詩〉備見其晚年心境。一九四三年一月卅一日因心臟病過世，享年五十歲。主要小說有〈鬥鬧熱〉（1926.1）、〈一桿稱仔〉（1926.2）、〈不如意的過年〉（1928.1）、〈蛇先生〉（1930.1）、〈雕骨董〉（1931.5）、〈歸家〉（1932.1）、〈豐作〉（1932.1）、〈惹事〉（1932.1）、〈善訟的人的故事〉（1934.12）、〈一個同志的批信〉（1935.12）、〈赴了春宴回來〉（1936.1）；新詩則以〈覺悟下的犧牲〉（1925.12）、〈流離曲〉（1930.9）、〈農民謠〉（1931.1）、〈南國哀歌〉（1931.4）最具代表性。其他還有隨筆散文：〈無題〉（1925.8）、〈讀臺日紙的新舊文學之比較〉（1926.1）、〈謹復某老先生〉（1926.3）、〈希望我們的喇叭手吹奏激勵民眾的進行曲〉（1931.1）等篇。至於創作時間最久的漢詩，據統計目前留存有一千多首[4]作品。

　　歷來有關賴和新文學方面的研究，已累積了相當豐富的

4　賴和生前出版的漢詩，僅見於 1940 年 12 月黃洪炎編輯的《瀛海詩集》，共有 14 首。1970 年應社出版《應社詩薈》輯錄賴和的〈懶雲詩存〉共 93 首。1979 年 3 月李南衡主編《賴和先生全集》除〈懶雲詩存〉外，又補錄了《臺灣》、《臺灣民報》、《臺灣新文學》所刊載的賴和漢詩。1994 年林瑞明在賴和家屬的協助之下，蒐羅了多首賴和未發表的手稿，據統計，包括不同抄本的漢詩作品，約有千首之多，而這些作品爲紀念賴和百年誕辰，初步選取已可辨識者出版爲《賴和漢詩初編》，至於更進一步細緻的整理，目前已經林瑞明詳爲辨識，並收入 2000 年 5 月，由前衛出版社出版的《賴和全集》。

成果；[5]當今，研究者已逐漸從新文學轉而進一步探討賴和漢詩的相關問題，[6]嘗試去了解日治時期臺灣新文學作家的另一個寫作面向。本文不擬在此討論這些既有的研究成果，只就個人近來思索的「跨越新舊文學的臺灣作家之漢詩研究」此一主題，選擇當時最重要的作家——賴和做爲對象，來進行分析探討。本文以賴和的手稿及已出版的《賴和漢詩初編》[7]做爲基本材料，嘗試透過詩作的逐首閱讀，了解目前留存有一千多首漢詩的「臺灣新文學之父」，他的漢詩在主題思想及寫作特色上有何異於前代詩人之處？同時與他自己的新文學作品有著什麼樣互動的關係？在臺灣文學史上這代表了什麼樣的意義？具有什麼樣的價值？

二、舊形式所呈現的新思想

綜觀賴和作品，我們可以提煉出一個整體性的思想貫串其中，此即——以「人」爲主體的思考。不管是消極地抒吐被殖民者的悲哀，或是積極地抗議殖民者的不義，乃至批評社會的不公，賴和的著眼點都是在對於「人」存在尊嚴的確立上。

---

5 有關賴和的研究，以成大歷史系林瑞明的研究最爲深入，相關著作主要收錄於《臺灣文學與時代精神——賴和研究論文集》（臺北：允晨，1993.8）。其他相關研究可參考賴和紀念館編，《賴和研究資料匯編》（上）（下）（彰化：彰化縣立文化中心，1994.6）；李篤恭編，《磺溪一完人》（臺北：前衛，1994年）。

6 參考林瑞明〈賴和漢詩初探〉，同註2；李瑞騰〈賴和文學最初的面貌——賴和舊體詩考察之一〉，「賴和及其同時代作家——日據時期臺灣文學國際學術會議」宣讀論文（新竹：清華大學，1994年）；陳萬益，〈賴和舊詩的時代精神〉，《種子落地》（彰化：賴和文教基金會，1995.12）；陳萬益，〈從民間來到民間去——賴和的文學立場〉，《中國文學史暨文學批評研討會論文集》（臺北：政大中文系，1996.12）；薛順雄，〈賴和舊俗文學作品的時代意義〉，《臺灣文學中的歷史經驗》（臺北：文津，1997.6）；廖振富，〈林幼春、賴和與臺灣文學〉，《文學臺灣》17期（1996.1）。

7 賴和的手稿目前收存在賴和紀念館；而《賴和漢詩初編》則由林瑞明選編（彰化：彰化縣立文化中心，1994.6）。

這種「人本思想」，本無關乎新舊，但是，吾人若將之落實到二十世紀初，以殖民地臺灣當時的處境來思考，或許可以在此思想基點上引申出異於前代詩人之處，而提出具有新意的特質來。

從賴和一生的行誼可以看出他是一個謙沖柔和、溫厚內斂的人。雖然有清楚的理念與理想堅持，但是他行事並不激烈。誠如林瑞明所說的：「賴和並非政治性格強烈之人。他願意站在中間地帶，協助一切臺灣文化向上，為臺灣的政治權利而奮鬥。本身居名與否並不重要，此種性格在文協分裂後更可清楚地觀察出來」。[8] 一九二七年臺灣左派勢力抬頭，文化協會產生分裂而由左派人物取得主導權時，[9] 賴和仍然和諧地與各派勢力相處，這實緣於他溫和的處事態度；一九三五年當《臺灣文藝》與《臺灣新文學》有著主張的不同而產生對立時，[10] 賴和依舊與兩邊維持一定的友好關係。甚至當我們觀察目前可見的賴和與友人的團體照時，賴和往往是站在比較邊緣或不顯眼的地方，而極少坐在最中央居於主導者的位置，這代表著什麼？因為尊重每一個生命獨立存在的尊嚴，因此賴和並不自以為偉大或重要，儘管在文學界、文化界已居舉足輕重的地位，他依然是謙和的。這種對「人」的尊重，是不分身分地位的，因此賴和在作品中不僅強調人的平等，更強烈地表達了對弱勢族群的深切關懷，這種關懷不是高高在上的矜憫，而是感同身受地與受難者站在同一條線上，替他們說出想說而說不出

8　參考林瑞明〈賴和與臺灣文化協會〉，《臺灣文學與時代精神——賴和研究論集》，參考同註5，頁155。

9　有關文協的分裂，請參考葉榮鐘《臺灣近代民族運動史》，同註3，頁337-349。

10　1924年成立的臺灣文藝聯盟，為召集全島不同主張的創作者同聚於一堂，因此其創設宗旨沒有明確的特色。後來留日學生所組織的「福爾摩沙」成員加入後，逐漸導向「為藝術而藝術」的創作觀，造成主張「為人生而藝術」的楊逵不滿，遂退出該會，另創《臺灣新文學》。

口的話。這種仁者襟懷在傳統文學中其實並不少見，那麼賴和可貴之處，或者說他具「新意」的特殊之處何在？筆者認為，主要在於他一生皆為被殖民者，對世局、社會、人性的思考，要比一般非殖民地知識分子來得深刻。加上二十世紀初，受世界新思潮啟發，他更了解到人性尊嚴的可貴以及人本來就生而自由平等的事實，因此，他認為這世上不應該有種族歧視、階級壓迫。被壓迫者應該要有理性的自覺，為自己追尋生命的價值，不應受傳統迷信思想所蒙蔽，以致於崇拜神明、妄信地理風水；更不該紙醉金迷，昏昧懵懂地度日。在賴和漢詩作品中，可以看到他一方面正面歌頌自由、平等、理性、博愛的重要；一方面則對與之背反的負面存在如：強權的壓迫、階級的矛盾、思想的落後、行為的墮落……進行批判。在賴和諸多漢詩作品中，最能表現這些觀點的當推他一九二四年所寫的〈飲酒〉詩：

　　世間萬事皆縈心，悲哀歡樂遞相侵。生者勞勞死寂滅，豪門酒肉貧民血。愚民處苦久遂忘，紛紛觸眼皆堪傷。仰視俯蓄兩不足，淪作馬牛膺奇辱。我生不幸為俘囚，豈關種族他人優？弱肉久已恣強食，致使兩間平等失。正義由來本可憑，乾坤旋轉愧未能。眼前救死無長策，悲歌欲把頭顱擲。頭顱換得自由身，始是人間一個人。平生此外無他願，且自添衣更加飯。天道還形會有時，留取雙睛一看之……

　　賴和在詩中指出，自己所處的是一個面對殖民統治與階級壓迫的時代，因此，亟需追求平等、正義、自由，做為「人」存在的基本條件。然而，在那異族統治的時代，「兩間」欲求

平等，實有其困難。這裡所謂「兩間」，其實包括了：種族（漢／和）之間、階級（貧／富）之間，甚至可以推而廣之，凡所有「權力者」與「無權者」之間（如官／民、男／女）皆可歸屬之。「弱肉久已恣強食，致使兩間平等失」，賴和認為由於強與弱的差異，使得原本應該平等對待的兩方失衡了，那麼，失去的自由、平等要如何爭取呢？「頭顱換得自由身，始是人間一個人」，唯有不惜一切代價，以生命、以行動、以全幅的心靈努力去抗議爭取，始可能獲致。這需要有智慧、有行動力、有寬廣視野的人始能勝任之。因此，在賴和漢詩中，我們可以看到他對當代幾位「先覺」的景仰，也可以看到他對吸收世界新思潮的學子充滿了期待。他在〈申酉歲晚書懷〉指出：「陳舊靈官今腐敗，掃除腦府待更新」（1921），待誰來「去腐生新」呢？在〈書答敏川先生〉中賴和寫道：「方今社會無思想，專賴先生改造來」（1920）；在〈送林獻堂之東京〉則云：「愧我戀生甘受辱，多君先覺獨深憂。破除階級思不等，掙脫強權始自由」（1920），這皆是對推行社會運動的前輩之推崇；而〈弔在京遭難學生〉：「玉石俱焚成浩劫，民權今後待誰張」（1923）的悲慟，〈寄懷在東諸友〉：「愧我寄生同贅物，憑君造福及吾民」（1920）的殷切，皆緣於對吸收新知的年輕世代具有高度的期許。當然，對於這個喚醒民眾從陰暗走向光明的文化啓蒙運動，賴和自是不落人後的，雖說自己「戀生受辱」、「寄生同贅物」，這其實皆是客謙之辭，我們看他在送給至交陳虛谷詩裡所說的：「同是世間一分子，肯教辜負有為身。生來職責居先覺，忍把艱難付後人？」（〈送虛谷之大陸〉）（1923），才真正吐露了他的心情。因為不肯辜負此生，因為不忍把艱難留給後人，因此，這些有良知、有正義感的臺灣知識分子，必須嘔心瀝血，把他們的精神

全副投入新思想的宣揚，並致力於臺灣人存在尊嚴的追尋。這種宣揚與追尋，除了透過實際參與政治社會運動來實踐外，另一個值得注意的方式即透過「文學」的手法來表現，嘗試透過文字的傳播來洗滌或改造當時臺灣民眾的思想。以下筆者嘗試經由歸納整理之後，分別從「被殖民地知識分子的省思」與「新思想的追求」兩個角度，說明賴和漢詩在主題上的特色。

（一）我生不幸爲俘囚——殖民地知識分子的省思

日本統治時期，令臺灣知識分子感到憂慮不滿的措施比比皆是，比如法律的不公平、制度的不完整、教育的匱缺、對漢文化的壓制等等。但，總的說來，這些不滿之所以產生，主要還是源於臺灣乃一殖民地。做爲被殖民者，許多基本人權都是被壓抑的；身分認同的問題也因爲現實的困境而產生衝撞與撕裂。做爲兩不著邊的臺灣人，政治上的屬國——日本，將之視爲二等國民；文化上的母國——中國，不僅無法保護他，甚至自己也在軍閥征戰中，有著瀕臨割裂的危機。

臺灣人究竟應該何去何從？對日本、對中國，乃至臺灣本身，究竟該如何思考、如何定位？這些問題都可以在賴和詩中看到他的追問與思索。

1.對日本的批判

相對於日治之初，已接受多年傳統漢文教育的文人如：鹿港洪月樵、霧峰林幼春、傅錫祺等「一世文人」而言，賴和與其同時代作家如陳虛谷、楊守愚等人，皆屬於「二世文

人」；[11]但是，若與自幼即接受日文教育，對傳統漢文化感到陌生的臺灣作家如：呂赫若、龍瑛宗等人而言，賴和又屬於新文學作家裡的「前行代」。與賴和同世代的作家，因為曾經接受漢文薰陶之故，所以對漢文化有著難以割捨的依戀之情；但是又因為接受新思想的啟發，故所思考的問題與作品呈現的面向要比「一世文人」來得寬廣而開闊。至於對日本殖民者的態度而言，「二世文人」雖然也接受日本教育，卻不似年輕世代因為自幼受到日本精神薰陶，對日本近代文明有著極深的崇慕之情；[12]再加上日本接收臺灣之際的殘虐行為，猶在父老口中流傳，因此，我們看到「二世文人」在作品中對日本殖政者所抱持的態度多是抗議的、批判的，這可以在賴和的漢詩中透見端倪。

　　賴和對日本政權的反抗意識，每多表現在他的新文學作品裡。著名的小說〈一桿稱仔〉（1926）、〈不如意的過年〉（1928）、〈惹事〉（1932）等篇；著名的新詩〈覺悟下的犧牲〉（1925）、〈流離曲〉（1930）、〈南國哀歌〉（1931）等，所表現出來激烈的抗議精神，前人多已論及。其實在他的漢詩作品裡並不缺乏對日本當局的批判，而這種批判精神主要表現在對日本帝國主義、財政措施、警察制度、教育方針的不

11　林莊生《懷樹又懷人》：「父親（筆者案：即莊遂性）同輩的好友，用北美慣用的稱呼來說，應屬日本統治下的『二世文人』，因為他們都出生在日本領臺後……這種人多半是少年時期受過漢文教育，他們漢文雖不如『一世』，如洪棄生、傅錫祺、林幼春、林獻堂，但，足以作文議論，吟詩敘懷……」（臺北：自立報系，1992 年），頁 238。

12　林瑞明認為 1920 年代中期出發的第 1 代新文學作家，如：賴和、陳虛谷、楊守愚等人，有著豐富的漢文涵養，同時又受完整的日文教育，因此能透過日文直接吸收世界文學的資源，只是他們在創作時不採用統治者的語言寫作而已。他們和 1930 年代以日文創作的作家，如：楊逵、龍瑛宗、張文環、巫永福、呂赫若等年代以日文創作的作家，如：楊逵、龍瑛宗、張文環、巫永福、呂赫若等不一樣。第 2 代作家年紀較輕，較少傳統的包袱，更能接受日本文學，他們的文學素養主要是靠閱讀日本作品而來。至於第 3 代作家，如：陳火泉、周金波、王昶雄等則在精神上、意識上受日本影響更大。參考氏著《臺灣文學與時代精神——賴和研究論集》，同註 5，頁 326、328、365。

滿之上，以下試爲說明之。

　　日本帝國主義的擴張，對臺灣最大的影響，始於甲午之
戰後的乙未割臺。賴和生於一八九四年，恰值割臺的前一年；
他的出生地彰化，在當年就是對日武裝抗爭中一個極重要的戰
場。[13] 因此，在賴和許多憑弔故鄉古蹟的作品中，常可見他對
於當年「八卦山之役」的追懷、對於因爲戰爭的失利，導致淪
爲被殖民者的悲恨。比如他的〈讀臺灣通史十首〉之六：「黑
旗風捲卦山巓，善戰才堪當一邊。留有昔年遺老在，男兒猶共
說彭年」（1920），憑弔的是八卦山之役中壯烈犧牲的黑旗將
領吳彭年。[14] 藉由耆老之口，賴和諳知了當年戰況的慘烈，而
以看似平靜之筆，將這位臺灣史上的英烈之士記錄了下來，但
事實上詩中乃暗藏著作者對抗日英雄的深深禮讚。至於他「藉
弔古以傷今」的〈定寨〉詩，則更明顯地表現了做爲被殖民者
的痛苦和悲哀：「山河歷歷新，世代悠悠易。先民流血處，千
載土猶赤。蒼茫俯仰間，禾油漫阡陌。天地自閒曠，世間何迫
仄？欲作天地遊，共誰借羽翼。墜地生爲人，悲傷多惶惑。前
途障礙地，努力披荊棘。」（1924）這種世間偪仄，無處可棲
的傷痛，緣何而生？假如不是因爲殖民者的殘酷壓制，怎麼會
有「有懷強自祕，未敢輕太息」（〈定寨〉）的無奈？值得注
意的是，在賴和作品中，我們常可看到他對土地所懷抱的深摯
情感。他以非科學的角度，將大地視爲塵土、砂礫的累積，而
能透過「歷史之眼」，看到先民在此流血、流汗，始滋養了這
塊美麗之島。緣此，努力爲這塊土地打拼，是他一生所企求的

13　彰化是臺灣的古戰場，乾隆年間，林爽文、陳周全起事時的決戰地便是在此；
　　日本領臺之初，也曾在八卦山發生過激戰，日本在此受創甚巨，對彰化人甚爲
　　反感，故在當時稱之爲爲「惡化市」，參考筆者〈從應社詩薈看日據中晚期彰化
　　詩人的時代關懷〉，《中國學術年刊》14期（1993.3），頁2。
14　參考連橫，〈吳彭年傳〉，《臺灣通史》（臺北：眾文，1979.5 再版）。

主要目標。

　　日本軍人勢力的囂張，帝國主義的昌熾，尤其表現在一九三、四〇年代。一九三一年向中國挑引起「九一八事變」，雖然得以遂其擴張疆土的野心，但是，這要犧牲多少人的性命才能達成？緣此，賴和有〈日本軍〉詩：「奮身血戰據遼東，贏得人矜武士風。塞上幾多鄉國恨，都消萬歲一聲中。」這首詩仍是以平靜之筆，勾勒了人間慘事。占據中國的東北，事實是投擲了無數軍人的熱血才得以成功的。一般人都只眩惑於輝煌的戰果，但是，這背後有多少無辜生命的犧牲，卻無人去關照；有多少戰士充滿著家國之思，也無人去在意。尤其進入日本統治晚期，軍國主義的狂潮，衝擊著日本人已激狂的心，只要能高呼「萬歲」，建立戰功，所有的辛勞，所有的犧牲，都可以全盤忘記。到了一九四一年十二月「太平洋戰爭」爆發之後，日本快速地進攻泰國、緬甸、香港、新加坡、馬來西亞等地，舉國進入了總體戰的瘋狂境地。而在「珍珠港事變」後立即被拘捕的賴和，[15] 則在獄中寫了這樣的一首詩：「忽聞街上有遊行，說是軍人要出征。好把共榮圈建設，安全保護我東瀛。」（〈忽聞〉），假如把這詩看成是賴和歌頌日本推行「大東亞共榮圈」[16] 的理想，恐是一大誤解。應該注意的是他最後一句的反諷意涵：「安全保護我東瀛」，這樣大規模地徵調人民出征，真是要保家衛國嗎？其實是日本軍人的嗜血黷武，導致無數壯丁成了砲火下的冤魂罷了！

15　參考賴恆顏、李南衡合編，〈賴和先生年表簡編〉，《賴和研究資料匯編》（下）（彰化：彰化縣立文化中心，1994.6），頁 569。

16　「大東亞共榮圈」這名詞最早出現在 1940 年 7 月，日本近衛文麿第 2 次組閣時，當時擔任外相的松岡洋石就任後表明今後的外交方針，將本著日本的皇道精神，首先以日本、滿州、中國為一環，再確立大東亞共榮圈。臺灣被規劃為當時南進至東南亞及太平洋各大島的據點，進而成為共榮圈的中心。參考廖慶洲，《日本過臺灣》（臺北：上硯，1993.10），頁 238-239。

除軍國主義外，對日本官方種種措施的反感，同樣在賴和的漢詩作品裡，有著一定程度的反映。〈郊行雜詩〉之七的「四野歡聲米價廉，家家豐樂足油鹽。傳來一事皆愁恐，搾蔗工場欲再添」（1919），批評了以經濟作物──甘蔗取代稻作，給農民帶來的擔憂。至於〈郊行雜詩〉之八的「收得番薯已換鹽，社前豚價尚低廉。粟青賤賣未完稅，生怕官廳督促嚴。」以及一九二四年所寫的著名〈吾民〉詩：「剝盡膏脂更摘心，身雖苦痛敢呻吟？忍飢糶米甘完稅，負病驚寒尚典衾。」則表達了對官方課稅之急切嚴苛的不滿。日治時期最令人感到莫大壓力的是警察制度的施行，使得臺人無時無刻不處在被密密監控的網羅中。[17] 不僅日本警察耀武揚威，連臺灣人所擔任的「巡查補」，也假託日本勢力欺壓自己同胞。賴和曾於〈無聊的回憶〉（1928）一文中談到：

> 那時代的補大人，多是無賴，一旦得到法律的保障，便橫行直撞，為大家所側目。說起大人，簡直就是橫逆罪惡的標本，少（稍）知自愛的人皆不願為。

他為人所琅琅上口的〈偶成〉詩（1924），便是譏諷這類「三腳仔」的可恨：

> 一自揚名後，非同草野身。用刑還及母，執法竟無親。
> 時日亡及汝，威風代有人。清如風過袖，到底不憂貧。
>
> 飽飯閒尋事，貪功每陷人。心同鷹隼鷙，性比犬羊馴。

17　參考黃昭堂，《臺灣總督府》（臺北：前衛，1994.4），頁 229-230。

以我同胞血，沾他異樣恩。不知民可貴，但畏長官尊。

一旦躋身有權者之行列，這些得志的小人便搖身一變，轉過來欺壓自己的同胞，甚至連至親之人亦不放過。爲建立事功而誣陷臺人，爲表現自己的威勢而用刑於同胞，這種狠毒的心腸，實可與鷹隼相類比。至於，當他面對日本長官時，卻又伏首貼耳，馴若犬羊。賴和此詩原題〈補大人〉，以非常直接的方式，將輕賤臺民、逢迎日吏者的嘴臉毫不掩蔽地揭露。一九二七年他更以小說的方式寫成同題的〈補大人〉，將巡查補的形貌做更深刻的描述。賴和一生曾兩度入獄，深諳日本警察之可怕，做爲一個被殖民的知識分子，除了嘗試以較隱微的文學手法來表達自己的抗議意識，實在很難有其他可發揮的空間。

除了警察勢力深入民間，牢牢地監控臺民外，另一個更可怕的方式就是透過「教育」來洗腦。據臺之初，尚無殖民經驗的日本當局，曾就「臺灣的教育目標究竟如何」做過討論。總督府當局及部分日本學者，在考察列強殖民地的情形後，覺知「教育殖民地人民是危險的」，因爲接受新教育的殖民地精英常常在見識逐漸開闊以後，反過來與統治當局有所摩擦，普遍具有反對思想，比如印度的反英、菲律賓的反美皆然。[18]因此，日本當局認爲臺灣民眾在受教育的年限和內容上都必須有所限制。在教育的內容方面，努力強調大和民族的優越性與漢民族的劣根性，以造成「彼優我劣」的誤解。使臺灣人感到自己是「清國奴」，是屬於弱勢的、貪生怕死的民族，與優秀的大和民族比較起來，漢人應該自慚形穢。這樣扭曲事實的教

18 參考吳文星，《日據時期臺灣社會領導階層之研究》（臺北：正中書局，1992.7），頁 97-98。

育，容易使得接受日本教育的臺灣學生在價值判斷、國族認同上產生了偏差，被殖民者的悲哀莫甚於此。雖然賴和並沒有刻意去探討這個問題，但我們仍可以在漢詩作品中看到他對當時教育的不滿。第一，它養成臺灣學子馴從威勢的習慣。在〈大竹圍〉詩裡，賴和寫到「途逢警察知行禮，教育而今效果多」（1922），公學校放學的學生，看到警察，便知恭敬地行禮，這是打從心裡尊敬之故嗎？臺灣人對警察的痛恨畏怕，已敘述如前。賴和指出孩童之所以恭敬警察，其實是「教育」灌輸的觀念使然，如此養成臺人馴服的現象。賴和在〈讀臺灣通史十首〉之十（1920），有著極明顯的批評：

男兒志氣恥偷生，意到難平賭命爭。先覺遺模猶在目，後人見義只心驚。

（昔臺之民以反抗政府著稱，今日以服從見賞，何今昔之不同如此，亦教育之收效否乎？）

　　在日本的殖民教育政策推行下，臺灣年輕一輩被馴化了，更令人遺憾的是部分臺人在這樣的情境之下，竟養成了歌功頌德的惡習。「種花蒔菜復手工，由來嬉戲稱兒童。吾臺教育方針異，爭得人間競頌功。」（〈贈長井公學校長之三〉）（1921），至於部分有良知的日本人，如長井公學校校長，「主張育英排眾議，不知毀謗已叢生」（同前之四），則是在努力為臺灣爭取合理的教育制度後，遭到眾人無情的詆毀、排擠。這是一個正義難伸、公理不張、君子道消、小人猖獗的時代。做為殖民地的社會精英，賴和會如何思考自己的處境？如何尋找臺灣的未來呢？

2. 對中國的失望

一九一八年春天，帶著濃厚民族情感的賴和離開彰化，前往廈門的博愛醫院就職。賴和去、來廈門之故何在？目前尚未獲得具體明確的資料來加以說明。不過，吾人仍可從他漢詩作品裡，看到這次中國之行的經驗。我們先逆著看，賴和藉一九一九年從廈門返臺所寫的一首長詩〈歸去來〉，抒發了他中國之行的總體感受：

> ……擾擾中原方失鹿，未能一騎共馳逐。歐風美雨號文明，此身骯髒未由沐。雄心鬱勃日無聊，坐羨交交鶯出谷。十年願望一朝償，塞翁所得原非福。渡海聲名憶去年，春風美酒滿離筵。此行未是平生志，誤惹傍人豔羨仙。酬世自知才幹拙，思鄉長為別情牽。一身淪落歸來日，松菊荒蕪世亦遷。詩壇寂寞嘯霞死，風流太守長致仕。市人趨利日奔馳，故舊成金多得意。鏡前自顧形影慚，出門總覺羞知己。飽來抱膝發狂吟，篋底殘篇閒自理。

從「此行未是平生志，誤惹傍人豔羨仙。」可知賴和此行是失志而歸的，去年春天啟程時，有多少人祝賀，有多少人羨慕，但是，真正到了一向慕戀的祖國呢？「十年願望一朝償，塞翁所得原非福。」多年來的企盼而今竟落空了！這種落空、失望的心情，竟使賴和寫出激烈的詩句：「茫茫大陸遍瘡痍，蠱病方深正待醫。蠢豕直成真現像，睡獅猶是好名詞……」（〈同七律八首之四〉）（1918）人稱中國是「東亞睡獅」，賴和認為這還是褒揚之詞，如果依他親眼所見，倒不如用「蠢豕」來描述更為貼切！假如不是因為過高的期望，不是因為過

熱的情感，溫和的賴和不會如此強烈地批評、痛斥自己的文化
母國的。「故國相思三下淚，天涯淪落一庸醫。此行袛爲虛
名誤，失腳誰能早日知？……」（〈得敏川先生書及詩以此上
復〉）（約 1920）廈門之行，使他認識了原本企慕的、遙遠
的祖國眞實的狀況，也痛思這次前去是一個無法彌補的失誤。

　　那麼，當時的中國究竟是如何？竟令賴和如此傷心失望
呢？一九一八至一九一九年，原應是中國新興勢力將做大翻轉
的時期，一九一七年陳獨秀、胡適所提倡的「白話文運動」已
開始逐步推展；一九一九年的「五四運動」，更是中國知識青
年要求啓蒙救亡的關鍵時期，假如賴和前去的是中國文化的核
心──北京，或許他的失落感不至這麼強。但是，他前往的是
位處中國東南地區、軍閥勢力囂張、民眾醉生夢死的廈門。[19]
雖經由雜誌報紙的閱讀得知，中國的文化狂飆運動正風起雲
湧，但是，賴和無法直接感受到那樣的氛圍。在南方，他所看
到的是奢靡的官紳，浮誇的民風，是豪賭、吸毒、狂歡、宴
樂，是過著紙醉金迷生活，罔顧窮民性命的上層社會人士。賴
和於一九一八年所寫的〈廈門雜詠〉九首，以類似組詩的方
式，用「分鏡」處理的技巧，來寫當時當地各種人物的面貌。
在此地，唯有租界地是安寧的：「安危無責中華吏，秩序專須
印度兵。風鶴不驚宵不警，笙歌唯此是昇平。」（〈之一・租
界地〉）而屬於中華政權的管轄地卻是風鶴皆驚的：「萬家煙
突幾家生，破屋斜陽戶不扃。零亂瓦磚餘劫火，流離骨肉感漂
萍。數聲野哭雲沉黑，滿眼田荒草不青。匪患初安兵又到，一

---

19 1917 至 1920 年乃直、皖兩系對抗期，福建屬於皖系的勢力範圍。其間，駐防在
　粵東，統領二十營粵軍的陳炯明，曾在 1918 年 5 月進攻閩南，占有漳州之地，
　賴和前去廈門約當此時。由於軍閥勢力的角逐，政局處在動盪不安的狀況，當
　地土匪亦伺機爲虐，民眾苦不堪言。參考費正清，《劍橋中華民國史》第 1 部（上
　海：上海人民，1991.11），頁 299-313。

村雞犬永無寧。」（〈之二・鄉村〉）何以匪亂屢生，致使骨肉漂零？鎮守此處的將校日日在歌舞場中對拳酣笑，除了憑空吹噓戰功以外，一事無成（〈之四・將校〉）。至於軍士，則沉迷於博戲，「卻從百姓抽來稅，孤注樗蒲一擲間」（〈之五・軍士〉），如此將人民辛苦的繳稅錢，拿來豪賭，何嘗真正保家，真正衛民？處理行政事務的官吏，除了對違法的民眾嚴施處罰之外，其他的政務皆拋到一邊（〈之六・文吏〉）；地方上的紳商呢？亦只知應酬交際，以打牌、飲酒，說官話、吟詩歌，與上層社會建立友好關心，以圖自己的利益。至於家國天下，就不是他願意去關心的了（〈之七・紳商〉）。在眾人皆濁之時，難道就沒有理性清明之人嗎？賴和把焦點放在年輕學子的身上，但學生恐也是光憑五分鐘熱度做事而已：「強敵耽耽迫四鄰，豈容吾輩做閒人？五分鐘熱休相笑，許國爲知更有身。」（〈之八・學生〉）這樣令人失望的情況，難道是廈門獨有的嗎？在中國大陸期間，賴和曾到漳州、泉州、同安，所看到的景象無一樣能給他信心。在「白鹿洞」，他看到佛家清淨之地，卻有富人在此搭建洋樓，縱酒賭博（〈白鹿洞〉）；到「仙洞」則看到僧人媚世可鄙，全無修行者的莊嚴（〈仙洞〉）；在洪厝坪，他看到許多鄉人因無法繳交巨額的米糧供應軍需，遂紛紛離鄉遠去，只餘寥落十餘人家的荒村（〈由洪厝坪而龍鬚亭觀土橋〉）……最令賴和驚恍而不忍的是他在同安街上看到公然在市上爲人注射嗎啡者：

人病猶可醫，國病不可醫。國病資仁人，施濟起垂危。今無醫國手，坐視罹瘡痍。禹域四百州，鴉片實離離。無賢愚不肖，嗜毒甘如飴。沉痼去死近，惘惘誰復知。又嫌費吐吞，倩人注射之。受毒日以深，轉喜得便宜。四體針既

遍，瘢結成蛇皮。受者滋感悅，我淚滂沱垂。作甬而有
後，天道益堪疑。（〈於同安見有結帳幙於市上爲人注射
嗎啡者趨之者更不斷〉）

何以中國人會以此方式來解毒癮？是誰發明了這種慘不忍
睹的方式，使上癮者四體結痂，宛如蛇皮？又是誰容許公然聚
眾吸毒？這個社會是病了，這個國家是病了，而且，幾已無藥
可醫了。賴和的悵然歸臺、賴和的憤怒指陳，並非無因而然。
這逐漸陸沉的神州，將一步一步陷入群魔亂舞的鬼域，而舉國
昏迷之時，誰會是那個獨醒的人？一九一九年秋，賴和終於懷
著強烈的無力感，以失望寥落的心情回到臺灣。

3. 對臺灣自主性的思考

殖民者不可憑，而遙遠的文化祖國也在心中逐漸遠去。做
爲臺灣的知識分子理當認眞省思，自己乃至整個臺灣的定位何
在？日本差別性的統治方針，將臺灣人視爲次等國民，在日本
統治下，臺灣人永遠矮了一截，永遠無法，也不願意成爲道地
的日本人；那麼，漢人的「原鄉」中國呢？它或許曾是許多臺
灣漢人的希望所在，然而，廈門之行，使賴和徹底地心冷了，
一九一八年，在寄予林肖白的〈中秋寄在臺諸舊識〉詩中他寫
道：「莽莽神州看陸沉，縱無關繫亦傷心。迴天有志憐才小，
填海無功抱怨深……」漢族意識再也無法使他對中國產生強烈
的認同了，賴和沉痛地指出自己在現實上與中國已是「無關
繫」了。但是，基於漢民族的情感，他還是掛心，還是傷痛，
還是很希望以區區之微，爲中國盡一點心力，但，這是何等艱
難又龐大的重擔啊！誠如吳濁流所描述的，兩不著邊的「亞細
亞的孤兒」，在那樣的時代實存在著何去何從的徬徨。此時，

賴和早期所堅持的民族主義逐漸產生變化，雖然在當時未明確地提出臺灣歸屬的問題，但我們還是可以透過作品隱約地掌握到他思考方式的轉變。最足以用來說明賴和對臺灣命運之看法的，當屬以下這兩首追懷當年臺灣民主國的詩：

旗中黃虎尚如生，國建共和怎不成。天與臺灣原獨立，我疑記載欠分明。

（〈臺灣通史十首之七〉）（1920）

黃虎旗。此何時。閒掛壁上網蛛絲，彈痕戰血空陸離。不是盛名後難繼，子孫蟄伏良堪悲。三十年間噤不語，忘有共和獨立時。先民走險空流血，後人弔古徒有詩。黃龍破碎亦已久，風雲變幻那得知。仰首向天發長嘆，堂堂日沒西山陲。（〈讀林子瑾黃虎旗詩〉）（約 1924）

不只是憑弔古事，賴和在這兩首詩裡其實已然提出了他對臺灣未來走向的思考。「三十年間噤不語，忘有共和獨立時」，是一種何等沉痛的提醒。三十年來臺灣民眾一直安於做爲順服的日本次等國民，面對種種不平等待遇，唯有沉默以對。賴和在此提醒臺人，難道已忘記當年先烈們爲保家衛土而做的犧牲了嗎？那以血灌注的臺灣建國史，那代表「臺灣民主國」自主精神的黃虎旗，今尙栩栩如生，而島民都忘了當時先烈們的堅持和理想了嗎？考察賴和漢詩手稿可知，〈臺灣通史十首之七〉原作：「旗中黃虎尙如生，國建共和竟不成。天限臺灣難獨立，古今歷歷證分明。」這是在消極而又悲憤的心情下所寫的作品，對於臺灣建國的未來並不抱希望，從臺灣有史以來觀察，臺灣追求獨立自主的理想何曾實現過？到了後來，

賴和再度修改此詩，[20] 將「國建共和竟不成」改爲「國建共和怎不成」；將「天限臺灣難獨立」改爲「天與臺灣原獨立」，這不只是字句的修潤，亦非只是一、二文字的刪改，而是代表著賴和對臺灣命運的嚴肅省思。如前所云：兩不著邊的孤兒是無所歸趨的，想要仰賴日本或中國來解救自己，有著事實上的不可能。因此，唯有落實本土，認同自己的土地和人民，以臺灣爲本位來思考，才可能找出自己的出路來。本土意識的抬頭不僅是賴和一個人的思考方式，其實也是當時臺灣整個社會新思潮的取向。這是爲什麼一九三〇年代初，會有鄉土文學論戰的興起，[21] 這也是爲什麼賴和會將許多取材自民間的東西納入文學作品中。[22] 也因此，在回顧臺灣歷史時，他往往能夠站在民眾的立場來觀察事情的始末。比如對於清時臺灣三大民變之一「戴潮春事件」，賴和便能站在以人民爲本位的立場，稱頌這位反抗政府的人中豪傑，而不以「叛賊」視之：[23]「戴潮春亦一時英，驀地干戈起不平。今日定軍山下路，冤魂夜夜竹根生。」（〈臺灣通史十首〉之九）（1920）；甚至日本領臺二十年後，於一九一五年所爆發的慘烈殺戮——噍吧哖事件（西來庵事件），述及參與其事者，賴和表面上雖亦沿用日本當局所稱的「土匪」，但是，對這些人以及這個事件，賴和卻有著極度的憐憫與同情。此可舉他的〈青年土匪一年十五一年

---

20 修改時間目前尚未能考訂，至於，有關對臺灣自主性問題思考的改變，可參考林瑞明之說，同註2，頁23。

21 參考游勝冠，〈臺灣本土論的興起與發展〉（東吳大學中研所碩士論文，1991.6），頁22-24。

22 如小說裡的〈善訟的人的故事〉（1934.4）、〈富户人的歷史〉（1934）、漢詩裡的〈七星劍歌〉等皆屬之。

23 站在統治者的立場，此役稱爲「戴潮春之亂」，而稱主事者爲「戴逆」；然而，賴和對這位歷史人物卻有不同的評價。除在此詩稱之爲一時之英豪外，在〈月琴的走唱〉亦云：「……曲哀心欲碎，調急耳頻傾。我厭陳三柏，人憐戴萬生。悠悠少兒女，隔世亦知名。」對戴氏的抗清失敗，有許多的惋惜。此詩後來經賴和漢文老師洪以倫改爲「仙侶梁山伯，賊豪戴萬生」，雖對仗頗工整，可惜其作意全失。

十四噍吧哖事件之生存者立太子之典沐減刑恩赦見於臺日紙上〉（約1922）詩為例說明之：

> 人性天賦與，所習長乃別。俗厚民自醇，地靈人斯傑。臺
> 灣瘴海中，穢氣所凝結。曾聞十年中，九度相喋血。絞臺
> 血濺未嘗乾，有人學甲復揭竿。可憐愚昧不知死，乃把肌
> 骨試鐵彈。皇軍到處紛走死，屍填澗谷野朱殷。婦人縊於
> 樹，背上猶繃子。死者伏其辜，存者難彼恕。盡法以警
> 餘，庶幾禍患弭。二子十三四，亦繫縲絏裏。還想弄兵
> 時，原當遊戲事。勞役幾年中，頗有遷善意。一朝沐減
> 刑，知出阿誰賜。乳臭無知兩少年，法難輕宥天則憐。等
> 待自由還復日，白頭猶或見青天。

此詩看似斥責青年土匪愚昧無知，以身試法，遂罹牢獄之災，而今幸逢朝廷聖明，才得恩赦，終有重見青天之時。事實上，這是賴和真正的意思嗎？首二句「人性天賦與，所習長乃別」，乃是強調這兩位青年本性善良質樸，那麼，是誰使他們蹈上人生的險境，使他們遭罹縲絏之災呢？賴和認為是後天的因素，是臺民反抗成習；瘴海環繞，穢氣充斥，環境熏染有以致之。從清廷統治以來臺人素以「三年一小反，五年一大反」著稱，致使山河喋血，大地染赤。臺人習性真是如此強悍不馴嗎？這其實皆就統治者的角度而言。反過來看，「十年九喋血」這樣激烈的反抗緣何而生？假如不是統治者無理的剝削和壓制，誰願輕易以生命做代價，做如是激烈的反撲？「可憐愚昧不知死，乃把肌骨試鐵彈。皇軍到處紛走死，屍填澗谷野朱殷。婦人縊於樹，背上猶繃子。死者伏其辜，存者難彼恕……」賴和在此其實已將殖民者殘虐殺戮的史實暴露出來，日

本軍所到之處，眞是「殺戮到雞狗」（洪棄生詩），連婦女稚子亦不放過，遑論一般青壯？十四、五歲青年挺身護衛家鄉難道錯了嗎？賴和以「反面著筆」的方式，站在民眾的立場寫出了一篇篇沾濡著血淚的臺灣辛酸史，限於篇幅，在此不再列舉其他例子說明。

（二）始是人間一個人──自由、平等、理性、博愛的追求

如前所云，「二世文人」雖具舊學根基，但基本上接受的是日本教育，因此，能透過日文來接收世界思潮。十七、八世紀西方啓蒙運動的精神在於「理性主義」的覺醒。所謂「理性」是指：思考問題的理解力、認知概念的說明力、推求眞相或眞理的判斷力。在「理性」的總綱領之下，推衍出現代國家的自覺，以及社會、民主自由的覺醒。[24]這一波以理性解釋人類一切活動的啓蒙運動，到了二十世紀，相當明顯地衝擊著東方的古老文明，尤其在西方霸權挾科技的強勢，稱雄世界之時，落後、衰頹的古老國家中的知識分子遂興起強烈的嚮往之情。日本的明治維新、中國的推翻帝制，乃至一九一九年展開的啓蒙救亡運動，莫不是在現實環境的逼壓下，尋求生存之道所做的努力。在那樣的一個時代，面臨依附中、日皆不可靠的困境之下，臺灣的先覺者要求知識階層快速地吸收西方思想的精華；畢竟爲臺灣的未來尋求出路的要求，實較之中、日兩國更爲急切。

就日治時期的臺灣思想界而言，賴和並非走在啓蒙的最前端，以醫生爲本業的他也不能算是活躍的政治運動者。但是，

---

24 參考成中英，〈啓蒙運動中理性的角色〉，《中國哲學的現代化與世界化》（臺北：聯經，1985.9），頁 208-210。

在文學層面而言，他的的確確是一位先行者、一位導師級的人物。他的新詩、小說、散文爲臺灣新文學的發展創闢出一個開闊的新天地；就傳統詩的寫作而言，賴和亦有其不可小覷之處。受過紮實漢文訓練的他，擁有不錯的漢詩寫作功力；[25]而在詩作思想的層面上，尤有過人之處。那麼，賴和漢詩的可取之處究竟何在？筆者認爲最重要的是他能透過舊的形式，來表達先前詩歌作品所未曾表現過的新思想：自由、平等、理性、博愛。值得注意的是，所謂的「新」，並非字面上的引用新事物、新名詞，而是在對人生問題的思考方式、人生面向的觀察角度上，確有異於前人之處。

1.自由與平等

　　十九世紀西方自由主義者提出了「天賦人權」之說，主張人民自由、財產安全及民意控制政府等觀念。而所謂的「自由」應包括：言論的自由與結社的自由，[26]這在殖民地臺灣恰是一大禁忌。緣此，賴和在作品裡每每大力呼籲人權與自由的重要。新詩〈代諸同志贈林呈祿先生〉裡，便是以高聲吶喊的方式，提出了爭取天賦人權的要求，並呼籲有志之士共同爲此理想目標而努力：

　　　　這二十世紀的新潮流／久已環繞著六大部州／誰不是——人各平等？／誰不是——人皆自由？
　　　　試問我兄弟們／享得著不？／背地裡拋棄了／天賦

25　賴和曾於 1922 年應《臺灣》徵詩〈劉銘傳〉獲第 2 名及第 13 名，可見他的詩藝水準相當不錯；而他生前好友陳虛谷亦曾稱譽他的詩：「平生慣作性靈詩，珠玉連篇不費思。藝苑但聞誇小說，世間畢竟少眞知。」對他的漢詩有極高的評價。

26　參考塞班（Sabine），《西洋政治思想史》（臺北：洞察，1988.3.1），頁169。

的人權／成日卻做那被人／驅策的馬和牛

　　誰也不是個人嗎？／怎忍蒙以奇羞？……美麗島上經／散播了無限種子／自由的花平等的樹／專待我們熱血來／培養起

如牛似馬，隨人鞭策的痛苦常壓迫著賴和的心，在他的漢詩裡同樣可看到這樣的譬喻：

牛馬生涯經慣久，一聞平等轉添憂。此間建立平和柱，幾次人間碧血流。（〈漳州雜詠〉）（1919）
世間久已無公理，民眾焉能倡利權。自愧盧生已卅載，空隨牛馬受鞍鞭（〈元日小集各賦書懷一首不拘體韻〉）（1923）
鬱鬱居常恐負名，祇緣羞作馬牛生。世間未許權存在，勇士當為義鬥爭。（〈吾人〉）（1924）

何以不用「籠中鳥」、「池中魚」的意象，而經常選擇「牛馬」做為被殖民者的象徵？主要是因為牛馬被鞍、軛強加其身，與魚鳥一樣都有不自由的哀傷；而更無奈的是，鳥在籠中猶可翱翔，魚在池裡尚得游泳，而馬牛則要備受鞭策之苦。這種「鞭策」是身體的受折磨，更是心靈的受鞭撻。如此形象化地將被殖民者身心所受的桎梏與創傷赤裸裸地呈現，實讓人感到難以承受的哀痛。我們來看賴和兩次入獄所寫的獄中詩，當可更明瞭這種心情。一九二三年十二月賴和因「治警事件」入獄，從囚繫臺中銀水殿轉至臺北監獄時，他有詩寫道：

功唯疑重罪唯輕，敕法何曾喜得情？今日側身攖乳虎，模

糊身世始分明。（〈繫臺北監獄·五之一〉）（1923）

　　此詩一方面指出了日本當局用刑的苛酷及用心之陰狠，一方面則指出因為這個事件，他才真正清楚地了悟自己的被殖民身分。「糢糊身世」，是的，在未衝犯禁忌時，會比較樂觀地以為有朝一日，臺灣人可以爭取到與日本國民平等的權益；而今，方始悟得自己真正的身分，方始悟得「日臺融合」不過是殖民者欺瞞的謊言，甚至因此明確地知道日本所謂的「法」，根本缺乏其公正性。緣此，賴和在一九二三年有四首情緒激動的〈書憤〉詩，強烈地表達了心中的不滿，茲摘錄其中兩首如下：

　　一身毀與謗相兼，且避瓜田自遠嫌。無識可憐民闇弱，恃權久失法尊嚴。非罪罪猶羅公冶，殺人人竟信曾參。料應此事難忘了，留作他年酒後談。（四之二）

　　淤塞溝渠積水腐，人間何意唱尊古。利名一世喪貪夫，仁義千秋誤尼父。老而不死是為賊，牆甫能行豈怕虎。縱然血膏橫暴吻，勝似長年鞭策苦。（四之三）

　　原來「法」的尊嚴在殖民地是談不上的，日本當局往往可以不依一定的原則來裁量，而將臺人羅織入罪。我們看賴和小說〈一桿稱仔〉裡的秦得參，原是一位奉公守法的善良百姓，竟因警察揩油不成而被折斷稱仔，且硬扣上違反度量衡法的罪名，被監禁三天。在現實的生活裡，賴和兩次入獄，尤其第二次（1941 年 12 月），更是「莫須有」的冤獄。在那「是非久已顛倒置」的時代，要如何才能為同胞爭取是非公理呢？恐怕

須有初生之犢不畏虎的精神，前仆後繼，不斷奮勇抗爭；或許透過前人的流血、流汗，臺灣人終有免於鞭策之苦的一天吧！所謂的「滿腔熱血吾無吝，付與人間換自由」（〈李君兆惠同黃張二君來訪因留住勸之以酒書以言志〉）（約1924），即是這種烈士精神的寫照。但是，終賴和一生，這個願望還是沒有實現的機會。一九四一年十二月他莫名所以地再度入獄，晚年的賴和身體欠佳、萬慮纏心，[27] 在獄中對於自由的渴望更加地強烈，對無理橫暴的殖民者雖有不滿，卻礙於思想禁制無法予以激烈的抨擊，只好以私密的獄中日記與獄中詩，來表達他的痛苦。我們來看他的〈只因〉一首：

只因不說話，又再被拘留。口舌生來短，心胸滿是愁。臨機無應變，貽誤欲誰尤。不耐為囚苦，何日得自由？

因為被詢問起與在香港奉命籌設中國國民黨臺灣省黨部，對臺灣進行工作的翁俊明之間的關係時，[28] 賴和啞口無可應；要他說出平日對政府所抱的不滿不平，亦說不出口。後來，絕望的賴和又被留置監牢，繼續漫無止盡地等待，這種焦灼不安的煎熬和折騰，當是埋下賴和以心病致命的主要原因。

除了在詩中表達對「自由」的渴望，另一個極重要的主題即對「平等」的追求，所謂「平等」在賴和筆下包括：種族之間、階級之間、官民之間的公平對待。〈送林獻堂先生之東

---

27 賴和在入獄第17天的日記中寫道：「……我的心真是暗了，幾次眼淚總要奪眶而出，想起二十年前的治警法當時，沒有怎樣萎靡悲觀，是不是年歲的關係，也（或）是因為家事擔負的關係？」收在李南衡編《日據下臺灣新文學明集1‧賴和先生全集》（臺北：明潭，1979.3），頁282-283。
28 參考林瑞明，〈賴和與臺灣文化協會〉，《臺灣文學與時代精神》，同註5，頁18-19。章君穀、翁倩玉合著，《翁俊明傳》（臺北：中央日報，1990.2）。

彰化學

京〉詩云：「生才自古原非易，作事如今大覺難。願與同胞齊奮起，悉教異族得相安。」（1920）又〈環翠樓送別〉所吟的：「日臺差別吟中撤，汝我猜疑飲次消。肆口未聞清虜罵，闊肩（原註：日人指人驕矜之態曰「闊肩」）不似國民驕」即是強調日臺之間不應有「統治者／被統治者」的矛盾對立，更不宜互相猜忌謾罵；彼此相安共處，才是一條可長可久的坦途。然而，驗諸事實，這恐怕還是有一定程度的困難。至於另一個亟待突破的問題則是階級之間的不平等：「人自甕中無米粒，屠門大嚼興偏豪。」（〈郊外〉）、「生者勞勞死寂滅，豪門酒肉貧民血。」（〈飲酒〉）這種情境頗類似杜甫所寫的「朱門酒肉臭，路有凍死骨」，尤其是「豪門酒肉貧民血」，不只指出貧富處境的懸殊，更將兩者的關係巧妙地結合起來。豪門縱飲的美酒自何而來？實皆貧民血淚灌注而成，這畫面令人讀了不忍而且驚心！〈戲作〉一詩則以說理的方式，表達了他對社會勞力負擔及資源分配的看法，一定程度地表現了他社會主義思想的色彩：「社會原須共擔負，各人食力最應該。四民雖說無差等，也覺為官頂不才。」（約1923）假如士農工商都能不分階級，共同為社會投注最大的努力固然好（雖然這有事實上的不可能），但是仍會有一更高的獲利者，虎視眈眈地逼視著四民百姓，那便是握有「權力」的執政者。日本官員以殖民者的身分居高臨下，可憐的臺灣工農，除了要受地主的勞力及財物剝削外，更大的災害是來自官方的欺凌。在資本主義與殖民政策的雙重迫害下，臺灣百姓實在是有苦難申。賴和有〈人生〉詩云：「日作四小時，人類飽暖矣。乃有怠墮者，強人以義務。豪奢不及物，取掠遂其富……欲遂生之樂，必自無官始。」（1924）這種主張有一點「無政府主義」的色彩。根據臺灣無政府者的觀點：只要有國家便有權力，只要有權力

便會產生支配者與被支配者的矛盾對立,這是受壓迫民眾痛苦的來源。因此,為了人類的自由與平等、社會的正義與光明,無政府主義者主張取消一切不自然的私有制度,消滅一切強權,甚至付諸暴力亦在所不惜。[29]賴和此詩與無政府主義者觀點極相似之處就在於,他們皆認為唯有國家制度、官僚組織的取消,才可能進一步談人權的自由和人際的平等,故在〈送林獻堂之東京〉的詩裡賴和又云:「破除階級思平等,掙脫強權始自由。欲替同胞謀幸福,也應悟到死方休。」(約1920)強調了追求自由平等,掙脫日本強權統治,一生一世永不斷絕的心願。

2. 破除迷信

生性謙沖的賴和,重視人權平等,關懷弱識族群,沒有一般知識分子的驕矜之氣;再加上身為醫生,常有機會接近社會群眾,所以他相當熟悉民眾的語言,了解他們的所思所感,而這些經驗也常入到賴和筆下成為寫作的素材(詳後)。值得注意的是,賴和能掌握民間文化的精彩之處,也能夠盡力地予以模仿、闡揚;一方面他又能看出其中較負面的東西,尤其是非理性地徵逐風水地理、神明信仰,甚至到了迷信的地步,這都要努力加以破除。誠如一九二五年六月十一日《臺灣民報》社論〈宜速破迷信的陋風〉所說:

> 近年迷信的毒害,算是蔓延到全島了。以迎城隍、媽祖、王爺的名目,舉行種種賽會,若總計浪費,每年中

---

29 參考 1924 年臺灣在北京設立的無政府組織「新臺灣安社」及 1926 年「臺灣無政府組織黑色青年聯盟」的成立宣言,收在王乃信等人所譯,〈無政府主義運動〉,《臺灣社會運動史》第 4 冊(臺北:創造社,1989.6),頁 6-9、17-18。

彰化學

實有數千萬元之額，都是「無端乞福」，和「災後禳禍」二事而已。

該文認為，迷信之所以產生，原因之一在於民智未開，故賴和〈申酉歲晚書懷〉有云：「願把寸心酬造物，別探真理倡無神」（1921），唯有知識分子願致力於真理之宣揚、大眾的啟蒙，始可能讓昏昧的民智導向理性的清明。民眾崇祀神明幾至瘋狂的狀況，在賴和的漢詩〈迎媽祖〉（1922）與小說〈鬥鬧熱〉（1926）曾做了一定程度的呈現。賴和的成名之作〈鬥鬧熱〉，寫的是「三月瘋媽祖」的景況，南瑤宮確是彰化地區相當重要的神明信仰。三月媽祖生之時，這種神明廟會活動，規模之大，次數之多，其實是相當傷本傷神的。前所援引一九二五年六月《臺灣民報》社論〈宜速破迷信的陋風〉裡尚有一觀點值得注意：撰稿者認為民眾迷信雖不足取，卻又可憫；但是，仍有地方有力士紳，雖接受新教育的啟迪，卻「偏偏極力傳播使多數人損失無數金錢，陷於不可救藥的迷信」，其故何在？「這是他們想僥倖取利，要奪他地方的利益，以顧本地方的繁榮」，因為本地方的繁榮乃這些士紳真正利益所在。〈鬥鬧熱〉裡，努力促成對立的雙方、在神明活動中不惜耗費大量金錢比鬥的市長、郡長，即屬這類損人利己的上層社會人士。其實，先前賴和在漢詩作品〈迎媽祖〉的系列詩作中，就曾提出這個現象：

> 滿街繚繞紫檀香，萬燭輝輝夾路光。聽說神輿將入市，一時賺得萬人狂。（〈迎媽祖〉之二）

> 茫茫天道尚難憑，泥塑木雕詎有靈。鼓舞大多街長力，繁

榮策此亦堪矜。（〈迎媽祖〉之三）

　　賴和一方面質疑泥塑木雕神明果真有靈否？一方面則批評具有智識的士紳街長竟大力鼓吹，讓物資原已窘迫的民眾為爭面子、為表示對神明的崇敬，不惜花費巨資來參與，而且幾近瘋狂，這種作為實愚不可及。賴和和同時代的有志之士關懷社會思想落後的一片婆心，可以透過上述《臺灣民報》的文章來加以印證，由此可見當時擔任啓蒙角色的社會精英，對革除迷信的急切心理：

　　　　我們同胞若不想和他民族立在平等的地位，就無語可說。若是有志氣，想要對世界文化貢獻些兒，打破這種的陋風，真是刻不容緩啊！我們同胞快自覺吧！

　　另外，賴和有漢詩〈七星墜地歌〉四首則從迷信地理風水的角度切入，以億萬年前，天上有七顆星隕落人間，落石處，具龍氣，遂成佳穴的傳聞入筆。而後，在第二首寫道，曾座落在此佳穴的玄天上帝和有應公廟，卻不見得因此而香火永續，可見風水之說不可信：

玄天上帝神通大，啞巴乩童能說話。赫赫香煙盛一時，今日神龕蜘網掛。有求必應萬善同，骨骸曝露青燐化。得穴神明也如此，地理蔭人能信嗎？（之二）

　　第三首則以亦居此穴的癲哥廟為敘述對象，聽聞癲人前去廟前井水洗浴，可去除皮膚病。但是，果真有效嗎？賴和在末兩句以具體的形象「今日井水尚沸泡，癲人市上猶徜徉」作

・賴和文學論〔上〕——民間・古典文學論述・146・

結，來解破這個神話。最後一首，以販豬人客死，葬於此處爲例說明，即使眞埋佳穴，得以庇蔭後人又如何？富貴顯達的後人，因懼怕癩者發噴，因此三番兩次偷偷前來祭拜，之後乾脆就不來了。到頭來，癩者散去了，兒孫也不見蹤跡了，空留佳穴又有何用？賴和在此詩中，不但意欲破除一般民眾有關地理風水、神明靈驗的迷思，更要指出人心的善變、世情的冷暖。既然如此，又何必苦苦去追求這些不可把握、無可保障的東西呢？

3. 人道主義的流露

　　「但願世間無疾病，不愁餓死老醫生」（〈壬戌元旦試筆〉）（1922），賴和的仁醫形象一向爲人所敬重，從民眾以「彰化媽祖婆」來稱譽他這個事實，即可明白他的仁厚性格。賴和的新舊文學也都在這種「不忍人之情」的思想基礎上，屢屢表現對弱者的矜憫，這裡弱者指婦、幼、勞農，也指長年以來受漢人壓迫，瘖啞無聲的原住民。由於前三者的相關論述較多，筆者在此只擬集中在「對原住民的關懷」這個角度來說明。

　　根據對賴和極熟悉的彰化作家李篤恭的口述，他曾親眼看到，賴和如何對待從埔里步行前來就醫的原住民婦女，如何因矜憫她體弱路遙，而配了一大包藥，甚至提供車資，要求她必須從臺中坐車回埔里，不宜再長途跋涉，致使病勢加深。[30]據李篤恭的回憶，賴和家裡不許用「番」字來稱呼原住民；一九二六年十二月發表的散文〈忘不了的過年〉中，賴和稱原住民爲「住在山內的那些我們的地主」；一九三四年在他採自

---

30 參考臺灣文學家紀事系列2——臺灣新文學之父：賴和，影帶中的訪談錄影，黃明川電影社製作（臺北：前衛）。

民間素材而寫的小說〈善訟的人的故事〉裡，正義凜然，勇於對抗豪富地主的林先生「聽說是番社庄人，是不是生番的後裔，現在沒人曉得，但是他的性質卻率直果敢」，在那個漢人沙文主義充斥的時代，賴和能對原住民持有如此正面肯定的態度，這種胸襟氣度實非常人所能及。緣此，當他看到原住民在臺灣受到多重的壓迫——日本統治者、資本家、臺灣漢人的層層剝削時，濃厚的人道主義使他寫了許多令人印象深刻的作品。最為人所稱道的是他一九三一年四月發表在《臺灣民報》、為「霧社事件」[31]而寫的長詩〈南國哀歌〉[32]：「……兄弟們到這樣時候／還有我們生的樂趣？／生的糧食儘管豐富，／容得我們自由獵取？／已闢農場已築家室／容得我們耕作種居住／刀槍是生活上必需的器具／現在我們有取得的自由無？／勞動總說是神聖之事／就是牛也只能這樣驅使／任打任踢也只自忍痛／看我們現在，比狗還輸……」這種感同身受的傷痛使得賴和在全詩最後一段以沸騰的情緒呼籲：「兄弟們來！來！／捨此一身和他一拚！／我們處在這樣環境／只是偷生有什麼路用？／眼前的幸福雖享不到／也須為著子孫鬥手！」〈南國哀歌〉是賴和關懷原住民遭遇情感最激憤的作品，事實上賴和在一九二〇年代的漢詩裡，就已經看到他對原住民命運抱不平的態度，而當時的作品主要是針對漢人欺壓原住民而發的。比如一九二二年左右的手稿中，可看到他往遊日

31　霧社事件發生於 1930 年 10 月 27 日，霧社泰雅族馬赫坡社因不堪長期忍受日人凌虐，在其頭目莫那魯道領導之下，利用日本公學校舉行運動會的機會，殺了 136 名日本人。此舉引起日方震怒，遂發動大批人力，使用新式武器，甚至國際禁用的毒氣，來殲滅竄逃入深山中的泰雅人，此戰持續 2 個月之久，泰雅民眾死亡數多達 5、600 人。參考溫吉編，《臺灣蕃政志》（臺中：臺灣省文獻會，1957.12）。

32　此詩分上下刊在《臺灣新民報》361、362 號，下篇的後半段被日本當局「開天窗」，變成一片空白，本文所引者在當時是被禁止刊登的，茲參考李南衡先生編，《賴和先生全集》，同註 28，頁 181-183。

彰化學

月潭時曾向當地的原住民（邵族）採錄了歌謠，而後將之做了
漢譯。其所採錄的歌曲曲意，乃蒼涼地憶述漢人對原住民的掠
奪：

　　……前面裡　我們祖先尚留得
　　好空闊——　茸茸細草清水平陂
　　哀——哀——　勿怨奔波！
　　那——　縛去圈裡養的豬　刈奪田上熟的禾
　　說是天佑的優勝者
　　唉！　他漢人們也自賢豪

　　值得注意的是這首作品最後，賴和所做的說明：「番人
每歌此曲，多飲泣流淚。統治者恐其怨念莫釋，已不許其演
歌。同舟有吏在，不能強之盡曲，且意味亦不明瞭，只由一端
而演釋之，非本歌之意。」換句話說，賴和所採錄的只是番曲
之片斷，所轉譯者亦不能完全符合該曲之意涵。而原住民每歌
此曲，所表現的傷痛，所謂「飲泣流淚」，其背後究竟有多少
漢人欺壓的辛酸史？實難言喻。在此，除了看到漢人的強勢欺
凌外，亦可注意到日本當局禁制尺度之嚴苛。歌曲謠諺，本最
足以抒發民眾內心的感受，是人民情感的直截反映，而日本當
局竟因曲過哀悽，恐其「怨念莫釋」而禁止歌唱，那麼原住民
還有其他可以抒吐的管道嗎？在一九二〇年代初期的日月潭之
旅，賴和除了採錄番曲，又貼近原住民的心靈，寫了一首長篇
的〈石印化番〉（約 1922），同情原住民的坎坷遭遇，並批
判入侵番地的漢人之貪婪殘酷：

　　番人無曆史不傳，一事曾聞傳祖先。追逐白鹿忘近遠，遂

來浩蕩潭水邊。渴有可飲飢有食,清泉甘冽魚肥鮮。天留
此土養吾輩,移家不嫌地僻偏。竊喜紅塵得斷絕,昏昏悶
悶長守拙。聚族歌哭恆於斯,不愁世上亂離別。世外桃源
古徑通,桃花消息人間泄。漢民冒險入山深,澄潭始染競
爭血。伏屍共痛殺傷多,埋石誓天暫講和。漁獵分區不相
擾,佳時載酒或相過。猜忌漸忘情誼厚,共存始覺利尤
多。鹽鎂鹿脯互交易,浸潤能教蠻性革。語言不作舊啁
啾,嘉會已解聯裙屐。飾胸黥面風尚存,殺人馘首冤早
釋。漢人肆詐漸欺凌,求活終年苦力役。社中婦女姿態
佳,下山多作漢人妻。至今壯夫無配偶,丁口減失生率
低。散亡相繼年蕭索,夜中冷落牛驚嘶。相杵歌殘明月
下,含情禁淚心楚淒。誰知我亦天孫裔,(番人言語多有
同於日本,謂其先必同種每以自誇。)未甘長作漢人隸。
牛馬生涯三百年,也應有會風雲際。境過循環還到君,今
日番人更得勢。直率初無報服心,與君協力永共濟。

　　入墾之初,這原是一處「不知有漢,無論魏晉」寧靜的桃
花源。漢人冒險入山來之初,雖曾有過衝突,但因死傷過於慘
重,雙方遂決定和平共處。但是,等到原住民逐漸漢化,武力
不似往昔強大時,狡詐的漢人便又來欺凌善良質樸的原住民。
他們掠奪了生產的資源,逼迫男性為他做苦力;誘騙女性,使
她們遠嫁離鄉。留在故鄉的壯丁,找不到婚配的對象,使得村
裡人口愈來愈少,幾乎到了難以為繼的地步了。此詩從「誰
知」一段以後,轉為第一人稱的敘述口吻,敘述者乃站在原住
民的立場來發言:「誰知我亦天孫裔,未甘長作漢人隸。牛馬
生涯三百年,也應有會風雲際。」較之漢人的苦難,原住民所
受的滄桑更是一言難盡,距今七十多年前的日治時期,當漢人

還在爲自己的存在尊嚴奮鬥，爲自己的不平等遭遇喊屈時，賴和已能著眼於比漢人更受輕視、更被欺壓的原住民，而爲他們的遭遇抱不平，實是難能又復可貴。

三、賴和漢詩的寫作特色

（一）新題與新想

　　如前所云，賴和漢詩每具「新意」，所謂「新」並非只是就新名詞的引入而言，而是能在新名詞中表現出異於前人的新思想，具有濃厚的啓蒙精神。但，在此處還是先從題材與題目看起。賴和漢詩裡，可以看到許多以前罕爲臺灣漢詩人所照顧到的材料，相當具有趣味。單從題目來看：〈看入學成績單〉、〈實習竹枝詞〉、〈月琴的走唱〉、〈臺北各工場報曉水螺之聲止在校起床時刻今復聽之萬感叢生〉、〈自由花〉、〈哀聞賣油炸檜的〉、〈讀太戈爾詩集竊其微意以成數首明火執杖之盜人固不奈他何〉……皆頗具特色。

　　寫於一九一〇年代的〈看入學成績單〉與〈實習竹枝詞〉，是由一位受西式教育的醫學校學生的生命經驗壓縮而來的作品。〈看入學成績單〉詩題雖新，但從內容上來看，則與早期的「看榜詩」無甚差異；倒是〈實習竹枝詞〉的內容頗爲新鮮：

> 問汝而今年幾許，從來生業賴何如。底事雖爲二豎欺，有甚原因休汝隱。細將苦痛訴余知，身中猶存潮寒熱。胃口能無苦渴飢，此病到今經幾日。可曾服藥可曾醫，幾番打診兼聽診。不辨清音或濁音，更還按脈別浮沉。斷作癆傷疑未穩，欲言寒熱病方深。

賴和以實習醫生的口吻，透過提問的方式，從病者的年齡、職業、遭遇的痛苦，心中的感受、病勢如何？就診情況如何？並以醫療中的「望、聞、問、切」來判斷患者可能有的病因。從這裡，我們可以看到一位年輕、充滿愛心而又認真的實習醫生之形貌，極為親切也極生動逼真。以醫療經驗入詩，在臺灣漢詩作品中，賴和恐是第一人。[33]

至於〈臺北各工場報曉水螺之聲正在校起床時刻今復聽之萬感叢生〉（1918）則又呈現了一九二〇年代甫邁向工業社會時，臺灣人生活的作息樣態。據呂紹理的研究：「水螺是中南部農民對糖廠上、下工汽笛訊號聲的稱呼。它雖只是一種時間訊號，但，這訊號卻標示著一種截然不同的工作方式，代表一種新的社會生活作息規律登場。」[34]因此，水螺響起代表臺灣已從傳統農業「日出而作，日入而息」的社會，逐漸進入到重視時間、講究效率的工業社會了。從此，人們不能再如往昔般悠閒度日，當時間被精準地切割，預示著科技主導的時代將要來臨。賴和在漢詩裡遂將這種新事物與新現象引到作品中來，他回想到三年前就讀臺北醫校時，聞水螺響聲，學生都必須及時起床梳洗，靜候前來檢查的先生，那種異於傳統農業社會、要求速度的緊張感，一直到他畢業後都還深藏在意識深處，久久未能消去。這詩雖然簡短，卻能把殖民地臺灣逐漸由舊社會進入新時代，對時間感的改變具體地呈現出來。

寫於一九一九年左右的〈自由花〉算是所有作品中最具新思想特色者，此詩雖以漢詩的形式來書寫，朗讀起來，它更像一首接近口語的白話詩：

---

33 參考前衛出版社發行的影帶〈臺灣新文學之父——賴和〉，林瑞明的說法，同註31。

34 參考呂紹理《水螺響起——日據時期臺灣社會的生活作息》（臺北：遠流，1998.3），頁2。

自由花蕊正萌芽，風要扶持樹要遮。好共西方平等樹，放
開世界大光華。

　　這詩雖嫌直接，但是，在那世界思潮強力激盪的時代，要
婉轉凝鍊地表現新的觀念和思想，恐非易事。因此，倡導新思
想的方式往往是噴薄而出的，是直接而不假修飾的。在詩中，
賴和以充滿韻律和節奏感的文字，直接揭示「自由與平等」思
想之來源，以及它在當時蓬勃興發的情況，並明確地指出這兩
者乃當時民眾致力追尋的極重要目標，在前面章節所引的賴和
詩，其實有不少作品皆是扣住這個主題而發揮的。

　　至於〈哀聞賣油炸檜的〉[35]以清晨賣油炸檜的小兒做為關
懷對象，亦是一新題材。「油炸檜」是臺灣人早餐常見之食
物，至於，小兒遭到「大人」刁難之處「派出所」，則是日治
時警察局的代稱，這種具時代特色的用詞，鑲嵌在作品中，
使得字裡行間充斥了異於傳統漢詩的特異情調。但，此詩的可
取之處主要還是在對「警官大人」的批評。因賣聲間作，擾
他清夢之故，惱怒的警察便祭起「法律」的大旗，雖小兒苦苦
哀求，卻絲毫不為所動，所謂「法在情難恕，絮絮將何為？」
那麼，這小孩究竟犯了什麼法呢？對日治時期法律客觀性的質
疑，常出現在當時新文學作家的作品中。比如賴和〈一桿稱
仔〉的秦得參被誣以觸犯「度量衡法」、楊守愚〈決裂〉裡
的朱榮，被指為違反「治安警察法」、呂赫若〈牛車〉裡的楊
添財，則是違反了「道路管理法」……文化鬥士之一黃呈聰
在〈法律的社會化〉[36]一文中說道：「法律的理想就是要實現

---

35 賴和手稿原作此題，後來林瑞明編的《賴和漢詩初編》則作〈哀聞賣油炸粿者〉，
　　可能是根據賴和修改後的抄本而編錄，筆者尚未得見該手稿。
36 黃呈聰此文 1923 年 11 月 1 日發表在《臺灣民報》。

正義及維持公平,並增進社會人類的實生活啦!」然而,這些原應具有客觀性、公正性的「法」何以走了樣呢?最根本的原因在於日本將臺灣特殊化,並未施行與日本本國同樣的法律。在一八九六年發布統治臺灣的法律主要是「六三法」,這法條賦予臺灣總督具有發布具法律效力之命令的特權,後來雖有「三一法」的修訂,[37]但是其本質卻是一樣的。針對臺灣的需要,總督可以訂定符合日本利益的命令,並用來壓制臺灣人民,其目的便是爲了方便控制臺灣人民,並不曾眞正照顧到臺民的基本人權。更可怕的是與人民關係密切的警察,便是執行法令的人,爲了個人的私利,警察往往無限制地膨脹自己的權力,對百姓施以壓力,使民眾苦不堪言。臺灣文化協會歷經十餘載持續地努力爭取臺灣議會的設置,其目的就是希望取消惡法,爭取臺灣人在政治上的發言權,建立一個眞正有法治的社會。賴和此詩中的警察形象雖不像他小說作品(〈一桿稱仔〉、〈不如意的過年〉、〈惹事〉)般具體明顯,所施行的刑罰也非最嚴屬者,但,仍可因此引發讀者對日治時期不合理警察制度的思考。

其次,〈讀太戈爾詩集竊其微意以成數首明火執仗之盜人固不奈他何〉(1924)四首亦是頗具特色的作品。透過對泰戈爾《漂鳥集》的閱讀,探其微意,而後再將之扣到自己的身世遭遇,借著臺、印兩地智者的心靈對話,開展出具有深意的思想內容來,茲舉這組作品中的第三首爲例說明之:

被侮辱人勝利基,殷勤歷史等爲書。群星曾被流螢笑,宇宙終生小犬疑。工作自知多野質,文章亦愧本空虛。宵來

---

37 參考葉榮鐘,《臺灣近代民族運動史》,同註3,頁60。

猶有明燈在，失落斜陽不用悲。

筆者認為，這首詩的前四句是壓縮泰氏幾首詩的精要而來，接著賴和在後四句裡才提出他自己對人生的幾個看法；當然，最重要的還是針對日本人，即題目所謂「明火執仗之盜」來發言。以下先將泰戈爾的相關詩作呈現如下：

人類的歷史很忍耐地在等待著被侮辱者的勝利。（《漂鳥集》·316）
螢火對星星說道：「學者說你的光明，總有一天會消滅的。」天上的星不回答。（同上·33）
小狗疑心大宇宙陰謀竊奪牠的位置。（同上·190）

被侮者雖一時受辱，但他終將能在長時間的歷史考驗下成就了他的勝利。這不正是殖民地知識分子的心聲嗎？只要忍耐，經過時間的累積，強權統治者終將崩潰瓦解。至於螢火與星星之喻，很容易讓人想起浮躁短視者往往譏誚沉著安靜者；這用中國古代的例子來說就是「燕雀」與「鴻鵠」的不同。而胸襟褊窄、唯利是圖者往往容易對人產生猜忌，尤其是溫厚良善之人，這不禁令人又想起中國先賢莊子的鵷鶵與鳳凰的對照。同處於被殖民命運的困境，印度哲人所提出的人生觀察，其實和賴和的感受十分相近。詩的後四句，則是賴和的自抒懷抱。他首先自云在世文章、事業兩皆無成，末兩句則翻轉出隱忍之後的無限韌力：「宵來猶有明燈在，失落斜陽不用悲。」莫因日落而哀傷絕望，這世界儘管未能盡如人意，卻也不會是全然的黑暗。太陽雖然落下，還是會有明燈為我們指引生命的方向，給人帶來生命的希望。在此，可用泰戈爾的另一首小詩

彰化學

來與之印證：「太陽在西方落下時，它的早晨的東方已靜悄悄地站在它面前。」（《漂鳥集》・205）臺印兩智者對生命的省思，以及面對挫折時所呈現的韌度，都給予我們極好的啟發。

（二）走到民間

「心情俗化久無詩，墮落雖深卻不悲。要向民間親走去，街頭日作走方醫。」（〈十日春霖〉），賴和的祖父以弄鈸起家，父親又是道士，都和民間有密切的關係；加上賴和謙和平易的性格，使他自小就與民間有著一體感。[38] 一九一九年左右，他有一首〈郊行雜詩〉云：「見識無多身分輕，不才有負做醫生。葛衣草帽閒行腳，到處兒童喚小名。」可見他是如何走到民間，與民眾打成一片；因此，對於民間的東西，他相當看重而珍惜。他在一九二四年左右所寫的一篇文章〈開頭我們要明瞭地聲明〉[39]裡，強調了民間俚諺歌謠的重要：

> 舊文學自有她不可沒的價值，不因提倡新文學就被淘汰……新文學的藝術價值因其有普遍性愈見得偉大，亦愈要著精神和熱血，所以敢說有思想的俚謠、有意態的四季春、有情思的採茶歌，其文學價值不在典雅深雋的詩歌之下……

由於力倡新文學之故，一九二五年以後，賴和似乎就比較罕作文人雅士慣作的吟詠詩了；但，這又何妨？他不怕「俗

---

38 參考林瑞明，〈賴和與臺灣新文學運動〉，《臺灣文學與時代精神──賴和研究論文集》，同註5，頁30。
39 此文創作日期不詳，據李南衡先生推斷可能是新舊文學論戰時的作品，參考李南衡編，《賴和全集》，同註28，頁355-356。

化」（所謂「俗化」就是去掉士子驕矜倨傲的習氣，而走向「大眾化」的意思），要走向民間，要和民眾打成一片，才能真正感知民眾呼吸的脈息，才能真正去聆聽民眾的痛苦呻吟或歡樂歌唱。因為本著這樣的信念，賴和作品臺語化的現象愈趨明顯；同時，對於民間文學的提倡、資料的採集，乃至於創作的模仿，都代表了他在民間文學方面努力的成果。至於，在漢詩方面，賴和同樣也是走著這樣的路線，皆嘗試從民間歌謠吸收新的經驗，以接近口語的方式傳達民眾的心聲。因此，他的漢詩有的直採竹枝詞的形式，如〈新竹枝歌〉、〈北港竹枝〉、〈實習竹枝詞〉等；有的則用民眾熟悉的語音朗讀，如〈西北雨〉、〈我心惻〉、〈農民嘆〉皆標註以「土俗音」念誦，目的就在於希望透過民眾稔熟的方式，成為他們的喉舌，說出屬於他們內心的感受。賴和另一方面的實驗是，寫下模仿民歌的作品：〈新樂府〉（1930）、〈農民謠〉（1931）、〈相思歌〉（1932）、〈呆囝子〉（1935）採用了以臺語入詩的方式，生動而逼真地呈現了臺人生活的面相。茲舉〈新樂府〉五首中的兩首為例，可見賴和作品裡濃厚的民間性格：[40]

米粟糶無價，青菜也呆賣。飼豬了本錢，雞鴨少人買。賺食非快活，種作總艱計。官廳督促緊，納稅又借債。（之一）

街頭有小販，賺食真可憐。一見警察官，奔走各紛然。行商如做賊，拿著便要罰。小可講情理，手括再腳蹡。（之二）

---

40 有關賴和作品中的俗文學作品之特色，請參考陳萬益、薛順雄兩先生之論文，參考同註6。

賴和出身民間，醫學校畢業後雖然也參與政治、社會運動，但是，基本上他還是以基層醫生的身分在彰化行醫。終其一生，他皆努力不懈地走入群眾，傾聽民間的聲音，甚至能夠虛心地向民間學習；他為民眾創作文學的立場，一直到病逝為止，皆不曾改變。[41] 這種濃厚的民間性格，從上面所舉的例子，當可獲得一定程度的證明。

（三）新舊文學的互滲互補

研究日治作家常因篇幅或其他因素的限制，將新舊文學分開來討論。當然，新舊文學各有其特色，某些論題還是必須分開來談。但是，對部分作家，尤其是跨越新舊文學的作家而言，新舊文學作品的研究還是不宜截然切割來看。吾人若翻看賴和的詩作手稿，可以發覺在賴和觀念裡，新舊體詩的創作其實不是斷然二分的。誠如他在〈論詩〉一首所云：

> 國風雅頌篇，大率皆言志。所貴在天真，詞華乃其次。嘲笑及萬物，刻畫半遊戲。未用嘔心肝，不妨聞擁鼻。有時還自來，求之轉不易。無病作呻吟，易滋人謗議。頌揚非本心，轉為斯文累。迫仄乾坤中，閒情堪託寄。鞭策牛馬身，此即自由地。多少嘆息聲，幾許傷心淚。主權尚在我，揮洒可無忌。門戶勿傍人，各須立一幟。梅花天地心，鳴鳳人間瑞。思想之結晶，文字為精粹。

這是表達賴和創作觀一首相當重要的作品，詩的好壞，

不決定於是新詩還是舊詩，而在於是否出自內心的眞誠；辭藻的修飾、技巧的安排反是次要的。他同時認爲寫詩的靈感不可力強而致，因此，無病呻吟、矯揉造作的毛病應該擯除，尤其忌諱借詩來歌功頌德、諂求權貴，這是最墮落的行爲。他又主張，寫詩勿依傍他人門戶，應自己心中有主，才能寫出具原創性的作品來。尤其身處殖民地，諸事皆受日本人限制，唯有寫作主權在我，最是自在！因此，若能透過文字，將自己思想的結晶呈現出來，才是最可貴的。

那麼，筆者所謂賴和的新舊文學能達到互滲互補的功能，實際情況究竟如何呢？觀察賴和作品可以發現，他有時候會以白話爲題，內容卻是寫的舊詩，比如：〈死了的志煜兒〉（1918）、〈哀聞賣油炸檜的〉（1923）、〈月琴的走唱〉（1924）、〈月夜的街路〉（1924）都是白話文題目的舊詩。有時，賴和以文言爲題、舊詩爲內容，卻在詩題後的序文寫了一段白話文，比如：〈田園雜詩〉的序文云：「日前在民報上讀到江耕雨氏田園雜詩，覺得是近來少有的佳作。又偷其意學作幾首，但，效顰究竟是可笑的事，世間能認分自知醜陋，也是不易有的。」；又如〈醉人梓舍之哀詞〉，同樣在舊詩之前，有一篇白話的序文。有趣的是，他一九二一年，在爲日治時期臺灣三大舊詩社之一的臺南「南社」寫十五週年祝詩時，竟是以白話詩的方式來傳達，在賀詩中強調了「詩」是心之所不容已的發露，是絕諸現實利益考量的：「我們做詩的亦是不衣會寒不食會飢／就是做苦來過日子也廢不了做詩／爲什麼呢？有的，愁嘆的聲、傷悲的淚、歡喜／的情、感憤的氣／一條鞭寄在裡頭去／況又是通聲氣同環境的人自然會聚攏／在一塊兒」，所以同聲相應的詩人，著重的是把「文化的精血」傾注在作品中，且能「實地裡做詩人生活去／使這無用的有用／

教他不知者共知／為我們做詩的吐些兒氣」，方始不辜負詩人作詩的一片苦心。在賀詩裡只看到賴和對詩作精神的闡發，對詩人心志的鼓舞，而並未加以區分這是新或舊文學。可見在一九二○年代初期，新舊文學並非如一般人所想像地如此壁壘分明，賴和自如地遊走在新、舊文學兩個領域中，有自得之樂。從賴和手稿又可以看到一個問題，即：賴和常常會用新、舊不同的文體，來表達同一個問題、抒發同一種感受，吾人可自其中比較出不同文體面對同樣題材時，彼此的優點和可能產生的限制。比如一九二四年賴和曾至關子嶺遊玩，並寓居洗心館洗溫泉。當時，他有漢詩〈寓洗心館〉云：「骯髒身材病已深，神仙無術可砭針。暫離穢毒人間世，來視溫泉一洗心。」短短二十八字，寫出了他欲以溫泉自洗穢濁的用心。讀者可能會質疑，賴和何以用「骯髒身材」來自況？所謂「骯髒」究竟指什麼而言？在他隨後不久所寫的白話詩〈感詩〉（1924），就有了更清楚的說明：「我為什麼／甘做那金錢奴隸／牛馬勞人／日日奔馳役使──跳不出──十毒世界，萬惡迷津／被那名韁利鎖／梏喪了生來的美德天真……」白話的「白」恰可以補足舊詩的某些不足，但，也因舊詩有許多事不明說，反而給讀者更大的想像空間，事實上兩者之差異並不只此，兩者之優劣也不必從這裡分。賴和以不同文體表現同一題材的例子不在少數，比如〈補大人〉先後就用了舊詩與小說兩種文類來表現；〈送虛谷之大陸〉也同樣有新、舊詩兩種文體的作品；此外還有題為〈哀聞賣油炸檜的〉的舊詩及〈不幸之賣油炸檜的〉的小說，限於篇幅，這個問題可留待將來再討論。

四、結語

　　緣於被稱爲「臺灣新文學之父」，賴和漢詩的成就往往被忽略了；也緣於舊詩文自一九二〇年代以後，尤其是新舊文學論戰後，逐漸成爲一種「逝去的文學」，因此，今人較罕回過頭來細看這些在臺灣曾經留下豐碩成果的文學資產。

　　近年來，由於資料的出土，研究者關懷的角度逐漸放寬，日治時期臺灣文學現象的研究，已不再像先前一面倒地偏向新文學。研究者開始注意到日治時期臺灣的漢詩寫作，尤其是跨越新舊文學領域的創作者。在探究這個主題時，筆者最感興趣的是，跨越新舊文學的臺灣作家經過新文學的淘洗、新思想的啓迪後，在創作傳統漢詩時究竟呈現了什麼樣的特殊之處？

　　早期賴和漢詩表現的題材、寫作的手法與傳統文人比較相似，他喜歡單純地寫景抒情，寫落花、寫蕉影、寫孤燈寒月，讓我們看到了少年賴和小小的感傷、年少的輕狂，以及對人情的萬千繫念。[42] 作品雖偶有新異之處，但是，對人生的觀察與生命處境的思考仍不夠深刻。一九一八年的廈門之行，是他生命的一大轉折。現實生活的壓力，軍閥割據給中國人帶來的苦難，漢民族許多根深蒂固的劣習……一一入到他眼中，使原本即具有人道精神的賴和內心激動不平，遂透過詩作逐一予以批評。緣此，他作品的視角更寬廣了，思考問題也更深刻了，對臺灣主體性的思考，也逐漸在形成。

　　一九一九年返臺後，由於受到日本大正民主思潮及中國五四新思想的刺激，加上殖民地知識分子對民族處境、人權問

42　比如他寫於 1908 年的〈題扇詩〉、1913 ～ 1914 年左右寫的〈落花〉、〈偶興〉、〈晚晴〉、〈憶家〉、〈傷秋〉等作品，參考林瑞明編，《賴和漢詩初編》，同註 7，頁 7-8、10、12-13。

彰化學

題的思考，賴和將關懷的觸角伸展到民主、自由、平等、博愛、理性等問題的追求上。而這些努力也都可以從他的舊文學獲得印證。所以，閱讀賴和那些承載新思想的舊詩，我們可以看到一個文學現象逐漸過渡到另一個文學現象的階段性特色。從文學史的角度來說，我們往往以一九二〇年做爲臺灣新舊文學的切割點，認爲新文學從這年發軔，而以一九二四年新舊文學論戰做爲二者判分優劣的分水嶺。從此，新文學以十足的優勢取代舊文學，而成爲文壇的主流，至於舊文學似乎隨著一世文人的去世而逐漸地枯萎凋零。一世文人的逝世，誠然代表清朝科舉制度栽培下的傳統士紳逐漸地退出臺灣文學的舞台，但舊文學的命脈並未中斷，位處於「兩界」的「二世文人」依然能在新、舊交揉的文學環境裡，寫出屬於他們那個時代的文學風貌來。

假如以嚴格的角度來苛責賴和等人，可能會覺得他們的舊詩不夠典雅細緻，而新詩也不夠精練、流暢。但是，假如沒有這個蛻變的過程，嶄新的生命何由形成？新文學的繁花盛景如何呈現？筆者認爲賴和是臺灣新文學蛻變過程中的第一人。這「第一」有「時間」上的「先」與「品質」上的「優」之義，與賴和同時代的二世文人中，寫作成就能和他相比的恐怕寥寥無幾。楊守愚算是以漢文寫作新文學數量最多的一位，但是，他在漢詩的數量與品質上，顯然無法與賴和相比；而他之所以走上新文學之路，實緣於賴和大力拉拔之故。陳虛谷、周定山的漢詩數量與品質，未必遜於賴和；但是，在視野的開闊度及實驗性上，可能稍稍不及賴和；在新文學的創作成就上，更遠落於其後。吾人若能從這個層面來進行理解，或許更能適切地突顯出，賴和漢詩在臺灣文學史上的重要性及其價值。

林幼春、賴和與臺灣文學

廖振富

一、前言

　　林幼春（1880～1939）與賴和（1894～1943），是研究日治時期臺灣文學絕不能忽略的兩個閃耀名字，他們有許多共同點，也有不少相異處，但更重要的是：他們的作品與人格典範，都是臺灣文學史上不可磨滅的光輝與驕傲，值得吾人深入探討，予以表彰。

　　促成筆者將林幼春與賴和相提並論的主因，則是來自楊逵、楊雲萍兩位臺灣文學前輩相關文章的啓發。楊逵早在一九四七年，就曾寫過一篇〈幼春不死！賴和猶在！〉的短文，極力頌揚兩人的人格風範，並對他本人在文學創作、抗日精神上受幼春、賴和之鼓勵與啓發，有極爲動人的描述，他並稱兩人是「臺灣文學的開拓者」。[1]而楊雲萍也對林幼春、賴和推崇最殷，他盛讚林幼春是「臺灣三百年來，最卓絕的詩人之一」，而賴和則是臺灣新文學開創時期「最卓絕的代表作者」。[2]在寫於一九四八年的另一篇文章中，他以充滿感情的

1　楊逵〈幼春不死！賴和猶在！〉，原刊於楊逵主編的《文化交流》第 1 期「紀念臺灣新文學二開拓者」特集，1947 年 1 月出版。收入《壓不扁的玫瑰花》（臺北：前衛出版社），頁 173-175。又見彭小妍主編，《楊逵全集》第 10 卷詩文卷（下），（臺中：國立文化資產保存中心，2001.12），頁 236-238。

2　分別參見楊雲萍，《臺灣史上的人物》，頁 290、293、〈林資修〉、〈賴和〉二文（臺北：成文出版社）。

筆調深深感嘆：林幼春、賴和「我們最可誇耀的兩位名家的遺稿，時在今日，還未見梓行，令人悲憤無已！」並強調將兩人遺稿刊出，是「臺灣」的一種義務。[3]

　　林幼春的《南強詩集》早已在一九六四年出版，而賴和的舊詩，則經由成大林瑞明教授整理，先後出版《賴和漢詩初編》（1994）、《賴和全集‧漢詩卷》兩冊、《賴和手稿集‧漢詩卷》等書。[4]但一般人對林幼春仍十分陌生，而以往對賴和的了解，也僅限於新文學部分，近年隨著相關資料的出版，對兩人舊詩的研究，已累積初步的成果。[5]至於本文之寫作，並不涉及實際作品的討論，而是將論述焦點集中在以下問題：（一）林幼春與賴和在出身、思想、文學創作、社會經歷諸方面的異同。（二）林幼春、賴和兩人之關係如何？何以在活動圈諸多交集情況下，兩人並無交情？（三）兩人對臺灣新舊文學的態度如何？是針鋒相對或有近似之處？與日治時期臺灣文學的發展有何關聯？

　　質實言之，本文寫作目的是在探討：處於日治時期新舊文學並行的歷史轉折點，出身與思想特質迥然有別的林幼春、賴和兩人，做爲當時舉足輕重的文學界領導人物，究竟站在什麼位置對臺灣文學之發展走向發言？其背後又反映何種文學史意

3　見〈深夜錄——記林幼春先生及其他〉，《南明研究與臺灣文化》（臺北：臺灣風物雜誌社），頁 603-608。

4　《賴和漢詩初編》（彰化：縣立文化中心，1994 年）；《賴和全集‧漢詩卷》2 冊（臺北：前衛，2002.6）；《賴和手稿集‧漢詩卷》2 冊（彰化：賴和基金會、臺灣省文獻會，2000.5）。

5　筆者博士論文，〈櫟社三家詩研究——林癡仙、林幼春、林獻堂〉（臺北：臺灣師大國文所博士論文，1996.6），曾對林幼春《南強詩集》做全面性的研究，筆者近著《櫟社研究新論》（臺北：國立編譯館，鼎文書局總經銷，2006.3）一書，則引述不少新發現的林幼春作品。至於賴和漢詩的相關研究，目前最完整的著作是陳淑娟，〈賴和漢詩的主題思想研究〉（臺中：靜宜中文所碩士論文，2000 年）。另外，施懿琳，《從沈光文到賴和——臺灣古典文學的發展與特色》（高雄：春暉出版社，2000 年）、陳建忠，《賴和的文學與思想研究》（高雄：春暉出版社，2004 年）兩本書，都有專章討論賴和漢詩。

涵？

二、兩人的「同」與「異」

就相同點而言，林幼春與賴和都是出身於臺灣中部的重要文化人、文學家與抗日精英，其人格典範與作品，均足以在臺灣文學史上占有一席之地。

（一）論文學創作：林幼春的舊詩被公認是日治時期臺灣詩壇的泰斗，而賴和雖以新文學名家，但事實上，他也留下了質、量均大有可觀的舊詩作品。

（二）論文壇影響力：林幼春與蔡惠如等櫟社友人，在一九一八年成立「臺灣文社」，次年創刊古典文學刊物《臺灣文藝叢誌》，該刊發行達七年之久，對保存漢文學，傳播新知識，貢獻甚大，幼春擔任該刊文務理事，長期擔任該刊徵文比賽之評選工作。至於日治時代最富盛名的舊詩社「櫟社」，幼春更是執其牛耳，為最初三名成員之一。而賴和除在新文學運動初期，致力創作外，並自一九二六年起義務擔任《臺灣民報》學藝欄之主編，一九三二年創辦《南音》，為十二名同仁之一，一九三四年，「臺灣文藝聯盟」成立於臺中，被公推為委員長，堅辭不受。[6] 可見林幼春、賴和分別在當時的舊文學與新文學界，占有舉足輕重的地位。

（三）論胸襟氣度：他們兩人對鼓勵文學青年，提攜後進，同樣不遺餘力。最明顯的例子，便是楊逵同時受到林幼春、賴和的鼓勵與資助，使楊逵終生感念不忘。

（四）在政治文化活動方面：兩人都是臺灣文化協會的主

6　參林瑞明，〈賴和先生年表〉，附於〈賴和漢詩初探〉一文之末，收入氏著《臺灣文學的歷史考察》（臺北：允晨文化公司），頁158-201。

要成員，幼春擔任「協理」一職，輔佐總理林獻堂，爲其主要參謀；賴和則擔任理事，曾提供住處成立彰化地區的讀報處，以啓迪民智，並熱中於文協各類宣傳活動。

（五）在入獄經歷方面：兩人均因抗日活動而兩度入獄。第一次是發生於一九二三年十二月十六日深夜的全島大搜捕，也就是著名的「治警事件」，幼春與賴和均在被捕之列。被羈押後，賴和、幼春分別於次年一月七日、二月七日出獄。賴和獲不起訴，幼春則參與「臺灣議會設置請願運動」，居於領導地位而被起訴，經三次開庭審判確定，判刑三個月，於一九二五年三月二日入獄，五月十日獲釋出獄，此爲幼春第二次之入獄。至於賴和之二度入獄，則發生於一九四一年十二月八日，上距「治警事件」十八年之後，被囚禁長達五十日左右，遲至一九四二年一月，始因病重出獄。林幼春、賴和在獄期間，都寫了不少昂然不屈、感慨深沉的獄中詩篇，成爲臺灣文學史上一頁寶貴資產。

至於林幼春與賴和的相異點，也可分成幾點說明。

（一）出身：林幼春出身臺灣著名豪族霧峰林家，是大地主家庭。而賴和則出身寒微，祖父以「弄鐃」爲業，父親先是一名道士，經由奮鬥才成爲薄有資產的小地主。[7]不同的出身，造就了兩不同的思想背景。

（二）教育背景：幼春生於一八八〇年，童年接受傳統漢學教育，奠立深厚的舊學根柢。他年輕時即致力於吸取新知，由於家境優渥的特殊條件和個人強烈的求知慾，使他熱中於研讀反映晚清思潮的各類書刊及報章雜誌。[8]基本上，他是一位

7　參見林瑞明《臺灣文學與時代精神——賴和研究論集》（臺北：允晨出版公司），頁29。

8　參見葉榮鐘，〈臺灣民族詩人——林幼春〉，新版《臺灣人物群像》（臺北：時報出版公司），頁220-221。

彰化學

思想開通、進步的舊知識分子。而賴和少年時期曾從黃倬其接受傳統漢學教育，但自公學校畢業後，他即考入臺北醫學校接受新式教育，積極開拓視野，吸收新知。因此他是一位有漢學教育基礎的新一代知識分子。

（三）相貌與個性為人：林幼春由於少時即罹患肺病，體貌清臞瘦弱卻不失儒雅氣質，個性不多言語而耿介絕俗，以強烈的民族意識為世所重，據葉榮鐘說：「他始終不和日本人打交道，對於異族統治階級保持一種孤高的矜持與純潔的志操。」[9]至於賴和，身材微胖、相貌樸質而平易近人為其最大特色。[10]由於出身民間，使他對勞苦大眾的痛苦、出乎真誠的關懷、強烈的人道精神，表現在他的行醫生涯及新舊文學作品中，始終如一。

（四）文學創作：林幼春是純粹的舊文學家，尤其舊詩創作，為其一生之文學志業。賴和的創作歷程，則由舊文學，轉向新文學，晚年又回歸舊詩創作，十分曲折。

綜合言之，林幼春與賴和，雖然在日治時期分別以舊詩和新文學聞名，他們的出身、教育及思想背景，也各有差異，但他們兩人在文學成就、抗日精神、文壇地位及胸襟氣度諸多方面，又有十分雷同之處，無怪乎楊逵、楊雲萍、葉榮鐘等臺灣文學前輩，對林幼春、賴和一致予以高度推崇。

9　同前註，頁 223。

10　陳虛谷〈贈懶雲〉三首之一：「到處人爭說賴和，文才海內獨稱高。看來不過庸夫相，那得聰明爾許多。」（見《陳虛谷選集》，頁 170）後二句是朋友間親暱的玩笑話，也是實錄。黃春成〈談談南音〉一文，追憶在莊垂勝宅初識賴和時，竟將他誤以為是張煥珪，或莊垂勝田莊上的管家，初見的印象是：「穿本地的短衣褲，留幾根八字鬚，舉動是質樸而有禮貌，說話更是謙虛而得體，在表面上看他，是一位貨真價實，有修養的鄉下佬。」經莊垂勝介紹，始知是聞名已久的賴和，大為驚訝。這段描述，對賴和的相貌、舉止，都形容得極生動。〈談談南音〉，《臺北文物》3 卷 2 期。

三、林幼春與賴和

（一）兩人政治、文學活動及交遊圈之交集

林幼春生於一八八○年，賴和生於一八九四年，兩人相差十四歲，就輩分來說，幼春是前輩。而兩人在政治文化、文學活動及交遊圈，多所重疊，彼此「互知其人」是可以確定的。但從諸多跡象顯示：兩人並沒有私人往來之情誼，箇中因素，耐人尋味。本節擬先敘述兩人政治、文學活動，及交遊圈之交集，進而推測彼此對對方的看法，及何以沒有私人情誼的可能原因。

在政治活動方面：林幼春與賴和都是臺灣文化協會的主要成員，從目前可見資料，兩人在文協理事會中，至少有兩次同時出席，其一是一九二一年底，於霧峰召開的文協第一回理事會上，兩人曾合影留念。在這張共有二十二人的團體合照中，林獻堂、蔣渭水坐在最前排，而林幼春與賴和都站立在最後排，中間隔了兩個人。[11]

第二次是一九二六年五月十五、十六日，文協再度於霧峰萊園召開理事會，幼春於會中被推選爲「普及漢文教育」案五名委員之一，賴和也出席此次會議，並有〈赴會〉一文記出席經過與感想。[12]

---

11 這張照片收入賴志彰編，《臺灣霧峰林家留眞集》，頁 160-161，照片上方有「臺灣文化協會第一回理事會」字樣。葉榮鐘編之《林獻堂先生年譜》也附有該照片，卻無上述字樣，葉氏說明照片是「民國 15 年於霧峰攝影」，時間可能有誤，因文協成立於 1921 年 10 月 17 日，第 1 回理事會應是成立後不久召開才合理，不可能晚至 1926 年（民國 15 年）。另外，從林幼春所站的位置在最後排推測，也可做爲旁證。因林幼春於 1923 年文協第 3 次總會中，被推選爲「協理」（接替楊吉臣），如果是 1926 年所照，他應該是坐於前排較合理。而在 1921 年 10 月文協成立之初，幼春只擔任評議員，故站於最後排。

12 賴和〈赴會〉，收入李南衡編，《賴和先生全集》，頁 309-315。〈赴會〉一文之寫作年代，究竟是 1924 或 1926 年待考。此處暫採林瑞明註 6 所引書，頁 179-180 之說，作 1926 年。

就文學活動及交遊圈而言，兩人更有機會互相往來，但賴和似乎都有意迴避了。最明顯的例子是：日治時期重要的新文學雜誌《南音》、以及以賴和、陳虛谷爲首的彰化詩社「應社」，這兩個文學社團，賴和都是主要成員，而與林幼春也有相當淵源，分述如下：

《南音》創刊於一九三二年，由黃春成、葉榮鐘、莊垂勝、郭秋生之號召而成立，同仁共有十二人，賴和是其中之一，而據黃春成的回憶，賴和的創作小說，是同仁作品中最叫座的。[13]

《南音》正式創刊之前，黃春成與郭秋生曾前往霧峰拜訪林獻堂、林幼春，該刊本擬命名「雜菜麵」，後經林幼春建議，恐該名過於滑稽，使人誤會雜誌性質爲遊戲文章，因而改以「南音」爲名。[14] 證諸林幼春贈陳虛谷詩：「平生入骨愛南音，合有蘭成共此心。」之句，[15]「南音」一名實暗指藉發揚漢文字、漢文學以對抗日本文化而言，幼春爲該刊命名「南音」，寓意甚深。

而該誌第五期曾刊出林幼春舊詩三首，編者特別於「編輯後話」中說明原因，並表示對幼春詩的推崇。[16] 綜合上述，可知《南音》同仁與林幼春往來密切，十二位同仁中，尤以葉榮鐘、陳逢源兩人與林幼春往來最頻繁。

至於「應社」，是由賴和、陳虛谷、楊笑儂等彰化地區文化人於一九三九年所創立，該社與臺中「櫟社」氣息相通，

13　黃春成，〈談談南音〉，〈臺北文物〉3卷2期（1954.8）。
14　參見《南音》1卷2期，黃春成〈本誌之沿起〉一文（1932.1）。
15　林幼春，《南強詩集》，頁68，〈盧谷郵示東游詩數紙卻寄〉三首之三。
16　《南音》1卷5期，封底內頁〈編輯後話〉：「本期敬載幼春先生的舊詩；我知一方面必致誤會說：南音向來是排斥舊詩，怎樣這次又登舊詩麼？斯知南音所排斥的舊詩，是排斥無生命的詩，換句話說：就是不歡迎無病呻吟和御馳走主義的詩，並不是排除可以激動情感的詩，如果新詩中，也有無內容的詩，南音當然也要屏棄！」

往來十分密切。應社詩人多半對林幼春崇仰有加，視之為「人格風範及舊詩寫作上的精神導師」，[17] 其中，陳虛谷更正式從林幼春學作舊詩，常郵寄詩稿請幼春改正，與幼春之情誼十分親密。虛谷甚至推崇幼春的詩、文是「臺灣的最高峰，其餘皆兒孫耳。」[18] 難怪他得知幼春於一九三九年八月二十四日去世後，寫了十一首〈哭幼春先生〉。[19] 而從《應社詩薈》一書所收作品，我們可以得知應社同人在幼春生前曾主動和幼春詩，而幼春去世後，更特地拜謁其墓而作詩弔之。[20]

從上述可確定：「應社」詩人與林幼春之情誼，殊非泛泛。而最特殊的是：作為「應社」主幹的賴和，偏偏與幼春沒有接觸往來。我們可以推想：以陳虛谷與賴和交情之深厚，加上他對林幼春如此敬重，虛谷應該曾對賴和頌揚過幼春，可惜賴和始終與幼春保持距離，並無私人交情。

在《陳虛谷選集》書前所附照片中可知，一九四二年秋天「應社」成立三週年時，曾於彰化合影留念，賴和坐於前排中間主位，可見他是該社首腦。而同年十二月，「櫟社」成立四十週年紀念大會於霧峰萊園舉行（此時幼春已去世），陳虛谷、楊添財、楊木等應社同仁曾前往祝賀，並參加合影，而賴和並未出席，似非偶然。這兩張照片並列對照，賴和在情感上對櫟社並不親密，應可確認無疑。

---

footnotes17 此為施懿琳之語，見其〈應社研究〉，「日據時期臺灣文學國際學術會議」論文（清華大學，1994.11），頁 15。

18 見《陳虛谷選集》（臺北：自立報系），頁 392。

19 《陳虛谷選集》，頁 212-214，收錄〈哭幼春先生〉共 8 首，而據林莊生《懷樹又懷人》收錄陳虛谷致莊垂勝函，可知原作有 11 首，發表 8 首，見該書，頁 188。

20 應社同仁和林幼春〈村居漫興〉詩者，有陳虛谷，〈村居漫興次老秋師韻〉（《陳虛谷選集》，頁 182）、楊笑儂，〈秋日村居用老秋先生原韻〉、陳英方，〈次韻林南強先生村居〉、吳蘅秋，〈村居漫興次老秋先生韻〉等，分見《應社詩薈》，頁 68、107、160。而幼春去世後，應社同仁曾拜謁其墓，作詩弔之者有陳虛谷、楊笑儂、陳英方、吳蘅秋、楊添財等人，作品分見《應社詩薈》，頁 39、71、118、161、185。

賴和文學論〔上〕──民間・古典文學論述・170・

彰化學

（二）兩人無私人情誼的可能原因

　　爲什麼林幼春、賴和在文學、政治活動，及人際網路中，多所重疊，又同時名重全臺，兩人卻沒有私人情誼呢？箇中原因，可從兩方面加以探討。

　　其一是：出身與思想背景的差異。

　　林幼春是出身霧峰林家的傑出人物，本身也是大地主。而賴和出身中下階層社會，對貧苦大眾，深具關懷，對地主之壓榨佃農，大不以爲然。在其〈赴會〉一文，他曾藉火車上兩位農民的對話，對霧峰林家有所批評。[21]林瑞明教授解釋說：「賴和對大地主階層持保留的態度，這和他出身民間，行醫又長年與勞苦民眾接觸，深知民間疾苦，由此衍發人道主義精神有關。」洵爲知言。而在賴和新出土的作品〈富戶人的歷史〉一文中，同樣也對霧峰林家有所批評。[22]

　　關於林幼春與賴和兩人之疏離關係，以及造成兩人思想立場差異的原因，近年由許俊雅教授與楊洽人（楊守愚之子）合編出版的《楊守愚日記》，提供了一個可以從側面觀察的具體事例，頗堪玩味。

　　《楊守愚日記》記載：由李獻璋主編的《臺灣民間文學集》於一九三六年十一月正式發行出版，其中一篇由楊守愚執筆撰稿的〈壽至公堂〉，內容是敘述林幼春的祖父林文明，在一八七〇年被地方官府設局殺害於公堂之上的故事，這個故事題材雖然是根據臺灣民間傳說所改寫，但由於它是霧峰林家的一段痛史，事涉家族與先人名譽甚巨，[23]因而使林幼春極度悲

21　參見林瑞明《臺灣文學與時代精神——賴和研究論集》，頁181-183。
22　引文見前註之林瑞明書，頁183。〈富戶人的歷史〉，見該書，頁392。
23　有關林文明被官府殺害於公堂的經過，及其背後的複雜原因與影響，詳見黃富三，〈林家之重挫——林文明血濺公堂〉，《霧峰林家的中挫》第五章（臺北：自立晚報社文化，1992.9初版），頁167-241。

憤痛苦，乃透過李獻璋、楊逵、葉陶等人與楊守愚、賴和等人往返交涉，希望能改寫或撤除這篇作品。[24]

十二月八日李獻璋轉寄林幼春的信給楊守愚，是此一風波的開端。在後續長達一個多月的交涉過程中，楊守愚對林幼春、李獻璋的處理態度極爲不滿。十二月九日林幼春親自打電話給賴和，要求與賴和、楊守愚當面討論此事，楊守愚委婉拒絕，只願以書信溝通歧見。十二月十日賴和回信給林幼春，表達支持楊守愚不願撤除或改寫的態度，根據《楊守愚日記》的轉述賴和的態度：

> 其實，這也不過如懶雲兄答覆他老人家信裡說的：是妒恨強者，同情弱者底普遍的社會心理與民眾思想的反映，並不足怪。

再對照賴和爲李獻璋編《臺灣民間文學集》所寫的序文，特別以〈壽至公堂〉故事的編採經過爲例，表達以下的看法：

> 即如壽至公堂，在同一地方，也是人不一說。據守愚氏說：這已經是第五次稿啦。爲了這篇故事，曾經拜聽過十多個老者的講述，但不是僅知片斷，便是互異其說。所以好不容易收集來的這些材料，也只得將傳說比較普遍的記錄下來，不敢以我們認爲合理的，就是眞的事跡。這

24　《楊守愚日記》有關這個事件風波的記載，始於1936年12月8日，分別見於12月9、10、11、12、14、16、19、21、22、24、25、27、30、31日，持續到1937年1月3、5、6、12、17、19、20日，牽涉的人物，主要當事人林幼春、該書主編李獻璋，及〈壽至公堂〉執筆人楊守愚，曾對此一事件表達意見，或曾試溝通調停者，則包括賴和、王詩琅、楊逵與葉陶夫妻、周定山等人。詳見許俊雅、楊洽人編，《楊守愚日記》（彰化：縣立文化中心出版，1998.12），頁101-130。

進一步的工作，只好留待有心人出爲完成。

　　收集故事之又一困難，就是一篇故事裡頭，間或涉
及殷富大族的先人底行爲，致得於情實關係，不照實說
出，這是對故事有點缺少理解的。因爲先人的行爲，原無
損於後人的德行，其實，故事要不是經過文字化，它同樣
是流傳於民間的；且由老年人的口中出來，衝進少年人的
耳朵裡，其聲響尤覺洪亮；若年代一久，或者穿鑿其說，
以訛傳訛，生出怪談，那更是故事本身的不幸。[25]

　　從這段話來判斷，賴和早在該書出版之前已預先設想，像
〈壽至公堂〉這類故事，不免將引起「殷富大族」後代子孫的
意見。但他認爲傳說本來就流傳於民間，他們收集編寫並不表
示認定傳說就是事實，傳說的內容也不表示就會污損後代子孫
的名譽。現在讀來，這段話似乎是在爲該書出版後可能引起的
後遺症打「預防針」。陳建忠認爲對這件風波的衍生：「說明
賴和與楊守愚對霧峰林家的發跡過程與意識型態立場，抱著與
勞動者相同而反諷資產階級的態度，兩人這種左翼思想都可藉
林家問題的描述而更加確立。」[26]已精要點出問題核心所在。

　　與賴和出身相關的另一個潛在的心理因素，則可能來自
上一代。這可上推自發生於清朝同治年間（1862～1864）的
「戴潮春事件」，賴和的祖父賴知曾經參與其事，事敗後慘遭
連累，導致家產被查封因而家道中落，生計艱困。[27]而戴潮春

25　見李獻璋編，《臺灣民間文學集》書前賴和序文（臺北：牧童，1978.8）。原書
　　由臺灣文藝協會出版（1936.5）。
26　見陳建忠，《書寫臺灣·臺灣書寫：賴和的文學與思想研究》（高雄：春暉，
　　2004.1），頁438。
27　同註7，林瑞明書，頁27-28。

彰化學

事件之敉平，正是由林文察所率領的清朝官軍所為。林文察是林幼春的伯祖，幼春曾為他作傳。[28]

以上推測，都是因為家庭出身、階級立場及思想背景的差異，使賴和對霧峰林家並無好感的可能原因。

另一個可能原因，是賴和從青年時期熱衷於舊詩創作，到壯年以後，領導風氣之先，以新文學作品做為批判不義、對抗日本強權之器，對當時數量龐大的舊詩社之墮落、守舊封閉、風氣十分鄙棄。而居於舊詩社翹楚地位的「櫟社」，雖以堅持反日之立場見稱，但由創辦人林癡仙所代表的消極傾向，徒事吟詠，勢必亦為賴和所不滿。[29] 因此，他在主觀意識上，可能與林幼春、傅錫祺等櫟社成員不相契合，不樂於與他們親近，應不難理解。

（三）推測兩人對彼此的看法

林幼春、賴和兩人之間並無私人情誼，已如上述，但以當時兩人在文學界的盛名，對彼此的看法又是如何呢？筆者推測的答案是：彼此仍都給對方相當的肯定。

林幼春對賴和的作品，應該有不錯的評價，例證有二：其一是：賴和最早發表的舊詩作品〈劉銘傳〉七律兩首，是一九二二年參加《臺灣》雜誌徵詩比賽的得獎作品，當時評選

28　戴潮春事件，詳參黃富三，〈林文察與戴潮春之役〉，《霧峰林家的興起》第八章（臺北：自立晚報）。林幼春，〈先伯祖剛愍公家傳〉，《南強詩集》後附《南強文錄》。

29　今賴和紀念館所陳列的賴和藏書中，有出版於昭和 8 年（1933），分上下兩冊裝訂的原版林癡仙詩集《無悶草堂詩存》，想必賴和對林癡仙的詩並不陌生。

的「詞宗」是林獻堂，但實際可能幼春也參與評選。[30] 其二，林幼春本身一向對新文學十分支持而關心，據朱石峰（點人）的引述，林幼春十分激賞賴和的作品〈棋盤邊〉、〈一桿稱仔〉、〈豐收〉、〈善訟的人的故事〉和〈惹事〉等。[31] 可見幼春與賴和雖無私交，卻無礙於他對賴和作品的欣賞。

至於賴和對林幼春的看法又如何呢？雖然缺乏直接資料，但他在一首改作過的舊詩中，對包括幼春在內的櫟社主幹，仍予以相當的肯定，這是一個有趣的轉變過程：

在前面提及賴和的隨筆〈赴會〉一文，是記他赴霧峰萊園參加文協理事會的見聞和感觸，全文之末附有舊詩七言絕句三首，是會後遊萊園所作，第三首是：

詩人劫後多悲哀，合抱殘篇滿草萊。題碑儘有成名者，朽梁雖多是棄材。

這首詩在賴和舊詩稿本中，卻改寫成：

賦罷五噫又七哀，非時只合老蒿萊。題碑儘有成名客，樗櫟誰云是棄材？

由於前首的第一、二句不合「首句押韻式」的平仄格

---

30 原刊於《臺灣》3 年 3 號（19226.12），詞宗（評選者）在第 3 年第 1 號的「徵詩」啟事中，註明為林獻堂。筆者推測可能幼春參與評選的理由有二：（1）林幼春的舊詩功力遠在獻堂之上，他有時甚至代獻堂寫詩，如現仍存於萊園內林獻堂的〈鐵砲碑〉題詩、林獻堂自題住宅〈景薰樓〉詩，皆出自幼春代筆。（2）林獻堂此時正為臺灣議會設置請願運動奔波，而幼春是其主要謀士，為他代勞選詩，是幼春容易勝任的工作。

31 參見朱石峰，〈回憶懶雲先生〉，《賴和先生全集》，頁 422。

彰化學

律,而後一首則合律,因此可確定後一首是改寫之作。[32] 前後比較,差別最大的在第四句,從原先的貶意「朽梁雖多是棄材」,一變而成以反問的方式予以讚揚、肯定:「樗櫟誰云是棄材?」原意做了一百八十度的扭轉。

櫟社成員中,以林獻堂、林幼春、蔡惠如為首的主幹,同時也都是抗日民族運動的領導人物,他們的實際作為,早已超越當初櫟社發起人林癡仙所謂:「吾學非世用,是為棄材;心若死灰,是為朽木。今夫櫟,不材之木也,吾以為幟焉。」[33] 的消極心態,這也是賴和詩中以「題碑儘有成名客,樗櫟誰云是棄材?」予以相當肯定的主因。所謂「題碑」指的是至今仍矗立於萊園(今明台高中校園)內的「櫟社二十年題名碑」,碑面有櫟社成員當時仍在世的二十三人姓名,其中獻堂、幼春、惠如都包括在內,而此碑正是賴和作詩當時所見。

賴和的舊詩作品,有贈林獻堂、蔡惠如之作多首:〈送林獻堂之東京〉、〈席上賦贈蔡惠如先生〉、〈聞灌園老將蒞彰賦此寄意〉,[34] 都是因有感於林、蔡為文化協會,及臺灣議會設置請願運動而奔走,感佩而作。林幼春由於體弱多病,未曾親赴日本請願,也少到各地演講鼓吹,因而少了與賴和直接晤面的機會,但由上面引述的詩句,大體上我們可以肯定:雖然出身與思想背景有所差異,賴和對林幼春與林獻堂、蔡惠如的獻身民族運動仍是心存敬意,予以一定程度的推崇。

---

32 〈赴會〉一文最後附詩三首,在賴和舊詩稿本中則改寫成二首。此首第一、二句的平仄格律應是「仄仄平平仄仄平」、「平平仄仄仄平平」,賴和舊詩稿本第一句先是改成「天遣詩人感易哀」,末句作「樗櫟雖云是棄材」,最後再用毛筆分別改成「賦罷五噫又七哀」、「樗櫟誰云是棄材」,更覺順暢且詩旨顯豁。見〈萊園〉第二首,舊詩稿本(1924),頁11。

33 引自林幼春〈櫟社二十年間題名碑記〉,《南強詩集》附《南強文錄》。又見傅錫祺,《櫟社沿革志略》,「臺灣文獻叢刊」本,頁21。原碑今仍矗立在霧峰私立明台高中校園(即萊園原址),碑文完好如初。

34 分別見於《賴和漢詩初編》(彰化:彰化縣立文化中心),頁145、146、179。

四、林幼春、賴和對臺灣新舊文學的態度

林幼春是日治時期舊文學的泰斗，而賴和則被公認是新文學的代表家，他們活躍於新舊文學雜然並陳的日治時期臺灣文學界，也都遭遇到新舊文學論爭，究竟他們兩人對新舊文學所抱持的態度為何？是否一如他們為當時人所熟知的文學角色，而各據新、舊文學的不同立場針鋒相對呢？真實狀況並不是如此單純，以下即加以深入探究。

（一）林幼春對臺灣新舊文學的態度

純就文學角色而言，林幼春的身分是舊詩人，而且是日治時期極富盛名的詩人，但他卻是舊詩人當中少見的思想開明者，絕非抱殘守缺之流。而以他在日治時期舊詩壇地位之崇高，聲名之卓著，究竟他對新舊文學採取何者態度，是一個頗饒興味、值得探討的問題。以下試分三點來說明：

1. 林幼春的舊詩根柢深厚，成名甚早。

在舊文學方面，幼春本身屬於舊學出身的知識分子，他早年曾對舊詩創作下過極深的工夫，據他自己說：曾跟隨梁子嘉學詩三年，始獲獎一「好」字。[35] 而他奠下的紮實工夫，顯然沒有白費，使他極早便在詩壇嶄露頭角，以詠臺灣民主國抗日人物為題材的〈諸將〉六首，便是他十九歲左右的成名作。楊雲萍先生說：「林氏在很年輕的時候，就卓然已成一家，那卻

---

35 參李石鯨，〈輓故林幼春上舍八首〉之第二首「淬礪欣逢黃石傳」句下註云：「君自云：少時從梁子嘉先生學詩，受其磨折三年，如張遇黃石。」又，第七首：「三年就正老師爺，一獎榮於九錫加。」下註云：「君自云受梁師淬礪三年，始獲獎一『好』字，引以為榮。」見《詩報》第213號，中圖臺灣分館臺灣資料室（1939.12.4）。

沒有疑問。」[36]

因此，以他的學識背景及詩學造詣，他一生最擅長用以表達思想感情的，無疑乃是舊詩及文言文。以他在《臺灣文藝叢誌》創刊號上所撰寫的〈文藝叢誌弁言〉一文爲例，[37]全文爲極典雅華麗的駢體文，不難窺知其舊學之功力。而該文具有強烈的「保存漢族文化」之深刻用心，絕非無病呻吟，或炫學賣弄之作。再以舊詩爲例，林幼春一生主要之作品即是舊詩，但他往往是有感而發，絕少應酬之作，故一生作品所存者不過四百多首。從下面引述的兩個例子，可以印證林幼春以舊詩表達思想感情的功力，及熟悉程度。

一是治警事件發生後，歷經三次開庭，林幼春等人被判刑確定，但在庭上，日籍辯護律師清瀨一郎大力爲林幼春等人辯護，語語沉痛，幼春感動之餘，曾隨即賦詩一首以贈：

沉沉人海起雷聲，萬弱歡迎百姓驚。吾骨早枯心早死，得公熱血欲重生。[38]

詩人澎湃浩蕩的熱情，完全在二十八字內表達無遺。

二是曾在一九四三年發起「臺灣文藝聯盟」的張深切，在其自傳《里程碑》一書中記載，他在故鄉發起戲劇運動之後，又發起了徒步旅行運動，在第二次啓程時曾前往霧峰拜訪林獻堂、林幼春，求他們題字以壯行色，獻堂寫的是「進步」二字，幼春說他字寫不好，吟詩代替。原詩張氏自云已記不清，大意是：

---

36 參楊雲萍，〈林資修〉《臺灣史上的人物》，頁291。按：「資修」爲林幼春之本名。
37 《臺灣文藝叢誌》創刊號，大正8（1919）年1月1日發行，中圖臺灣分館臺灣資料室。
38 見《臺灣民報》第2卷第23號（192411.11），最末頁之「編輯餘話欄」。

渺渺山川暗暗塵,芒鞋踏破未嫌頻。願君鑄鐵爲雙腳,更作環球徒步人。

與前述一首一樣,脫口吟出之作不但合律,且作品之清麗與豪壯之氣令人動容。因此,連素以提倡新文學自任的張深切,也大爲佩服說:

> 本來我不喜歡舊詩,認爲都是矯揉造作的平仄文,這次眼見他不假思索,隨口而吟,舉筆成詩,大吃一驚,對舊詩的價值,不得不改變觀念。[39]

這次說明了幼春早年即已奠下深厚的作詩基礎,造詣非凡,平仄格律並不會限制其思考與表達,舊詩乃是其最嫻熟的抒發感情的文章形式。

2. 林幼春對舊詩界之墮落有深切痛感

但當張我軍在一九二四年掀起新舊文學的論爭時,幼春並未如連雅堂直接介入,參與論戰;究竟他當時的看法如何?持何種立場?由於沒有直接資料,不易得知答案,但從下述的事實,我們仍可獲得一些合理的推測。

首先,幼春雖是舊式文人,與其叔癡仙爲「櫟社」之主幹,交友圈中的櫟社成員雖多爲舊學出身的詩人,但他同時又是當時文化啓蒙、抗日運動中的健將。他不但擔任「臺灣民報社」社長,又曾主編該報,而該報正是提倡漢文改革,以普及白話文爲文化啓蒙工具的主要刊物。從思想背景來說,幼春自

---

39 以上參見張深切,《里程碑》,頁 191-192。

彰化學

青年時期即密切注意中國大陸的新思潮動向，受梁啓超影響甚深。就交遊圈而言，他自一九二一年以後，全力投入文化啓蒙運動，與年輕一輩的知識分子接觸日益頻繁，凡此種種，都使他不願以舊文人的抱殘守缺、消極頹廢自限，而保持與時俱進的觀念與熱情。

他曾兩次以「南強」的署名，在《臺灣民報》上以白話文撰寫刊頭「社說」，[40] 這就是他支持白話文的表現。而張我軍批評臺灣舊文學的一系列文章在臺灣民報發表時，必然也帶給他相當程度的衝擊和思考。[41] 尤其舊詩壇、詩社由於日本總督府當局的有意籠絡，而發展愈盛、但風氣卻愈壞，更是幼春深以為憂的，據葉榮鐘先生追憶：一九二六年臺灣總督上山滿之進曾邀請日本漢詩界的泰斗國分青厓和勝島仙坡遊臺，並為他們舉辦聯吟會。邀請全臺有名的詩人參加，一般無聊文人莫不以受邀為榮，藉以攀龍附鳳，而幼春卻稱病不赴，僅以一首七律辭謝。[42]

關於當時詩社的主要活動「擊缽吟」，在幼春與其叔父癡仙倡設「櫟社」之初，是癡仙有意提倡的，目的除提高大家作詩興趣之外，也有藉以傳遞漢文化之種子，教人讀書識漢字的深意。[43] 可惜，擊缽吟卻在全臺詩社大盛之後成為各地詩社的主要活動，造成莫大的流弊，或逢迎諂媚、歌功頌德，或藉以炫才學、爭聲名、博獎勵等，醜態百出，不一而足，而詩格

---

40 詳見本文下節，論林幼春對新文學的支持部分。
41 張我軍系列文章發表於1924年底迄1925年，幼春當時正處於「治警事件」判刑確定、因病住院，及入獄服刑的打擊之中，一時可能尚未注意及此，但日後對相關之論爭文章，必然有所悉而引發思考。
42 參葉榮鐘，〈臺灣民族詩人──林幼春〉，《臺灣人物群像》。又，幼春原詩，《南強詩集》，頁48。
43 林癡仙提倡擊缽吟的用意，據林獻堂追憶：「回憶三十年前，兄嘗以擊缽吟號召，遂令此風靡於全島。有難之者，兄慨然曰：『吾故知雕蟲小技，去詩尚遠，特藉是為讀書識字之楔子耳。』」見《無悶草堂詩存》，林獻堂序。

日卑至不堪聞問。幼春除了有意識地抵制不作「擊缽吟」詩外，[44] 更在言談間加以抨擊，據張深切在一九三四年《臺灣文藝》創刊號的專文〈偉大詩人林幼春先生〉一文，有以下記載：

> 聞先生自幼聰明，筆下龍蛇生動，與林俊堂（按：即林癡仙）先生同時力倡組織擊缽吟社，臺灣詩壇聞其風而勃興，遂有今日之盛。然先生年來已覺擊缽吟之蔽害，屢提出反對意見。謂擊缽吟者，乃學詩初步，決非詩人之道，勿可深入。但事至於今，勢若缺堤，滔滔然已莫如之何矣。
>
> 先生初意，以爲欲振興漢學，獎勵詩賦，必須組織結社，俾以作研究機關。詎料此種機關，今日遂變爲腐敗騷壇，所謂詩人者流，惟沉溺游心於其間，不思進取，視詩社如遊戲場，以虛僞心情吟風弄月，以假意造作歌功頌德，彼此應酬而已。先生睹此情形，疾首痛心，每以激烈議論主張改革，然詩風日下，牢不可破，及至最近，先生身體愈加衰弱，於是蟄居養生，似不問詩事矣。[45]

這是張深切根據與幼春接觸的印象寫成，文中所述的幼春對擊缽吟乃至詩社惡風的批評，可能是來自於言談之間的態度，因未見幼春關於此一問題的文字意見。但從其他相關記

---

44 據葉榮鐘之說，幼春某次應邀參加全島詩人大會，而當天的擊缽吟，幼春竟交白卷，這當然是他有意識抵制不願作「擊缽吟」詩而然。參註36所引文。在《南強詩集》中頁34-35，共收幼春擊缽吟詩16首，爲1920年作品，都是櫟社社內集會之作，絕非全島大型聯吟會上的應酬作品，而且其中不乏寄託深沉的佳篇。

45 張深切該文，刊於《臺灣文藝》創刊號（1934.11.5），頁24，原以筆名「列良」發表，但此文之「A：初次印象」部分，與張氏，《里程碑》，頁192之描述相同，可確定爲張深切所撰。該文現已收入《張深切全集》（臺北：文經出版社）。

載，應可判斷：幼春對舊詩壇的風氣敗壞，的確是深惡痛絕的，如與幼春有相關情誼的陳逢源在〈對於臺灣舊詩壇投下一巨大的炸彈〉一文中，也曾說：

> 林幼春先生亦曾對我說過，「擊缽吟不是詩，粗夫俗子所唱的歌謠多者是詩。」[46]

而在朱點人的一篇以有風骨的舊文人為主角的小說〈秋信〉中，類似的話也出現在作者筆下小說主角斗文先生之口。小說中曾提及：斗文先生曾與同志創設詩社，提倡擊缽吟，不料無恥文人卻將它拿來作為巴結權勢的工具，使他深感後悔創了詩社，於是常嘆息著說：「擊缽吟不是詩，從凡夫俗子的口中唱出來的山歌才是詩。」[47]當然，小說中的斗文先生並不是以幼春為藍本塑造而成，但單就這段描述來看，正有一部分幼春的影子在內。[48]

綜上所述，可以確知：幼春一生的文學志業，全在舊詩，舊詩是其抒發情感，寄託抗日精神的主要文學形式，正如葉榮鐘先生所云：「林幼春先生做為一個最高的知識人，他的批評精神完全貫注在詩的作品中」，「詩，對他來講乃是最高層次嚴肅崇高的存在。」[49]但在另一方面，他對當時舊詩壇的墮落與敗壞風氣，又有極為強烈的痛感，雖無力挽狂瀾於既倒，但仍堅持一貫的高貴精神品質，以其人格和作品成為舊詩壇的中流砥柱，終生屹立不搖。

---

46 該文刊《南音》1卷2號（1932.1）。
47 朱點人，〈秋信〉，原刊於《臺灣新文學》第3期（1936.3）。引自施淑編，《日據時代臺灣小說選》（臺北：前衛出版社），頁177。
48 朱點人即朱石峰，他與住在霧峰萬斗六的莊垂勝有相當交情，對林幼春也相當推崇，參見林莊生，〈岸田秋彥與朱石峰先生〉，《懷樹又懷人》第七章。
49 同註8所引文。

3. 林幼春對新文學的支持不遺餘力

至於林幼春對新文學的態度，一直是鼓勵、支持的。臺灣新文學運動的主力，是新一代的知識青年，運動前期的主要發表園地是《臺灣民報》系列刊物，幼春曾擔任其前身「臺灣雜誌株式會社」的社長，以及改組後的《臺灣民報》社長，該報編輯部於一九二七年從東京遷回臺灣後，他並曾擔任主編工作。他與新一代知識青年的接觸十分密切，對新文學抱持開通的立場，是不難理解的，就這一點來說，他的識見、氣度都比連雅堂來得恢宏、開闊。[50]

可惜的是：由於林幼春一生體弱多病，除詩作外，其他著述甚少，我們無法從其作品探究他對新文學的看法，但從以下三件事例，即可充分印證他對新文學的支持。

（1）林幼春曾以白話文為《臺灣民報》寫社論

《臺灣民報》是以白話文為主體的宣傳刊物，而幼春是當時臺灣少數能以漢文撰稿者之一，他在一九二四年七、八月，曾以「南強」署名為《臺灣民報》撰寫兩篇社論：〈同床異夢之內臺人〉、〈這是誰的善變呢？〉，大力鼓吹臺人爭取政治地位之平等，抨擊辜顯榮等人甘為日本鷹犬。這兩篇文章，雖不免有些初學白話文的生澀痕跡，但大抵稱得上是生動流暢了，試引〈這是誰的善變呢？〉一文的片段，以見幼春白話文之一斑：

> 第二便是「與余所主張，始為一致」的一語，這更
> 加匪夷所思大言不慚了。試問他主張的場所是在他老婆房

---

50 張我軍於《臺灣民報》2 卷 24 期（1924.11.21）發表〈糟糕的臺灣文學界〉攻擊臺灣的舊詩人，連雅堂在《臺灣詩薈》第 10 號藉機大加反擊，張我軍於是又發表〈為臺灣的文學界一哭〉加以駁斥。

中呢?是在官鹽賣捌事務所呢?是在「有力者大會」席上呢?我想他識得「主張」這兩字,最久不出二十日間,或者經過大安醫院時在那揭示木牌上偷來的。假秀才怕面試,他如果有什麼主張,不必誇談既往荒謬無稽的話,只要擇一個相當場所,給有學識有主張的人面試一番,如果及第再說大話未遲。[51]

　　本文寫作背景,係因林獻堂、蔣渭水等人發起臺灣議會設置請願運動後,一時蔚為風潮,全島響應。辜顯榮等人竟在總督府授意下倡組「公益會」,並召開「有力者大會」以相抗衡,於是文協成員乃在臺北、臺中、臺南同時召開「無力者大會」大加聲討。辜顯榮見其作為不得民心,飽受攻擊後,乃解散公益會,並自找臺階,聲稱請願運動:「依釋明書所云,意與余所張,始為一致,今其請願之旨趣既變,余亦不復反對。」幼春大為反感,於是以此文痛加駁斥。文中的「匪夷所思、大言不慚、荒謬無稽」等語,是白話文中融入文言成語之例,目前仍然通用。而連續三句反問句用得十分純熟,「老婆房中」云云,尤其謔而不虐的攻擊效果;又嘲笑辜氏不懂「主張」二字,可能是從蔣渭水大安醫院的臺灣文化協會告示牌上偷來的,這就完全是純熟的白話文了。

(2) 林幼春與新文學青年往來密切

　　林幼春與新文學青年有密切往來,一方面是因他長期從事政治、文化運動所贏得的敬重,但更重要的因素,應該是他思想的開通與進步,在舊詩人中幾乎是絕無僅有的異數。例如:

----

51 見《臺灣民報》2卷15期(1924.8.11)。

前述他與《南音》同仁的往來，乃至陳虛谷、張深切、楊逵、楊雲萍、巫永福等人，無不對幼春推崇有加。據巫永福前輩在〈憶林幼春先生〉一文中，追憶一九三五年前往霧峰拜訪幼春之經過，特別強調幼春態度十分親切和藹，他雖是屬於舊文學時代的人，在談話中卻熱切希望年輕一代的新文學運動能一直繼續，對新文學青年鼓勵有加。[52]

(3) 林幼春大力支助新文學刊物之出版

幼春出身地主，經濟狀況自比一般人優越，但他與林獻堂因長期獻身民族運動，較疏於治產，而且兩人一向對社會文化活動慷慨解囊，導致幼春到了晚年甚至不得已必須變賣田產。[53]但至少有兩件事例，可以看出幼春以實際的經費贊助，表達支持新文學的無私精神。

第一件是張深切於一九三四年五月，於臺中市發起「臺灣文藝聯盟」，於大會上，張深切曾提出「與漢詩人聯絡案」，理由是：「臺灣客觀現階段之情勢，新文學家與漢詩人非由爭鬥能夠獲到進展，莫若與他們疏通意志，擴大文學陣線，以期打開過渡時代中之一方面難關。」可惜由於多數人在意識上與舊詩人處於對立。此案未獲通過。[54]

但當大會結束的半年後，張深切擬發行機關刊物《臺灣文藝》創刊號時，卻苦無經費，於是不得不到處募捐。其中最讓張深切感動的便是林幼春，幼春「不僅不念舊惡，而且表示十分誠懇地支持我們，約定每月可以有一定的金額資助雜誌的出

52 見《文學臺灣》第 3 期（1992.6）。
53 參見〈哀賣田〉一詩，《南強詩集》，頁 63。
54 見李南衡編，《日據下臺灣新文學‧文獻資料選集》（臺北：明潭出版社），頁 159-160。

版。」[55] 從此文聯才逐漸獲得各方面的支持。

第二件則是楊逵於一九三五年十二月，退出《臺灣文藝》陣營，另行創辦《臺灣新文學》時，林幼春曾資助三百元，足以使該雜誌出版三期，且日後楊逵每回到林幼春家求助，幼春總是慷慨解囊。[56] 楊逵後來在一九四七年所寫的一篇短文中，將幼春與賴和兩人並稱爲「臺灣新文學的開拓者」，[57] 由此不難體會幼春在精神、物質上，都給予楊逵極大的支持力量。

（二）賴和對新舊文學的態度

賴和在日治時期臺灣文壇，係以新文學創作名家，尤其是小說，因而被尊稱爲「臺灣新文學之父」。而事實上，他與舊文學的淵源甚深，他對新舊文學的態度，更經歷了幾個不同階段的轉變。

他的文學歷程，其實是從舊詩創作開始的，據他自述：一九〇八年，十五歲從黃倬其讀漢文時，開始學作舊詩；[58]一九〇九至一九一四年就讀臺北醫學校時，曾有極多的習作，後來又曾與同學共組「芸香吟會」；[59] 一九一七年至一九一九

55　見張深切，《里程碑》第四冊（臺中：聖工出版社，1961 年），頁 482。

56　見陳芳明編，《楊逵的文學生涯》（臺北：前衛出版社），頁 209-210，楊逵接受宋澤萊訪問的談話。

57　見註 1。

58　參見〈題畫扇〉一詩後賴和之附記說明，《賴和漢詩初編》，頁 7。

59　參見《臺北文物》4 卷 4 期，「詩社特輯」，頁 72，介逸生撰〈芸香吟會〉一文。據該文，芸香吟會由臺北醫學校學生所組成，創立人中石錫烈、楊樹德（笑儂）、陳英方、詹本（友梅）與賴時口都是出身彰化，後三人與賴和於 1939 年共組「應社」，而石錫烈則是賴和老友，與賴和時相唱和作舊詩。這篇文章並錄有賴和詩〈納涼〉、〈移松〉兩首七絕，皆吟會之課題。

年左右與彰化地區友人，組成「古月吟社」。[60]而從他留下爲數可觀的舊詩稿本中，更可看出在新文學興起之前，他曾認眞地創作極多的舊詩。一九二五年起，他轉而投入新文學之創作，舊詩創作漸少；但在一九三五年後，他幾乎已完全停止新文學創作；一九三九年，他又與彰化地區詩友，合組「應社」，恢復以舊詩爲主要創作。究竟他個人對新舊文學抱持何種態度？何以有此曲折轉變呢？以下試分成三階段來說明。

1. 青年時期：熱中舊詩創作，有心以詩名家

在新文學興起以後，他不但對舊詩創作極爲熱中，實際上也頗有心想以詩名家，如一九一三年十月作品〈敲詩〉，是他就讀臺北醫學校時，二十歲的作品：

敢問蒼蒼太不平，飄零空恨吾平生。自憐身世難爲用，欲藉文章小立名。無限壯懷山月冷，一腔詩思夜燈青。撚眉苦憶欹蘆管，漏剪催人又五更。[61]

但在臺灣詩社漸盛的同時，流弊也漸漸出現，因此早在

---

60 從賴和詩稿推測，「古月吟社」約 1917 年成立於彰化，成員有賴和前輩鄉紳、同輩友人、及日本人。1918 年賴和赴廈門後，常寄詩給古月吟社諸友，1919 返臺後，又偶有聚會，此後該社活動可能已漸式微。該社可能固定在每年中秋聚會，故以「古月」爲名。1924 年，賴和有詩〈中秋日回憶〉七絕 11 首，追憶自 1914 年至 1923 年 10 年間之中秋節情景，其中第五首自註云：「丁巳古月吟社詩會在環翠樓」、第六首自註：「戊午在廈門」，第七首自註：「己未少數古月會友復集於環翠樓」，丁巳、戊午、己未年，即 1917～1919 年。第七首內容如下：「環翠樓中雅會聯，詩人冷落不如前。圓圓古月猶天上，少個多情井野邊。」井野邊 1917 年時擔任彰化支廳長（根據《臺灣日日新報》1917 年 10 月 10 日〈倉沮二聖祭典及恭迎〉一文，報導崇文社成立，當天在彰化南垣武廟舉行盛大祭典，由彰化支廳長井野邊擔任主祭官），1919 年已不在彰化。從本詩內容看來，古月吟社在 1919 年以後已漸少集會。這組作品未收入《賴和漢詩初編》，原稿見 1924 年賴和詩稿本，頁 100-102。

61 見《賴和漢詩初編》，頁 31。

一九一九年，他便對所謂的「詩人」大表不滿：

> 風塵馬上困英豪，賢者惶惶沒世勞。偏有詩人容易做，坐談風月獨名高。[62]

本詩後兩句，對那些喜歡「坐談風月」的臺灣「詩人」直接加以譏刺，詩旨顯豁。雖然如此，他不滿的是當時詩社與眾多所謂「詩人」的不良風氣，並不是反對舊詩本身。因此，他仍投注相當大的心力於舊詩創作。一九二二年至一九二三年間，他有多首作品發表於《臺灣民報》的前身：《臺灣》雜誌，[63] 遂逐漸在詩壇嶄露頭角。

2. 壯年時期：轉向新文學，批評舊詩界之墮落

但自一九二四年，張我軍以一系列文章攻擊臺灣詩壇的弊端，掀起新舊文學論爭之後，賴和的立場顯然傾向於支持新文學，因為他對當時舊詩壇的墮落，早已深有惡感，在他的一九二四年舊詩稿本中，便出現了不少新詩習作，共多達二十三首。[64] 此後的十年間，他完全投入新文學創作，轉而以

---

62 見前註，頁 117。本詩原題〈詩人〉，後改為〈臺灣詩人〉。林瑞明〈賴和漢詩初探〉一文，對此詩之原旨似有誤解。原作 2 首，第二首：「吟風弄月便風流，酒會歌筵輒唱酬。身外微名究何用，怪人偏愛署銜頭。」末句之「銜」字，《賴和漢詩初編》誤為「街」字，核對賴和原詩稿本可知誤認。見《賴和手稿集·漢詩卷》上冊（彰化：賴和文教基金會、臺灣省文獻會，合作出版），頁 320。（原稿註明「丙辰丁巳間」乙冊之第 9 頁，第 7 頁前端另注「己未──申酉」、「申酉」為「辛酉」之誤。）所謂「銜頭」是「頭銜」之意，為押韻而倒裝。可能賴和覺得「銜頭」用詞怪異，故詩稿中，後來又將此首以毛筆完全刪去。綜合 2 首詩旨，係譏刺當時詩界眾多自命「詩人」者流，喜好吟風弄月、相互標榜、沽名釣譽之歪風。

63 包括〈劉銘傳〉兩首、〈秋日登高感懷四首〉、〈懷友〉、〈秋日登山偶感〉四首、〈文天祥〉、〈最新聲律啟蒙〉等，現皆收入《賴和先生全集》。另外，〈讀臺史雜詠〉七首中〈逸民〉發表於《臺灣》第 3 年第 4 號，對照〈讀臺灣通史十首〉，《賴和漢詩初編》，頁 254-256，可知係賴和之作品。

64 這些作品已發表於《文學臺灣》第 14 期（1995.4），頁 117-131。

小說及新詩做爲創作形式，成爲臺灣新文學興起的實踐者。這段心境轉變，他在〈彫古董〉一文中，曾有隱約的透露，文中他對自己化身的「懶先生」有以下的描述：

> 懶先生是西醫，是現在人，不知什麼緣故……也有點遺老的氣質，對漢學曾很用心過……幾年前曾在所謂騷壇之上露過面目，對於作詩也受過老前輩的稱許，但在別的一（些）時候卻很受到道學家的非難，謂他侮辱聖賢，這又不知是什麼緣故，眞性迸發呢？假面揭穿呢？或者是受到惡思想的淘化呢？……只是不再見他大作其詩，反而有時見他發表一篇兩篇的白話小說。[65]

可見他曾很用心於舊詩創作，但因思想趨新而讓保守之士不滿，後來他終於停止舊詩寫作，轉向新文學。

關於賴和從舊文學轉向支持新文學的立場，他在以下三篇文章中，有很清楚的說明，這三篇分別是一九二六年發表於《臺灣民報》的〈讀臺日紙的「新舊文學之比較」〉、〈謹復某老先生〉，和一九三〇年發表於《現代生活》創刊號的〈開頭我們要明瞭地聲明著〉。[66]綜合其要點，賴和對新舊文學的態度十分明確，那就是：

（1）支持新文學，因爲新文學具有普遍性，容易爲大眾所接受，且較能與社會、時代結合。在〈開頭我們要明瞭地聲明著〉一文首段，賴和即開宗明義寫道：

---

65 見《賴和先生全集》，頁39。
66 這三篇文章現已收入《賴和先生全集》之「隨筆雜文集」、「遺稿集」中，以下引文皆引自該書，不另作註。

我們是要唱道（倡導）平民文學、普及民眾文化的這一種藝術運動，那富有普遍性的新文學是頂適用的工具，所以我們敢把她介紹給大家們。

所以要提倡新文學，目的正是在求普及，「輸些精神上的養分，配給那對文人文學受不到裨益，感不著興趣的多數人」，該文又說：

> 新文學的藝術價值因其有普遍性愈見得偉大，亦愈要著精神和熱血，所以敢說有思想的俚謠、有意態的四季春、有情思的採茶歌，其文學價值不在典雅深雋的詩歌之下。

這是從支持新文學的普遍性，進而肯定俗文學、民間文學的價值，在理念上將新文學與俗文學混為一談，似略有混淆，但立場卻十分清楚。

（2）他反對的是臺灣當時舊文學界的逃脫、虛無傾向，但並不是反對舊文學的形式，也並不是否定舊文學的價值。在〈讀臺日紙「新舊文學之比較」〉一文中，他尖銳地指出：

> 既往時代的舊文學，自有其存在的價值，不在所論之列，只就現時的作品（臺灣）而言，有多少能認識自我，能為自己說話、能與民眾發生關係？……在這種社會裡，生活著的人們，能夠滿足地、優遊自得，嘯詠於青山綠水之間，歌詠於月白花香之下，怕只有舊文學家罷？

這段話的重點，是在批評當時舊詩人的遠離社會現實，面對舊文學界這種逃避和虛無的傾向，他甚至以極強烈的字眼，指責舊文學家：「因為他們的努力，創作了臺灣現在瘡爛的固有文化，養成了一般人們懦順的無二德性。」

在〈謹復某老先生〉一文，他進而要求：

> 現在的臺灣杜甫放翁！請勿吝惜，把〈石壕吏〉那樣的作品，來解解小子們文學上饑渴，就如雜詩，表現自己生活的片面的，也可滿足……小子還別有點意見，若能把精神改造，雖用舊形式描寫，使得十分表現作者心理，亦所最歡迎，但可憐總是……。

這就很清楚地表明：他所反對的不是舊文學本身，而是當時臺灣舊文學界的不良走向。同樣的思想脈絡，在〈開頭我們要明瞭地聲明著〉，他特別強調：

> 由來提唱（倡）不就是反對，廢滅又是另一件事，新舊亦是對待的區分，沒有絕對好壞的差別，不一定新的比較舊的就更美好……。
>
> 舊文學自有她不可沒的價值，不因為提唱（倡）新文學就被淘汰，那樣會歸淘汰的，自沒有用著反對的價值。

這段話的語氣，顯然比前面兩篇要和緩和多，理論上也較為圓融通達。從中我們可以得知，他雖仍站在提倡新文學的立場發言，但並未否定舊文學的價值，尤其強調新舊只是相對的區分，沒有絕對的好壞之別，這種理念，可視作他晚年又回歸

以舊詩創作爲主的內在因素之一。

3. 晚年時期：回歸舊詩創作，以行動加以改革

　　十分耐人尋味的是：賴和晚年卻從一個新文學的開拓者角色，又轉回舊詩創作的老路子，一九三九年他與彰化地區的舊友多人，合組舊詩社「應社」，他親自寫了〈應社招集趣意書〉，文中可看出他極思與友人共同致力於舊詩精神的改革，同時也肯定舊詩的功能，並以氣節相尚，這是賴和晚年對舊詩態度的完整宣示，由於原文不易見，是一難得的文獻，故全文引錄於下：

　　　　唉！詩的一道，很難窮極，可以陶冶性情、嘯吟風月，亦可以比興事物、歌功頌德、唱和應酬、諷詠時世。是文學上的精粹，思想上的結晶。雖然，若吟失其情，詠失其事，不僅僅使詩失了價值，連作詩的自己，亦喪其品格了。請看，現在我們的彰化，文風不振，詩道萎靡，致使人心敗壞，世風日下。那些人們不是身耽聲色，即使心迷利慾，把趨附認作識時務，把賣節當作達權變，是好久的了。當這時代，能獨標勁節，超然自在，不同季世沉淪的，惟有真正詩人拉（啦）。我們雖未嘗學問，至詩的一道，亦可粗曉得一二，所以要招集我們這樣同志，組一應社詩會，講求吟詠的趣味，琢勵詩人的節操，凡我們的同志呵，總望贊成罷。

　　　　我們這社沒有什麼規則。凡所吟詠能表現個人的情感思致爲主旨，以此不擬題目，詩不拘體韻，吾們大家心所感的，眼所觸的，用詩表現出來的，勿論長短篇，有韻無韻，以一月爲期，各人把一月中自己最得意的選錄兩首

寄來辦事處。吾們辦事人把各位社員寄來的，抄集許多小冊，分與各位互相評閱，成績由總社員評閱爲準，以定高下。要發表時間一次擊缽吟會。[67]

在這篇文章，他先是肯定詩是「文學上的精粹，思想上的結晶」，具有多方面的功能，但「若吟失其情，詠失其事」，則作品與作者均無足觀。因此，他們要求以實際行動來加以改革，以扭轉歪風。文中特別值得一提的有兩點：

其一：既嚴厲批判「詩道萎靡，人心敗壞」，不少作舊詩的人「把趨附認作識時務，把賣節當作達權變」，同時卻又肯定「當這時代，能獨標勁節，超然自在，不同季世沉淪的，唯有眞正詩人」。換句話說，詩本身是嚴肅而崇高的，眞正的詩人，更是時代的良心，臺灣舊詩壇的墮落，錯不在舊詩本身，而是那些以舊詩當工具而圖謀私利的人。

其二：重視眞感情，故社員作詩，不限體韻、題目，甚至「勿論長短篇，有韻無韻」，只要是「心所心的，眼所觸的」，亦即出自內心眞正感受的，都在所歡迎。這種打破一般詩社成規的做法，顯然是有意對臺灣詩界加以改革扭轉。

賴和從堅定地支持新文學，又回歸到舊詩創作，從以上的引述中，不難看出他又重新肯定舊詩的價值，以及他心目中「眞正的詩人」之可貴、可敬。

另外，他這裡提到的「詩」，完全是指舊詩，而不是他也曾一度努力習作的新詩，箇中訊息有兩點：（1）舊詩在當時臺灣文學界仍十分普遍、盛行，一時尚非新詩所可取代。（2）肯定舊詩在抒情言志的功能上，有其優越性。

---

67 這篇文章，以毛筆書寫單張，夾在賴和舊詩稿本中，原稿今藏於賴和紀念館中。

　　賴和在新舊文學之間的曲折轉變，箇中原因十分複雜，至今仍爲研究者爭議不休。[68] 但賴和這樣一位極具代表性的臺灣作家，他曲折的文學歷程恰好給我們在研究日治時期臺灣文學時，一個很好的啓示和省思，那就是：過去一味將新舊文學截然二分，視新文學爲進步的，舊文學就是保守的，其實是極爲粗糙的看法，也與日治時期臺灣文學的實際狀況並不符合。其實，文學形式只是表現的工具，以當時有舊學素養出身的新文學家而言，他們對舊詩都有一定的造詣，也有深厚的感情，因此以舊詩爲表達情感的工具仍是十分自然的選擇，例如賴和晚年在一九四一年十二月八日，被日警拘留長達五十餘日，曾撰寫〈獄中日記〉，其中正有十多首舊詩抒發其被繫獄中的苦悶心境。舊詩做爲賴和文學母體的一個重要成分，是無可懷疑的事實。

　　陳虛谷〈贈懶雲〉詩之二，對賴和舊詩極爲讚賞：

　　平生慣作性靈詩，珠玉連篇不費思。藝苑但聞誇小說，世間畢竟少眞知。[69]

　　感慨一般人只推崇他的小說，而完全忽略他的舊詩。沒想到陳虛谷的感嘆，從賴和生前延續到戰後，賴和在臺灣文學界重新「復活」之際猶然！所幸，經由林瑞明整理《賴和漢詩初編》出版後，這種偏差目前已逐漸獲得改善。

68　林瑞明，《臺灣文學與時代精神》，認爲賴和係因 1935 年發表〈一個同志的批信〉之後，受困於臺灣話文的表現，而停止新文學創作，回到不受臺灣口語表現束縛的漢詩創作。而李爽學評《臺灣文學與時代精神》一書時，則加以質疑，見〈我生不幸爲俘囚──評林瑞明「臺灣文學與時代精神」〉，《中時晚報》副刊（1993.12.19）。

69　見《陳虛谷選集》，頁 170。

彰化學

五、結語

　　林幼春與賴和，一般被看作分屬日治時期舊、新文學不同世代，但經過本文分析，我們可以有幾點發現，分述如下：

　　（一）林幼春與賴和，都是日治時期臺灣文學界的傑出文學家，而他們也都對當時的政治、文化活動，介入極深。他們社會角色的多樣性，又從而豐富了他們作品的思想內涵，反映當時文學與政治、社會運動的複雜關係。

　　（二）林幼春與賴和由於出身與思想背景的差異，使他們在政治、文化活動圈中，雖然有不少機會接觸，但並沒有私人交情。不過，他們私下仍給彼此一定的推崇。其思想差異主要來自階級立場的不同，進而影響兩人的創作。

　　（三）做爲臺灣文學界，備受推崇的名家，兩人的人格風範、作品精神，都是日治時代臺灣文學不可磨滅的光輝和驕傲，值得吾人做進一步的探究、比較。

　　（四）日治時期的新舊文學論爭，是因當時舊詩界的墮落而起，林幼春、賴和對此均有批判和反省。但林幼春以其作品證明舊詩仍有其不朽的時代價值，而賴和對以舊詩爲代表的舊文學，則經歷「肯定→批判→回歸、改造」三個不同階段的複雜轉變。

　　（五）林幼春以舊詩人的身分，與新文學青年密切往來，備受推崇，並以實際行動鼓勵新文學。而賴和則以新文學開拓者的角色，晚年又回歸以創作改造舊詩，重新肯定舊詩的意義與功能。他們的例子，說明過去將日治時期新舊文學視作完全對立的兩派，這種簡單二分法，不但失之粗疏，且不合當時的文學發展實況。

賴和漢詩的臺灣自主性思想研究

陳淑娟

> 旗中黃虎尚如生，國建共和怎不成。
> 天與臺灣原獨立，我疑記載欠分明。
> ～〈讀臺灣通史十首〉之七[1]～

一、前言

　　賴和（1894～1943）生於臺灣彰化，西元一八九四年，中日甲午戰爭爆發，次年清廷戰敗，派李鴻章至日本簽訂馬關條約，將臺灣與澎湖列島等割讓給日本，臺灣遂受日本殖民統治五十年。從賴和出生到過世的五十年間，幾乎就是日本統治的五十年，因此在成長過程中所聞所見皆是臺灣人民受日本壓迫的情況。悲天憫人的人道思想與強烈的民族意識，使賴和成了一位參與抗日運動的作家，爲喚起臺灣人民的民族意識，爲改革臺灣人的奴化思想，他積極從事新文學運動，力求文學能普及大眾與表達民眾心聲，具有特殊的時代意義，對於臺灣新

1　〈讀臺灣通史十首〉，《賴和全集》（五），（1920.8～9），頁322。

文學的啓發及貢獻，實堪譽爲「臺灣新文學之父」。[2]

　　楊守愚在〈獄中日記〉序中，曾提及賴和崇拜魯迅之事，而臺灣文學史家黃得時則以「臺灣的魯迅」比擬賴和，[3] 吳新榮則如此推崇：

> 　　賴和在臺灣，正如魯迅在中國，高爾基在蘇聯，任何權威都不能漠視其存在。賴和路線可說是臺灣文學的革命傳統，談臺灣文學，如無視此一歷史上的事實便不足了解臺灣文學。[4]

　　賴和與魯迅、高爾基相比，作品量雖較少，但其日常生活語言與文學作品間轉化較二者困難，並且身爲忙碌的醫生與文學家，創作時間亦少，現實條件限制遠大於二者，然而其文學內涵與抵抗精神帶動整個文學世代前行的影響力，的確與二者有相通之處，[5] 賴和的新文學成就備受肯定，因此近年來臺灣學術界對於賴和文學的研究蓬勃地展開。陳虛谷〈贈懶雲〉詩云：「平生慣作性靈詩，珠玉連篇不費思；藝苑但聞誇小說，世間畢竟少眞知。」[6] 便極爲推崇賴和的漢詩與肯定賴和

2　朱石峰，〈回憶懶雲先生〉文中云：「懶雲先生不但足以謳爲臺灣新文學之父，也是楊逵君把中文作品介紹到中央文壇的第一人。」收於李南衡編，《賴和先生全集》（以下簡稱《全集》）（臺北：明潭，1979.3），頁 422；亦收於賴和紀念館編，《賴和研究資料彙編》（簡稱《彙編》）（上）（彰化：彰化縣立文化中心，1994.6），頁 34。王詩琅（錦江）：〈賴懶雲論〉文中云：「臺灣的新文學能有今日之隆盛，賴懶雲的貢獻很大。說他是培育了臺灣新文學的父親或母親，恐怕更爲恰當。」收於《全集》，頁 400、《彙編》（上），頁 7。

3　黃得時，〈輓近の臺灣文學運動史〉，《臺灣文學》，頁 9。

4　吳新榮以筆名史民在《文藝通訊》中所云。發表於楊逵主編《臺灣文學》第二輯（1948），頁 12。

5　林瑞明，〈賴和〈獄中日記〉及其晚年情境〉，《臺灣文學與時代精神》（臺北：允晨文化，1993.8），頁 296。

6　見陳虛谷〈贈懶雲〉詩之 2，陳逸雄編，《陳虛谷選集》（臺北：鴻蒙文學，1985.12），頁 170。

新文學的成就：「賴和生於唐朝則可留名唐詩選；生於現代中國則可媲美魯迅。」[7] 葉榮鐘稱呼賴和為「詩醫賴懶雲」，[8] 則強調其詩人兼具醫生的雙重身分；同為應社詩人的楊雲鵬在賴和逝世之後賦〈哭懶雲社兄〉一詩，云賴和「詩名醫德有公評」，[9] 讚賞其漢詩的成就；我們亦在日治時期的報章雜誌上時見賴和發表漢詩作品，並得到極高評價，可知賴和的漢詩詩名，早已受時人推重。如今筆者研究賴和漢詩的學位論文也已出爐，亦為賴和的漢詩做了初步的評價。[10]

　　賴和是位出色的文學家，也是實際投入政治、社會與文化運動的抗日知識分子，關於臺灣命運與前途的問題，必定不時在他腦海當中激盪著，他認為臺灣若要尋求出路，唯一的道路便是追求「自主性」，這樣的結論，可謂有先知般洞察力。有關賴和臺灣自主性思考的議題，於前已有學者提出，[11] 賴和有臺灣自主性的追求，可由其詩文中顯露的痕跡得到肯定，只是尚未有人朝著此一方向，深研賴和產生臺灣自主性思考的原因，探討他自主性思考的進程。驗證於今日的臺灣社會，為追求人們真正的「幸福」，確實朝著數十年前賴和對臺灣命運自主性的道路努力前進著。因此，這個議題對於了解賴和的思想，極其重要。一般人在思考當前的問題時，往往會運用意識當中的歷史經驗去觀照今昔，對應到外境的現實狀況，然後再回歸自身的改造，以追求進步。因此本文藉著閱讀賴和的漢詩

7　見陳逸雄，〈我對父親的回憶──陳虛谷的為人與行誼〉，《陳虛谷選集》（臺北：鴻蒙文學出版公司，1985.12），頁 496。

8　葉榮鐘，〈詩醫賴懶雲〉，《彙編》（上），頁 62。

9　〈哭懶雲社兄〉詩原刊於《文化交流》輯一，今收於《全集》，頁 432。

10　關於賴和漢詩的時評，請參閱筆者〈賴和漢詩的主題思想研究〉（臺中：靜宜大學中國文學系碩士論文，2000.6）。論文所附〈賴和先生生平年表及作品繫年〉「漢詩作品」欄。

11　見施懿琳，〈賴和漢詩的新思想及其寫作特色〉，《中正大學中文學術年刊》第 2 期（1999.3），頁 4。

作品，嘗試由賴和的歷史之眼，從以下三個角度考察：對歷史的反思、知中國之不可憑、臺灣命運的思考。期望藉此了解賴和產生臺灣自主性思考的軌跡，並探討賴和如何投入臺灣主體性的追尋與重建。

二、對歷史的反思

賴和的漢詩作品中，不乏歌詠歷史人物等詠史的詩作，例如鄭成功、劉銘傳、文天祥、項羽、介子推等，[12] 都是他歌詠過的對象，其中又以詠鄭成功事蹟最多，目前所見直接提及明鄭史事的便有十八首，間接提及的更多達卅四首，[13] 值得進一步探討。戰後，國民黨政府認為，明鄭時期最具代表性的就是「反清復明」的思想，然而日本政府在皇民化運動時，曾將鄭成功塑造為大和的民族英雄，[14] 賴和如何看待鄭成功？為何要寫多首詠鄭成功的漢詩？從臺灣歷史當中，賴和產生哪些觀照？歷史反思的角度，是否有助於賴和臺灣自主性思考的形成？這都是筆者嘗試探討的問題。

筆者目前所見，賴和最早發表的作品是一九一七年一月

---

12 詠劉銘傳與文天祥的詩作將再作探討，至於〈項羽〉詩，見《初編》，頁261，但手稿與《初編》第3句稍異。〈介子推〉詩3首，見《賴和全集》（五），頁520。

13 〈秋日登日光岩絕頂〉1首；〈鄭成功廢壘用張春元韻〉2首；〈施琅墓道碑〉1首；〈石井〉2首；〈臺南雜感〉5首；〈弔延平郡王〉2首；〈旗山廢壘懷古〉1首；〈赤嵌樓〉1首；〈初夏遊劍潭山寺〉（之2）1首，計18首，若再旁及鄭氏傳說的詩歌17首〔前引〈初夏遊劍潭山寺〉（之2）不再重複計算，故扣除一首，僅16首〕，則有34首之多。關於鄭氏傳說的詩，例如劍潭寺組詩16首（詳見《初編》頁189-192。計有〈題劍潭寺稿〉6首；〈劍潭寺〉1首；〈初夏遊劍潭山寺〉8首；〈同題〉1首。〈國姓井〉1首，見《初編》，頁200。

14 陳芳明，《探索臺灣史觀》（臺北：自立晚報社文化出版部，1992.9），頁15-16。氏撰〈鄭成功與施琅——臺灣歷史人物評價的反思〉一文有深入探討，收於張炎憲等編，《臺灣史論文精選》（上）（臺北：玉山社，1996.9），頁135-155。

刊於《臺灣日日新報》的詩〈鄭成功、地球〉：「荒島紀年遵永曆，圓輪繞日肇科倫。」[15] 雖簡短二句，亦可看出賴和推許鄭氏尊明室爲正，經營臺灣伺機而發之意。之後，賴和於一九一八年二月前往廈門博愛醫院任職，廈門曾留下鄭成功許多遺跡，他在訪查古蹟之餘，陸續寫下多首詠鄭成功的詩，第一首是〈秋日登日光岩絕頂〉：[16]

> 踏上高岩眼忽明，秋容澹澹碧天清。一時根觸來千感，萬里飄流愧此生。誰使英雄終有恨，頓教豎子浪成名。水操臺上蒼茫處，道是延平昔駐兵。

廈門鼓浪嶼龍頭山有許多奇峰怪石，山頂有一塊被稱爲日光岩的大岩石，鄭氏曾在此築一水操臺操練水師，訓練有素的水師成爲當時的海上勁旅，縱橫東南沿海，賴和登上此臺，崇敬與惆悵之情頓生，詩中明指鄭氏爲英雄，暗喻施琅爲豎子，感嘆鄭氏壯志未成。又賦〈鄭成功廢壘用張春元韻〉[17] 一詩，今古興亡之悲全在看到鄭氏廢壘時一起湧上心頭，鄭成功之死如耿耿星光隕落。值得做一對比的是，賴和到洛陽橋途中，行經施琅墓道碑時有詩云：

> 豐碑突兀蘚痕生，三百年間大物更。靖海功勳終泡影，世間爭說鄭延平。[18]

---

15 〈鄭成功、地球〉施耐公評選上 22 評：「字斟句酌，通體無疵。」《臺灣日日新報》5937 號 1917.1.10）。

16 〈秋日登日光岩絕頂〉（1918 秋），見林瑞明編，《賴和全集》（五）（臺北：前衛，頁 385）。

17 〈鄭成功廢壘用張春元韻〉（1918 秋），《賴和全集》（五），頁 385。

18 〈施琅墓道碑〉（1919 春至夏間），《賴和全集》（五），頁 392。

彰化學

看到施墓蘚痕叢生，不禁賦詩諷刺施琅靖海功勳成爲夢幻泡影，世間爭相傳頌的卻是鄭延平，賴和認爲這是歷史與時間給予英雄不同於豎子的眞正評價。〈石井〉詩云：「漫將遺事訪延平，故老酸辛說有明。」（之一）「不信芝龍爲豪傑，咸知有子是英雄。」（之二）（〈石井〉）（1919春至夏間）[19]傳說施琅入臺後，挖掘鄭成功夫婦與鄭經墳地，偷運靈柩回中國，欲向朝廷請功，康熙皇帝以鄭氏是明室遺臣，派人阻止運棺進京，勒令歸葬於其故鄉南安石井復船山，就地建祠祭祀，[20]賴和行經鄭氏遺跡，還特地訪問耆老明朝遺事，並再次稱揚鄭成功爲英雄，可知其關心與讚嘆之甚。

上舉四詩，均是賴和在廈門博愛醫院任職期間，前往中國大陸旅遊時所作，可看出賴和站在漢人的立場，對鄭成功反清復明之業未成極爲遺憾，並對鄭氏持肯定態度。相反的，對率領清兵降服明鄭，使臺灣淪入清廷統治之手的施琅，顯然以否定態度視之。由上可知，早年的賴和僅具有保守的反異族抗爭型態的民族意識，尚未思考到「正面的民族意識」——即建立自己的主體性，以國家獨立與民族塑造爲重點。[21]

鄭氏歷史陳蹟，對賴和又有何啓示？一九一九年七月返臺之後，賴和於一九二三年三月到臺南，此時的他已經投入了臺灣的政治與社會文化運動，雖仍寫一系列詠明鄭的漢詩，其民族意識的型態卻已有所轉變。七律〈臺南雜感〉（1923.3），[22]主要仍在感嘆明鄭王朝之衰，興起人事全非之

---

19 〈石井〉（1919春至夏間），《賴和全集》（五），頁393。

20 見林金標等合著，《鄭成功故事傳說》（臺北：漢欣文化，1992.8），頁226-228。

21 參考施正鋒，《族群與民族主義——集體認同的政治分析》（臺北：前衛，1998.7），頁113。

22 〈臺南雜感〉（1923.3），《賴和全集》（五），頁405。

感，遊歷史蹟，懷古慨今。其〈弔延平郡王〉（1923.3），[23]
則有再討論的空間，詩云：

> 命世英雄不偶生，老天何意絕朱明（原爲「老天無意絕朱
> 明」）。焚衫志氣千秋壯，輿櫬羞慚一死輕。空負臺澎跨
> 兩島，遑云金廈扼孤城。我來恍惚威靈見，頭上摩挲髮幾
> 莖。

以鄭氏志氣之壯，臺澎金廈之險要，竟會志業難酬，詩中
第二句原爲「老天無意絕朱明」，改爲「老天何意絕朱明」，
句意由「無」轉爲「何」，可知在此賴和內心有所轉折，原先
詩意是認爲老天應無意使朱明（代表了漢人）滅絕，再一思
索，不禁開始思考老天使朱明滅絕之意，詩末又云彷若見到鄭
氏威靈出現，似在提醒他什麼。於此深入思考，即可明瞭賴和
詩意，明鄭時期治臺乃自成一政體，雖遙尊明帝，但實際上代
表了臺灣有著相當程度的自主，不受清朝的統治，朱明滅絕，
正代表明鄭統治臺灣的自主性得以扶正，這樣的時代意義，賴
和應已有所思考。

　　同樣於一九二三年三月間，賴和來到高雄旗山的廢棄砲
壘，作〈旗山廢壘懷古〉這首敘事興體的七言古詩，氣勢雄
渾，感慨甚深，有如閱讀一部臺灣興亡史，[24] 詩歌內容則更清
楚地表現出賴和民族意識的走向：

23　〈弔延平郡王〉（1923.3），《賴和全集》（五），頁 407。
24　彰化民間詩人吳錦順評此詩「是一部臺灣興亡史，可歌可泣」。見吳氏，〈應
　　社諸君子與其作品的賞析〉，收於《論文專輯》「世界華文學生傳統詩交流聯
　　吟大會紀念特刊」（省立彰化社會教育館、金生文教獎助基金會合編，出版日
　　期不詳），頁 75。

鯨魚跋浪滄溟開，將軍鼓角天上來。藤牌子弟貔貅壯，分途扼守南山隈。雄關百二古無比，拱衛東寧賴有此。南臨大海萬丈深，北與鼓山相對峙。打鼓之險險莫京，左旗右鼓天塹成。中間一隙通舟楫，内港風濤靜不驚。河岳無靈鼓聲死，清師十萬入鹿耳。廣武有險不能憑，遂使阮籍哭豎子。即今杖策一登臨，但見頹垣沒草深。昔年虎踞龍蟠地，眼裡荒涼摧我心。破彈遺鏃無可尋。曾聞中法干戈連，三臺驀地漲硝煙。雞籠一鼓曾不守，滬尾內海亦終塡。此壘兀兀獨無恙，想見當時脩築牢且堅。又聞民兵唱義時，砲火未接先不支。硝磺自爆大廻裂，倉皇遁走劉黑旗。地猶此地險猶昔，令人搔首長懷疑。白日如丸貼水低，山煙海霧莽淒迷。杜鵑豈有興亡恨，心血雖乾亦自啼。[25]

詩歌首段先以石鯨衝浪浮上而成的神話來敘述臺灣地理的由來，再描寫鄭成功所率領的勇猛兵將佔據臺灣之南乃至全島。接著再以中國古來的百二雄關，比喻旗山砲壘之拱衛臺灣（東寧），南臨大海，北面與鼓山相對峙，形容其地勢之險要，突顯旗山砲壘對於臺灣的重要性。而後再以高雄（打鼓）左旗山右鼓山、中間一水的天然港口，空有地勢之險，鄭家軍卻無法憑據，賴和將之歸諸於河岳無靈，致施琅領清軍入鹿耳，使臺灣自此淪於異族統治之下。接著再以今日所見抒其感慨，砲壘堅固的旗山，在中法戰爭時無恙；乙未戰爭時，民兵起義組成臺灣民主國，但劉永福的黑旗軍卻倉皇遁逃，地勢險要如昔，時人卻未能捍衛臺灣，此段末句雖是「令人搔首長懷

---

25 〈旗山廢壘懷古〉（1923.3），《賴和全集》（五），頁409。

疑」,其實賴和豈會不知,正因清兵非臺灣人,對臺灣並無生死與共的情感,自不能付出生命保臺,也可知清廷對臺灣並不重視,故輕易割棄臺灣。以旗山對臺灣的重要性,一旦棄守,豈有不敗之理?結段賴和再以日薄西山、杜鵑啼血來表達他內心的無限傷情,令人讀來不勝唏噓。緬懷歷史興衰之餘,可知賴和心中對清朝輕易割臺予日的感憤極深,若清廷不重視臺灣,清兵不爲臺人而戰,那麼誰才能眞正愛臺灣?願爲臺灣犧牲生命?

　　一九二四年,賴和再度來到赤嵌樓,感慨深切,故賦詩云:

> 人間換劫樓猶在,肺腑含酸淚交迸。……鯤身鹿耳潮不來,無復樓船破浪至。一轉雙丸四百年,荷蘭事久人競傳。……歷歷興亡指顧間,悠悠世上衣冠易。莫將狡獪賺牛皮,天命料非揣測知。……[26]

　　鄭氏的草雞霸業已是陳跡,[27]指顧間歷歷興亡,悠悠世上幾度改易衣冠,人事遷流,世代變異,令人唷嘆。賴和認爲明鄭之所以滅絕,乃因兄弟內鬥,鄭氏王朝缺少英明的領導人,導致王朝岌岌可危,只得投降清廷。[28]這應提醒了賴和團結的

26　〈赤嵌樓〉(文英社箋)(1924.1～2),《賴和全集》(五),頁428。
27　傳說明崇禎年間,廈門有一僧人發現古瓦一枚,上刻「草雞夜鳴,長耳大尾,干頭銜鼠,拍水而起,殺人如麻,血成海水,起年滅年,六甲更始,庚小熙曝,太和千紀。」等四十字。雞是「酉」,酉加上草字頭,大字作尾,有長耳是「鄭」字,干頭即十干之首「甲」,鼠相當於「子」字,預言了鄭芝龍於天啓3年、甲子3年於海上成爲群盜出現,其次,於距離前甲子60年,即康熙22年完全平定臺灣全土。參考范純甫主編,《臺灣傳奇·歷史傳說(一)》(臺北:華嚴出版社,1996.8),頁307。
28　〈臺南雜感〉(1923.3)詩云:「人悲克塽心先死,我惜鄭經命不長。」、〈弔延平郡王〉(1923.3)詩云:「人怪施琅猶有後,我憐克爽竟亡兄。」,《賴和全集》(五),頁405-407。

重要，所以日後他在社會文化運動中，扮演的一直是中立協調的角色。[29]再者，賴和詩中表達他盼望出現鄭成功般的英雄，來趕走日本殖民者的期望，也以狡獪的荷蘭人牛皮借地的欺詐終有不良下場，來暗喻日本殖民政權，早晚會和荷蘭殖民者的命運一樣。

對於治臺極有功勳並抵抗法軍侵臺的劉銘傳，賴和曾作〈劉銘傳〉（1922）[30]與〈吳下何人識阿蒙〉（1922）[31]二詩紀念，詩中對劉銘傳治臺的功績多所讚譽。〈文天祥〉詩云：

> 江山半壁眼中亡，胡馬南來勢莫當。不忍衣冠淪異族，散將聲妓事勤王。空坑軍敗心逾奮，柴市人來血尚香。天地祇今留正氣，浩然千古見文章。[32]

文天祥是改朝換代之下，盡忠不事異族的民族英雄，即使為扶主而散盡家財，軍敗亦不改其奮勵之志，同為亡國之民，賴和作詩讚頌文天祥，可知其心有戚戚焉。

由於臺灣是移墾社會，過去清廷治臺，政策一旦失宜，便極易引起變亂。在清領時期的二一二年間，前後發生過七十多次的謀反事件，平均約三年一次，故有「三年一小反，五年一大亂」的俗諺。在眾多民變中，康熙六十年的朱一貴事件、乾

---

29 賴和在所參與的社會與政治活動中，身分一直是關心政治的文化人，而非完全受意識型態支配的政治人，因此能同時在分裂後的新文協與臺灣民眾黨兩派間活動，被左右兩翼的政治運動者同時接受，保持原則與彈性，支援了兩翼抗日的陣營，具有調節左右衝突的功能。此說法首先由林瑞明提出，詳見氏撰〈賴和與臺灣文化協會〉，收於《臺灣文學與時代精神》（臺北：允晨文化，1993.8），頁240-251。

30 〈劉銘傳〉（1922），第1回徵詩第2名，原載《臺灣》3年3號（1922.6.12），《初編》，頁242。

31 〈吳下何人識阿蒙〉（1922），第1回徵詩第13名，原載《臺灣》3年3號（1922.6.12），《初編》，頁243。

32 〈文天祥〉（1923），徵詩發表第10名，原載於《臺灣》4年1號（1923.1.1），《初編》，頁243。

隆晚期的林爽文事件、同治初年的戴潮春事件最具代表性，故被稱爲清代臺灣三大民變，賴和對民變看法如何？其詩云：

牛皮借地難傳信，鴨母稱王亦豈眞。唯有白川遺跡在，榕陰綠護十家春。（〈臺南雜感〉之三‧1923.3）

詩中對鴨母王朱一貴的傳說，雖云「亦豈眞」，然而末兩句以現存的北白川宮親王遺跡，點出目前臺灣處於日本殖民統治之下的事實，頗有今昔對照的感嘆之意。另一首詩〈長日〉云：

長日無聊只欠伸，南風薰我意神神。眼皮欲合強張起，庭外新蟬似喚人。四城空見此門留，築有因來拆有由。三月重圍猶苦守，一彈擊廢竟難修。（戴潮春之攻，三月不破，日軍到時一彈便陷，噫，何相差之甚！）

淒涼古蹟憑誰弔，劣敗遺蹤見自羞。（原爲「兩字鎮東今尚在」。）我是無憂年少者，行過不禁自低頭。（原爲「今日鎮東門外路，我是新朝牛馬士」。）[33]

其詩中附註對於臺灣人在乙未割臺之際，一遇日軍便失陷，比諸戴潮春之攻時的三月不破，相差甚多，令人欷惋！第二首詩則云彰化城門被拆之事，[34] 仍是探今昔比較，臺灣此時成了日本殖民地，連古蹟亦不得留存，比之昔日，賴和原詩意「我是新朝牛馬士」，則喻人民過著有如牛馬般的生活，更能

33　〈長日〉，《初編》，頁256。
34　〈城〉，《全集》，頁329。

表達賴和內心深切哀痛。

「戴萬生之亂」即清代臺灣三大民變之一的「戴潮春事件」，發生於清朝同治元年（1862），前後歷時三年，是臺灣民變持續最久的一次，賴和詩云：「戴潮春亦一時英，驀地干戈起不平。」（〈讀臺灣通史十首〉）（1920.8～9）[35]不僅不以叛賊視之，反而站在人民的立場，將戴潮春視為豪傑。「我厭陳三柏，人憐戴萬生。」（〈月琴的走唱〉）（1924.3～4），[36]對戴氏抗清失敗頗為欷愴，並明顯持肯定立場。[37]

綜合上述，可得出以下結論：

第一，由賴和詩中再三稱頌：「誰使英雄終有恨」（〈秋日登日光岩絕頂〉）（1918秋）、「不信芝龍為豪傑，咸知有子是英雄。」[38]、「命世英雄不偶生」（〈弔延平郡王〉）（1923.3），可知賴和眼中對鄭成功的高度肯定，如同其詩云：「迨我延平經營始，漢人屯植勢以強。神州陸沉明社屋，海外扶餘猶可王。富教兼施政略舉，撫番禦寇武維揚。」[39]對明鄭能在海外找到「復興基地」而加以建設予以肯定；亦賦詩讚頌善於治臺的劉銘傳。賴和對二者均給予高度肯定，係以臺灣本土意識的觀點，站在臺灣人的立場與眼光來評量歷史人物，並產生即使在困阨中，也能因努力建設臺灣，而使其成為富強之所的想法。

第二，「空負臺澎跨兩島，遑云金廈扼孤城。」（〈弔延平郡王〉）明鄭雖占地利，卻缺乏「人和」的條件，首先是

---

35 〈讀臺灣通史十首〉（1920.8～9），《初編》，頁254。
36 〈月琴的走唱〉（1924.3～4），《初編》，頁84。
37 由於家族淵源，賴和對「戴潮春事件」甚為關心，還曾數度請民間吟遊詩人唱〈辛酉一歌詩〉加以記錄，可得知賴和對此事的心理感受，詳見筆者〈賴和漢詩的主題思想研究〉碩士論文第一章。
38 〈石井〉（1919春至夏間），《初編》，頁225。
39 〈旗山廢壘懷古〉（1923.3），《初編》，頁246。筆者按：這段詩句來自賴和手稿，並且被刪去。

鄭芝龍、鄭成功父子不合，再者鄭經與鄭襲叔姪爭鬥，又有鄭克墜與鄭克塽兄弟鬩牆，克塽又幼弱無能，導致部屬明爭暗鬥，民心離散，這是明鄭滅亡最重要的原因。表示賴和除了觀察到臺澎金廈的重要戰略位置之外，也明白了島民同心一致，勿生隙裂的重要性。

第三，賴和在漢詩中歌頌明鄭王朝與戴潮春等抗清者，並對反抗者的失敗極為欷憾，言下之意若鄭氏能保其世系，或者戴潮春等抗清成功，臺灣或許不致因受清朝統治而淪入日本帝國之手。賴和也在詩中讚頌臺灣人的反抗性格，實有倡反之意，明鄭「反清復明」的宗旨，亦給予了賴和一些省思，見諸於臺灣歷史，在在提醒臺灣人，不要被不合理的制度壓榨，就殖民地臺灣而言，「反抗」，正是唯一可脫離殖民地命運的方式。

三、知「中國」之不可憑

本文第二小節「對歷史的反思」，已論證出臺灣人要脫離殖民統治，唯有起而反抗，但卻有實際上的難度。單憑臺人的武裝起義不足以抗日，因此轉而推展文化啟蒙，以文學、社會、政治抗日運動取代。依日治時期的實際社會狀況，臺灣處於殖民政權的壓迫之下，尚不足以與日本政府抗衡，若要抗日，是否有可能依賴中國的協助？依第二小節論證，其實賴和應已有所自覺，臺灣並無「靠山」，然而他內在深具的漢族思想，又使他對中國懷抱希望，前往中國前後，賴和的想法是否有所轉變？筆者擬於本節探討之。

就文化上而言，賴和等日治時期大部分的知識分子，對中國都懷有一定程度的嚮往，賴和曾在自傳式小說〈彫古董〉中

彰化學

自述有「遺老的氣質」，對漢學下過工夫，傾向中國的精神文明。王曉波認爲賴和詩中不時表現出「故國之思想」與「亡國之哀」，[40] 這跟賴和的民族意識有很大的關聯，其〈登樓〉詩云：

> 一樓柳色晚晴天，放眼閒憑夕照邊。滿路泥濘沒車馬，遠山雨後生雲煙。半江水漲春潮急，萬頃風平麥浪鮮。如此江山竟淪沒，未知此責要誰肩。[41]

醫生行醫濟世的理想便是使人「恢復健康」，「復元會」取意便是如此，在〈登樓〉詩中所登的樓，即「復元會」時常聚會的太平町江山樓，詩中含「江山樓」三字，與詩末結語的

---

40 王曉波，〈臺灣新文學之父──賴和與他的思想〉，《初編》，頁119。

41 〈登樓〉（1910～1912）有五稿，在詩末兩句有所不同，此處爲便於討論，出處均引自《賴和全集》（四）。爲明各稿詩句變化與先後順序，以下針對5種稿本比對，列表如下：

一稿	卷二，頁31 卷六，頁190	如此江山竟淪沒，未知此責要誰肩。	鋼筆字，西式筆記
二稿	卷七，頁208	王璨昔曾留感慨，文人淪落亦堪憐。	行草，中式直行紙
三稿	卷五，頁170	寂寞擬窮千里目，目窮轉覺意悽然。	鋼筆字，中式稿紙
四稿	卷四，頁131	千里望窮空有恨，半生淪落更誰憐。	楷書，中式賴賢湧用紙
五稿	卷八，頁248	如此江山多美麗，陸沉有責要誰肩。	行草，黑框詩箋

對照手稿字跡，「卷二」的字跡較潦草並有修改痕跡；「卷七」用行草，字跡亦潦草，其餘都是極爲整齊的謄抄本，可知「卷二」是第一稿，「卷七」可能是第二稿。「卷五」用楷書抄寫，字跡整齊但仍有修改，「卷四」與「卷八」的毛筆字甚整齊，後者且是以極優美的行草謄抄之，且未經修改。據此判斷五稿的先後順序。由上表可知，賴和此詩末兩句一再修改，二、三、四稿詩歌意境都在感嘆文人淪落的蕭條寂寞。唯第一稿與第五稿特別強調江山淪沒之悲。

蒼涼憤慨，亦提示了「復元會」的宗旨。[42]因此我們可以這樣說，由於對漢文化的嚮往與漢民族的血緣關係，早期又受漢學教育影響，使賴和有遺民思想，所以在早期的漢詩中隨處可見遺民之思。賴和〈斷髮有感〉詩云：

> 漫學文明斷髮毛，翻來花樣更風騷。可憐受之予親者，卻使他人下剪刀。[43]

一九一〇年大稻埕區黃玉階倡導風俗改良運動，組織天然足會、斷髮會，杜聰明斷髮，賴和是否也在此際斷髮？他和友人共有〈斷髮有感〉四首，第一首是賴和所作，其餘三首分別爲石錫烈、黃文陶、詹臨川所作。他們不但是小逸堂詩友，也是臺北醫學校同學，此詩作於一九一三年左右，當時賴和仍在醫學校就讀，因此較有可能是一九一三年左右才斷髮。[44]由詩意看來，賴和仍存有「身體髮膚受之父母，不敢毀傷」的傳統儒家思想。同樣的，石氏詩云：「體思幾載專珍重，一旦偏將下剪刀。」黃氏詩中云：「雖云鍊汞修仙道，卻是洋人假轉丹。」可知當時他們的態度仍有強烈的漢族思想，受漢文化意識影響極深，嚮往中國也是自然之事。賴和曾經直接表示對斷髮的看法：

> 在我當時的意識裡，覺得沒有一條辮子拖在背後，就不像是人。

---

42 見林瑞明，〈賴和與臺灣新文學運動〉，《臺灣文學與時代精神》（臺北：允晨文化，1993.8），頁 11-14。林氏提出 7 點論證，證明賴和與復元會或同盟會有所淵源，文中已有詳細析論，於此不再贅述。
43 〈斷髮有感〉（約 1913 年左右），《賴和全集》（四），頁 236。
44 林瑞明所編〈賴和先生年表〉，推測賴和可能是 1910 年斷髮。

頭鬃呢？還幸保留得住，無人來為干涉，也就讓我留下人的表幟，……臺灣人先生九分九，也還珍惜地保留著，貴重地拖在背後。[45]

他認為「剪髮」是件不得了的大事，不可隨便剪去，因為「頭鬃是人的表幟」，當時的臺灣人先生幾乎是視髮如命，由此可知，早年的賴和深具漢民族意識。

臺灣人民處於日本殖民統治之下，爭取權利困難，[46]那麼祖國——中國究竟可不可憑？賴和於一九一八至一九一九年間，懷著對祖國的嚮往前往廈門博愛醫院就職，然而，看到中國大陸的現況，才發現「祖國」已經滿目瘡痍，蠹病方深，其〈同七律八首〉詩云：

> 茫茫大陸遍瘡痍，蠹病方深正待醫。蠢豕直成真現像，睡獅猶是好名詞。[47]

賴和以蠢豬來比喻當時社會現象，認為比用「東亞睡獅」來比喻沉睡中的中國還來得貼切；官吏則是草菅人命：「錯把生民作草菅，醫貧醫病兩維艱。誰令吾輩無知覺，敢以人群付等閒。」（之三）見此離亂情景，使他不禁感嘆「乘風非有中原志，聞笛寧無故國情。」（之五）時局使然，中國當時正陷於內憂外患的時期：「多端國事因邦交，焉得晨鐘到處敲。世界潮流狂莫挽，吾人血淚枉輕拋。」（之八）此時的中國正處

於戰事頻仍時期，外有邦交之困、內有軍閥割據，戰雲籠罩了全中國。賴和又在廈門見到同為漢族的臺灣籍民，仗勢欺負同胞，使賴和發出「此地居民參胡羯，不知誰是主人翁。」（之二）同根相煎的感慨。賴和懷抱著崇高理想前往中國，見到中國現狀，他的失望可想而知。然而其中仍有重要的啓示：

> 牛馬生涯經慣久，一聞平等轉添憂。此間建立平和柱，幾次人間碧血流。
>
> （註：漳州公園為陳炯明所建，中立一柱，四面鐫自由、平等、平和、博愛等字，皆革命先輩手書。）[48]

見到漳州公園所遺留下來的革命先烈手書平和柱，賴和記下此事，表示他已思考到要獲得「平等」與「和平」，得先付出血的代價，賴和一生中堅持「滿腔碧血吾無吝，付與人間換自由」，不計代價為追求自由平等犧牲一切，此行必給予他一番省思。

一九一八年八、九月間，賴和在廈門鼓浪嶼時，對社會現象所做的觀察，令他極為失望，〈廈門雜詠〉詩云：

> 層樓壓海氣崢嶸，曉色朦朧市有聲。萬國旌旗迎日展，千家燈火燭天明。安危無責中華吏，秩序專須印度兵。風鶴不驚宵不警，笙歌惟此是昇平。（之一·租界地）
> 萬家煙突幾家生，破屋斜陽戶不扃。零亂瓦磚餘劫火，流離骨肉感飄萍。數聲野哭雲沉黑，滿眼田荒草不青。匪患初安兵又到，一村雞犬永無寧。（之二·鄉村）

---

48 〈漳州雜詠〉（1918.8），《賴和全集》（五），頁 382。

樓臺歌吹徹宵聞，到處淋漓酒氣醺。鄉自溫柔人不寐，朝
看作雨暮行雲。民間憂患知何似，世上賢愚至此分。且輦
黃金買歡樂，望高石下夕陽曛。（之三・夕陽寮）

對拳百戰日能堪，歌舞當場笑語酣。料得心關時事切，醉
中猶自說平南。（之四・將校）

三載征衣尚血斑，國家多事死尤艱。卻從百姓抽來稅，孤
注摴蒲一擲間。（之五・軍士）

年來政簡任高眠，治法惟明處罰篇。畢竟此才堪亂世，四
民愛戴日呼天。（之六・文吏）

交際場中妙譽馳，應酬有訣各能知。四環麻雀三杯酒，一
口官腔兩首詩。（之七・紳商）

強敵眈眈迫四鄰，豈容吾輩作閒人。五分鐘熱休相笑，許
國焉知更有身。（之八・學生）

門牌國籍註分明，犯禁公然不少驚。背後有人憑假借，眼
中無物任縱橫。[49]

　　詩之一，云外國人居住的租界地由印度兵所管，治安良
好，歌舞昇平；之二，則又將眼光放到被中國人所管理的鄉
村，卻是雞犬不寧，一片寥落景象；之三至之七，對照到富
豪、軍官、將士、文吏、紳商等奢侈淫靡荒蕩的生活，更令賴
和憤慨萬千，即使年輕學生，做事亦是五分鐘熱度，他在廈門
完全看不到希望，更有那假借特權之人，仗勢欺人，廈門的社
會現象，只讓賴和失望倍增，徹底幻滅。觀當時中國情況，賴
和詩云：

亂世奸雄起並時，中原殘局尚難知。茫茫故國罹烽火，颯颯西風隕舊枝。萬里客懷傷寂寞，百年大局費支持。亞歐變幻良宵月，定入樽前感興詩。[50]

中國到處軍閥猖獗，烽火遍野，亞洲與歐洲時局變幻難測，卻只能徒懷傷情，賦詩感慨：「莽莽神州看陸沉，縱無關繫亦傷心。迴天有志憐才小，填海無功抱怨深。」（〈中秋寄在臺諸舊識〉之二·肖白先生），第二句「縱無關繫亦傷心」表示賴和認爲在現實狀況下，中國與臺灣已實不相關，然而基於同爲漢民族的血緣，賴和亦爲之傷心憂慮，故詩云：

即今無地可埋憂，烽火交加五大州。（〈中秋寄在臺諸舊識〉之四·1918.9.19）

不信神州竟陸沉，妖雲冪冪晝常陰。（〈和笑儂君惆悵詞錄〉之一·1920）[51]

放眼中天占氣象，妖雲黯黯遍神州。（〈和笑儂〉·約1921）[52]

袖裡乾坤傷迫仄，眼前故國嘆沉淪。（〈送盧谷君之大陸〉·1923.9～10）[53]

悲嘆故國沉淪，無地埋憂，賴和關心中國極甚。他在廈門看到出家人的媚世卑鄙（〈仙洞〉）；佛家清淨地被富人當作遊樂場所，飲酒賭博（〈白鹿洞〉）；南洋客連自築的廈屋

---

50 〈中秋寄在臺諸舊識〉之一，（古月吟社諸公）（1918.9.19），《賴和全集》（五），頁385。

51 〈和笑儂君惆悵詞錄三首〉之一（1920 秋），《賴和全集》（五），頁325。

52 〈和笑儂〉（約1921），《賴和全集》（五），頁509。

53 〈送盧谷君之大陸〉（1923.9～10），《賴和全集》（五），頁417。

都不敢居住，而遠去外洋，這都因官府剝奪，無賴親族侵擾，可見其治安之差（〈曾厝鞍〉）；貧民繳不起巨額米糧供給軍需，多數人只好離鄉而去，使一村零落，人口稀少（〈由洪厝坪而龍鬚亭觀土橋〉）。[54]一九一九年間，賴和來到泉州、同安等地，然而看到的情形亦令他失望，尤其是看到同安市上公然為人注射嗎啡，更令賴和驚怖悲痛：

> 人病猶可醫，國病不可醫。國病資仁人，施濟起垂危。今無醫國手，坐視罹瘡痍。禹域四百州，鴉片實離離。無賢愚不肖，嗜毒甘如飴。沉痼去死近，惘惘誰復知。又嫌費吐吞，倩人注射之。受毒日以深，轉喜得便宜。四體針既遍，癥結成蛇皮。受者滋感悅，我淚滂沱垂。作俑而有後，天道益堪疑。[55]

見到中國人公然以注射方式解毒癮，癮者四肢結痂如蛇皮，令他憤怒慨嘆大道堪疑，國家與社會已病入膏肓了。離開廈門歸臺，賴和的心情沉重萬分，〈歸去來〉詩云：[56]

> 擾擾中原方失鹿，未能一騎共馳逐。歐風美雨號文明，此身骯髒未由沐。雄心鬱勃日無聊，坐羨交交鶯出谷。十年願望一朝償，塞翁所得原非福。渡海聲名憶去年，春風美酒滿離筵。此行未是平生志，誤惹傍人豔羨仙。酬世自知才幹拙，思鄉長為別情牽。一身淪落歸來日，松菊荒蕪世

---

54 〈仙洞〉、〈白鹿洞〉、〈曾厝鞍〉、〈由洪厝坪而龍鬚亭觀土橋〉等詩，《賴和全集》（五），頁390-391。

55 〈於同安見有結帳慷於市上為人注射嗎啡者趨之者更不斷〉（1919春～夏間），《賴和全集》（五），頁393。

56 〈歸去來〉（1919.7），《賴和全集》（五），頁394。

亦遷。詩壇寂寞嘯霞死，風流太守長致仕。市人趨利日奔馳，故舊成金多得意。鏡前自顧形影慚，出門總覺羞知己。飽來抱膝發狂吟，篋底殘篇閒自理。

賴和感嘆自己來錯了廈門，眼見擾擾中原，自己未能有所貢獻，一償十年宿願，卻換來一身淪落，滿腹惆悵，回臺之後，更是故舊零落，景物全遷，詩云：「故國相思三下淚，天涯淪落一庸醫。此行祗爲虛名誤，失腳誰能早日知。」[57] 由以上賴和的漢詩中，我們也可看出他對「祖國」的看法，正在轉變中。「回思去國十年前，蹭蹬強謂他人父。」[58] 可知賴和把日本當作外族，不得已只好淪爲其屬民，更清楚地劃分了中國與日本在他心中的差異。

日治時期的臺灣知識分子雖具有所謂的「祖國意識」或「唐山意識」，例如雖不會中國語文，卻仍嚮往中國文物制度；但臺灣知識分子亦在日本殖民體制之下，接受了近代化的洗禮，例如資本主義的崛起、法治與人權觀念的建立、民主自治的追求等，因此論者認爲其祖國意識的內容，只是對中國文化上的一種孺慕與嚮往，且在經濟內容與政治危機意識上而言，與當時的中國人亦有極大區別，[59] 基本上這樣的看法是正確的。

賴和心中帶著對「祖國」的嚮往，前往廈門，卻滿懷失望回臺。在孫中山先生逝世後，賴和曾於一九二五年四月三日作〈孫逸仙先生追悼會輓聯〉，可知他對「祖國中華」的命運仍然極爲關切，：

57　〈得敏川先生書及詩以此上復〉（1918.8～9），《賴和全集》（五），頁384。
58　〈偶成〉（1923.10），《賴和全集》（五），頁420。
59　見陳芳明前揭書，《探索臺灣史觀》，頁16。

　　中華革命雖告成功依然同室操戈一統雄心傷未達
　　東亞聯盟不能實現長使天驕跋扈九原遺恨定難消[60]

　　並於輓聯後，又作一輓詞云：「使我們曉得有種族國家，明白到有自己他人，這不就是先生呼喊的影響嗎？……先生的精神久嵌入在四萬萬人，各個兒的腦中。使這天宇崩，地軸折，海橫流，山爆烈，永劫重歸，萬有毀絕，我先生的精神，亦共此空間，永遠永遠地不滅。」[61]賴和強調「我先生」，可知賴和對孫中山先生的推崇欽敬，在此亦可得知，即使從廈門回臺後，雖對中國極為失望，然而賴和的漢族與祖國意識仍十分強烈。

　　前述析論，可知賴和有漢族意識，所以早期的漢詩中隨處可見遺民之思。對臺灣人來說，滿清雖是異族，但對漢人而言，日本人更是十足的異族。臺灣人與中國人雖有分別，與日本人則有更大的隔閡。然而，賴和前往中國大陸後，對他影響甚深，使他對中國失望，覺得不能再依賴中國、妄想烽火中自顧不暇的中國來解救臺灣人民的痛苦，因此必須重新思考臺灣的命運。由時間上看來，賴和真正對中國失望，應該是一九二七年，左右翼兩種意識型態正式分裂之後。[62]至於如何開始轉變以臺灣為主體的思考，將在第四小節探討。

60　〈孫逸仙先生追悼會輓聯〉（1925.4.3），《賴和手稿集》「新文學卷」，頁620。
61　〈輓詞〉（1925.4.3），《賴和手稿集》「新文學卷」，頁621。
62　游勝冠，《臺灣文學本土論的興起與發展》（臺北：前衛，1997），頁32-36。

四、對臺灣命運的思考

（一）臺灣意識的啓發

　　所謂的「臺灣意識」，本文採取的觀點，包括了臺灣本土意識、臺灣人意識、臺灣獨立意識；其認同的主體，則包涵了對土地、歷史、文化、風俗、習慣與政治上政權的認同。[63]賴和詩云：「頭顱換得自由身，始是人間一個人。」[64]廣義而言，這種「人」的思考，來自他的人道思想，強調能「做成一個人」，有身爲「人」的尊嚴，極其重要。[65]狹義來講，在日治時期，當時那般複雜的政治環境與文化氛圍之下，生長於臺灣的「人」，就有著歸屬的問題，免不了要去面對「認同」的矛盾。在政治上，臺灣屬於日本統治之下的殖民地；在血緣上，臺灣又承繼了數千年的漢文化傳統，究竟「臺灣本島人」，在國家、文化認同上何所歸屬？這在賴和的思考中應當是一個很重要的問題。

　　就政治而言，當時臺灣屬於日本殖民地，種族歧視極爲嚴重，臺灣人被稱爲「本島人」，與日本人（稱爲「內地人」）差別待遇極大。賴和曾在〈高木友枝先生〉一文記錄後藤新平來醫學校演講時的大意，[66]表示賴和在醫學校時代便已開始思

63　關於日治時期臺灣新文學運動中的臺灣意識，可參閱林倖妃，《日據時代臺灣新文學運動中的臺灣意識與中國意識》（東吳大學社會學研究所碩士論文，1994.6）。本文採取的臺灣意識觀點亦參閱了此文，頁 18。

64　〈飲酒〉（1924.2～3），《賴和全集》，頁 432。

65　關於賴和的人道主義思想，請參閱筆者〈賴和漢詩的主題思想研究〉，碩士論文第三章的詳細討論。

66　〈高木友枝先生〉，收於《全集》，頁 265。文中記錄後藤新平來醫學校演講時的大意：「本島人諸君，要自己省察，我們只有二十餘年，對於帝國盡忠誠的歷史，內地人已是有二千餘年歷史，所以不應奢望，若權利待遇，有些不似內地人，不宜就說不平。」賴和並云：「向來我們大家都以爲是浴在一視同仁的皇恩之下，不感到有何等的差別，經過後藤的一番訓誡，才會自省，就中也就多少生出議論……」可知他已開始思考本島人與內地人之不同。

考臺灣人與日本人的不同，之後到嘉義實習，也在〈阿四〉[67]
一文中多方闡述，臺灣本島人其實是「日本臣民」，即二等國
民、奴隸，與「內地人」有種族的分別；並詳述了臺、日醫生
的不平等待遇，文中一再稱日本人是「支配者」，雖然政治上
受日本人統治，然而賴和清楚地意識到臺灣人絕不等同於日本
人。[68]

就地理上而言，賴和〈歸去來〉[69]詩云：「冥蒙穢毒神所
棄，復為擯之東亞東。四顧茫茫孤島嶠，昂頭無隙見蒼穹。」
詩中認為臺灣是一座被天神棄於東亞之東的孤島，這與吳濁流
「亞細亞的孤兒」有異曲同工之喻。賴和又稱臺灣為「美麗
島」[70]，認為美麗的臺灣乃先民心血培注，驅逐番人而開闢，
詩云：

> 驅逐兇番闢草萊，江山如此信誰開。肥肥禾麥垂垂粟，盡
> 我先民注血培。[71]

賴和有一篇單張手稿，其中一面如此寫著：「美麗的臺灣
／我們的臺灣／這一片江山／不知開自何年／吾們的祖先／墾
闢盡田土／驅逐去生番／被煙瘴所侵害／為蟲蛇所傷殘／駢首
怕要成山／流血想也成川。」[72]賴和強調「我們的臺灣」，又
云臺灣是「吾們的祖先」所開闢，上述所云明顯是站在漢族的

67　〈阿四〉，收於《全集》，頁331-338。
68　從賴和批判日本殖民體制的詩作便可清楚了解這一點，請參閱筆者〈賴和漢詩
　　的主題思想研究〉，碩士論文第四章，此處不再贅述。
69　〈歸去來〉（1919.7），《賴和全集》（五），頁394。
70　〈代諸同志贈林呈祿先生〉詩云：「美麗島上經／散播了無限種子／自由的花
　　平等的樹／專待我們熱血來／培養起。」（1924），《賴和全集》（二），頁
　　36。
71　〈讀臺灣通史十首〉之一（1920.8～9），《賴和全集》（五），頁321。
72　〈臺灣〉這段文字未命名，寫於「臺灣民報社原稿用紙」所寫的〈但現在的曆法〉
　　一文背面。《賴和全集》（二），頁185。

立場，臺灣固然不是日本人的，也不是中國人的，當然是「我們臺灣人」的；那「臺灣人」意指為何？在同樣這張手稿的另一面，賴和稱呼原住民是「住在山內那些我們的地主」，文中並有尊重原住民的文化之意。[73]〈石印化番〉詩云：「……誰知我亦天孫裔，未甘長做漢人隸。牛馬生涯三百年，也應有會風雲際。……」[74] 詩中記錄了臺灣自有漢人移民以來，漢番間的衝突與和解，對原先居於平地的番人被漢人趕至高山，又被欺壓充做奴隸的歷史，有著高度的同情。綜合上述，賴和既認為臺灣是先民所開闢，又尊稱原住民為「我們的地主」，可見賴和認為兩者差別只在於先來後到，既是同樣生活於臺灣島上的住民，都可以說是「臺灣的主人」。因此，賴和強調臺灣人應有所自覺，並以在精神界墾荒為自己的責任：

> 吾們臺灣的地皮，在三百年前經過我先民開闢，現在雖有豐樂的現象，做子孫的我們，因環境的關係，腦中還（在）是荒蕪著，多數的人們總沒有自覺著生命之有價值，卻都挨著生活的痛苦，沒有曉得人生的趣味，不能享著當然的幸福，所以精神界的墾荒，那責任不是在現代的我們嗎？[75]

---

73 手稿中有段文字云：「但現在的曆法，在我的知識程度裡，曉得有回、中、西三種，尚有住在山內那些我們的地主，也有他們一種曆法，這說是野蠻的慣習，人們不貽與承認，在他們的社會裡，卻自奉行唯謹。」此段文字用「臺灣民報社原稿用紙」所寫，另一面是〈美麗的臺灣〉，可能是隨筆〈忘不了的過年〉，《臺灣民報》138 號，（1927.1.2）的其中一段草稿，因為筆者對照兩文，與後者第六段類似，可參《全集》，頁 217。

74 〈石印化番〉（約 1922.2），《賴和全集》（五），頁 372。詩前並抄有〈譯番歌二曲〉，且用日文假名加以記音，可知賴和雖不用日文創作，但不排斥用日文記音。

75 〈吾們人要伸展個性〉（約 1925.1），未註明創作日期，因手稿之後有一篇〈○○先生康健〉的文章，註明是 1925.1.15 作，判斷約為同時期之作，《賴和手稿集》「新文學卷」，頁 507。

　　賴和的臺灣人意識，是透過日本、中國的認知網絡觀察世界上的其他國家，而非局限於一隅的島國：

> 我們臺灣山川泉石，草木蟲魚，多有世界的位置的，試問人物文化怎麼樣呢？在前時代已不能比及祖國的中華，到現時代自未得比並上邦的日本，那末我們要長做臺灣的臺灣人就沒有話說了，若是不然，請大家合同協力奮發起來罷。[76]

　　此文作於一九二五年左右，值得注意的是，賴和以中國、日本和臺灣三者的人物文化相提並論，鼓勵臺人超越中日，並應具有世界觀。文中並以「祖國的中華」稱呼中國，可知此時賴和雖然已有臺灣人意識，亦深具祖國意識，在臺灣的民族運動中，將祖國放置於臺灣解放的構想中，故會呈現強烈的祖國意識。另外由上文可知，賴和認為臺灣人應以做一個胸襟廣大的世界人為目標，而非僅臺灣一島之人，由此可看出賴和不獨在臺灣文學上有世界主義，在臺灣人的意識上，亦持有世界主義的觀點。

（二）臺灣自主性的思考

　　賴和漢詩中，對於臺灣歷史的評價，顯示他的臺灣意識，在本文第二節中已有討論，然而直接提出臺灣自主性的問題，則是作於一九二〇年八、九月間的〈讀臺灣通史十首〉之七，這也是賴和詩中第一次正式出現「臺灣獨立」的字眼。此時距離賴和一九一九年七月從廈門返臺剛好差不多一年，前述賴和

76　〈吾們人要伸展個性〉（約 1925.1），《賴和手稿集》「新文學卷」，頁 508。

到過中國後，其祖國意識產生了變化，因為中國現狀正是內憂外患，自顧不暇，賴和所觀察到的現象亦令他極為失望，中國既不可憑，那讓賴和的思想有何轉變？今將〈讀臺灣通史十首〉（之七）[77]此詩表列如下，以便析論：

原作	旗中黃虎尚如生，國建共和竟不成。天限臺灣難獨立，古今歷歷證分明。
改作	旗中黃虎尚如生，國建共和怎不成。天與臺灣原獨立，我疑記載欠分明。

「旗中黃虎」指的是臺灣民主國的藍地黃虎旗，賴和在此詩的第二至四句中，分別做了修改，由上表觀之，詩歌原作，賴和重點在感嘆臺灣民主國，建立共和制度竟告失敗，不禁深思可能是上天限制臺灣難以獨立，因為由歷史上看來，臺灣始終擺脫不了被外族統治的命運。然而修改之後，第二句由「竟不成」到「怎不成」，則有心境的轉折；第三句由「天限臺灣難獨立」到「天與臺灣原獨立」，更是相差懸殊，賴和認為上天本來就給予了臺灣獨立的空間與機會，獨立共和建國怎會不成功？令人費解！故懷疑歷史記載有欠分明，可知賴和為臺人建國不成而深感歡惋，亦有「臺灣本來就是獨立」的想法，表示賴和認為臺灣有自己的主權，且臺灣的命運應由臺灣人來做主。

之後，賴和開始投入臺灣的文化運動、社會與政治運動，為臺灣人的尊嚴與自由、平等、權利而奮鬥，[78]在參與實際運動的過程中，歷經民族運動與社會主義思潮的衝擊之下，賴和

77　〈讀臺灣通史十首〉（1920.8～9），《賴和全集》（五），頁322。

78　可參閱林瑞明，〈賴和與臺灣文化協會〉，收於《臺灣文學與時代精神──賴和研究論集》（臺北：允晨，1993.8），頁143-263。

的臺灣自主觀念有了更進一步的開展。一九二四年，賴和因治警事件出獄後不久，寫下〈論詩〉一詩，題目雖是論詩，亦可放在臺灣的角度來思考。詩中云：「鞭策牛馬身，此即自由地。多少嘆息聲，幾許傷心淚。主權尚在我，揮灑可無忌。門戶勿傍人，各須立一幟。」[79] 其中的「鞭策」二句，突顯出了賴和生存的時代與現實處境，標舉出即使受到殖民政府牛馬般的壓迫與欺凌，只要不放棄一絲希望，仍有可能擺脫時代環境的限制。「主權」二句，則顯現賴和對前途樂觀，總是用正向思考，一心一意朝追尋臺灣主權的道路前進。

　　賴和閱讀林子瑾〈詠臺灣抗日軍旗〉詩後，另作一詩追懷臺灣民主國，林氏詩云：「一場春夢了無痕，畫虎人爭自笑存；終是亞洲民主國，前賢成敗莫輕論！」[80] 林氏此詩認為臺灣民主國雖告失敗，然而其保衛臺灣的精神及其影響值得後人肯定。賴和詩云：

　　黃虎旗。此何時。閒掛壁上網蛛絲，彈痕戰血空陸離。不是盛名後難繼，子孫蟄伏良堪悲。三十年間噤不語，忘有共和獨立時。先民走險空流血，後人弔古徒有詩。黃龍破碎亦已久，風雲變幻那得知。仰首向天發長嘆，堂堂日沒西山陲。[81]

79　〈論詩〉（1924.1～2），《賴和全集》（五），頁429。
80　林子瑾（1878～？），字少英，號大智、林鵰、林疋，其事蹟見施懿琳、許俊雅、楊翠編，《臺中縣文學發展史》（臺中：臺中縣立文化中心，1995.6），頁122-123。此處所引林氏〈詠臺灣抗日軍旗〉，見王建竹，《臺中詩乘》（臺中市政府，1976.12），頁196。此詩詩題與第三句跟另一版本有出入，收於《櫟社第一集》中的〈瑾園詩鈔〉，詩題為〈詠臺灣獨立軍旗〉，第三句為「畫虎人爭『目』笑存」，見傅錫祺，《櫟社沿革志略》（臺灣文獻叢刊第170種）（南投：臺灣省文獻會，1993.9），頁157。
81　〈讀林子瑾黃虎旗詩〉（1924.3～4），《賴和全集》（五），頁446。

　　詩中感嘆臺灣人在被日本殖民政府統治三十年之後，受到種種不平等的待遇，卻只能噤若寒蟬，不敢再輕易與日本政府正面對抗，「忘有共和獨立時」，這是典型患了被殖民統治後的「歷史失憶症」，賴和重提臺灣民主國的歷史，提醒臺灣人，不要忘記先民曾為保衛臺灣這片土地、為臺灣獨立建國所付出的血的代價，詩中亦再次強調「共和獨立」的重要，與本章第一節歷史的反思部分，遙相呼應，賴和對明鄭時期鄭成功治臺再三肯定，對清末的臺灣民主國亦是如此，由賴和對臺灣在不同時期的獨立自主均加以肯定，可知其臺灣自主性的意識非常強烈。

　　就日治時期臺灣的社會狀況，時代雖然進步，社會也現代化了，但是臺灣人民的痛苦仍沒有解除，賴和〈無聊的回憶〉中云：

　　　　時代說進步了，的確！我也信它很進步了，但時代進步怎地轉會使人陷到不幸的境地裡去？啊！時代的進步和人們的幸福原來是兩件事，不能放在一處併論的喲。（《全集》頁229）

　　看似輕描淡寫，但是寓意極深，可知臺灣的人民仍處於極大的痛苦與不幸當中。觀察社會現狀，臺灣所面臨的問題是日本同化臺人、打壓漢文化的狀況，賴和覺悟到若不走出一個臺灣人的路，不可能脫離殖民地的命運，因此，必須另尋出路，而建立臺灣主體性，正是一條最正確的道路。

（三）臺灣主體性的追求與實踐

　　賴和除了有臺灣自主性的思考之外，也努力實踐臺灣主

體性的追求，其行動主要是推展文化與新文學運動，並且參與
社會運動、支持政治運動、追求臺灣人民的自治與獨立自主；
另一方面，以文學去建立臺灣語言的主體性，藉著採集民間文
學，向民間紮根，並追尋臺灣人的根源，以下分述之。

1. 推展社會文化運動

就推展文化運動方面言，在賴和眼中，臺民多半無知，
如同蔣渭水在〈五個年中的我〉批判臺灣人的話：「我診斷的
結果，臺灣人所患的病，是智識的營養不良症，除非服下智識
的營養品，是萬萬不能治癒的。文化運動是對這病唯一的治療
法，文化協會就是專門講究並施行治療的機關。」[82] 文化運動
的確是賴和投入大量精神與援助的地方，他不僅在新文學運動
上努力，寫文章推動文學，亦曾多次參與「文化講演」，目前
所知至少有以下與演講相關的紀錄：[83]

日期	演講地點與講題
1924.11.8	於文化協會彰化支部通俗學術演講〈對人的幾個疑問〉。
1925.5.7	前往文化協會斗六支部演講〈長生術〉。
1925.9.23	至大甲出席第八回文化演講會，講〈修己律〉。
1925.11.7	前往斗六農村講演會演講。

---

82 蔣渭水，〈五個年中的我〉，《臺灣民報》67號，大正14年8月26日，頁45。
83 此表係依本論文附錄〈賴和先生年表及其作品繫年〉所編定，參考林瑞明編，〈賴和先生年表〉，收於氏著《臺灣文學的歷史考察》（臺北：允晨文化，1996.7），頁158-199。

日期	演講地點與講題
1926.4.13	閩江中學堂校長許紹刪及其夫人於彰化戲園演講，賴和亦出席演講。
1926.8.23	與吳石麟發起「政談演說會」。
1927.8.31	與林篤勳、許嘉種、楊家城等民眾黨員發起政談演說會。
1928.3.9	民眾黨彰化支部舉辦自治制度改革政談演說會，賴和演講〈我們的政治的要求〉。
1930.11.1	文化協會彰化支部舉辦「打倒反動團體鬥爭委員會全島巡迴演講會」，賴和醫院遭日警搜查。
1941	賴和於彰化市政研究發起會紀念演講時，遭到中止處分。

由上表可知，賴和一直致力於社會文化的推行，因爲文化演講最能深入一般百姓心裡，這是爲了提升臺灣人的知識，以建立臺灣主體意識的基礎。

賴和曾作詩答至友王敏川，詩云：「社會方今無思想，專賴先生改造來。」、[84]「一粟蒼溟絕島懸，臺灣今日有青年。」[85]可見臺灣人當中，還是有很多「先知先覺」願意爲臺灣出路想辦法，在〈水源地一品會〉詩中，[86]可看到賴和與志同道合的夥伴，義無反顧地同心爲臺灣議會設置運動努力的心情：

> 意外同心格別多，眼前世事任如何。水源地僻無絲竹，合唱臺灣議會歌。

84　〈書答敏川先生〉（1920.4），《賴和先生全集》（五），頁320。
85　〈平生碌碌〉之五（1923），《賴和先生全集》（五），頁548。
86　〈水源地一品會〉之一（1924.9.13），《賴和先生全集》（五），頁462。

在沒有樂器伴奏下，眾人同聲合唱臺灣議會歌：「世界平和新紀元，歐風美雨，思想波瀾，自由平等重人權，……」，[87] 那是如何慷慨悲壯的一種情懷！賴和自許「落拓人間祇此身，殺身能否便成仁。」[88] 並認爲「同是世間一分子，肯教辜負有爲身。生來職責居先覺，忍把艱難付後人。」[89] 在在表明他爲臺灣奮鬥的決心，亦終身願爲臺灣的文化、社會與政治運動奉獻。

2. 建立臺灣語言的主體性

就建立臺灣語言的主體性而言，賴和對這方面極爲關心。臺灣文學的主體性（Subjectivity），是立足於臺灣人的主體性而言，一九二〇年代的臺灣，漢民族的意識仍然十分強固，中國白話文想在臺灣普及或發展，有實際上的困難。另外，臺灣人已成了日本籍，從小接受日文教育，平常的生活語言則是臺灣話，具有中國白話文說寫能力者極少，[90] 顯示要建立臺灣的主體性，語言問題極其重要。

臺灣語言的主體性，經過了一九二五年的「新舊文學論爭」，張我軍主張改造臺灣語言以接近中國白話文，其「屈話就文」的主張，就文學發展的實際成果而言，未獲普遍認同。一九三〇年八月，黃石輝在《伍人報》上發表〈怎樣不提倡鄉土文學〉一文，主張「用臺灣話做文，用臺灣話做詩，用臺灣

---

87 賴和詩中所說的「臺灣議會歌」指的應該就是「臺灣議會設置請願歌」，刊於《臺灣》第4年第3號。亦可參見周婉窈，《日據時代臺灣議會設置請願運動》附錄4，頁204。
88 〈所感〉（1923），《賴和先生全集》（五），頁404。
89 〈送盧谷君之大陸──附七言律一首〉（1923），《賴和先生全集》（五），頁417。
90 林瑞明，〈自序〉，《臺灣文學與時代精神──賴和研究論集》（臺北：允晨文化，1993.8），頁V。

話做小說，用臺灣話做歌謠，描寫臺灣的事物。」[91] 強調應該用臺灣話寫成各種文藝，並且增讀臺灣話音；且應該描寫臺灣的事物，以勞苦大眾做爲對象，起來提倡鄉土文學，強調臺灣的本土性。以現實立場而論，臺灣是特殊區域，如同黃石輝所云：「臺灣是一個別有天地，在政治的關係上，不能用中國話支配，在民族的關係上，不能用日本的普通話來支配，所以主張適應臺灣的實際生活，建設臺灣獨立的文化。」[92] 強調臺灣語言的特殊性，展開了一九三〇年代初期的「鄉土文學論爭」與「臺灣話文論爭」。

賴和早期的作品以中國白話文爲主，加入臺灣的日常用語，林瑞明認爲賴和的表現方式，是一九二〇年代臺灣文學創作的主流，並預示了一九三〇年代「屈文就話」的臺灣話文派之出現，強調了「寫實」的精神取向，臺灣話文的使用是賴和實踐臺灣主體性的方向之一，[93] 就新文學作品而言，林氏所云可以肯定，漢詩中是否也能看出這樣的方向，則值得再進一步探討。

由賴和作品中，可知他早年即非常關心臺灣話文的問題。就小說創作而言，賴和在一九二六年一月一日公開發表第一篇小說〈鬥鬧熱〉時，便有意識地加入了臺灣口語作爲對白[94]。就初期創作新文學而言，賴和尚未能以臺語直接思考與寫作，而是「先用文言文寫好，然後按照文言稿改成白話文，再改成接近臺灣話的文章。據說也有時反其道而行的。」[95] 王氏末句

91 黃石輝，〈怎樣不提倡鄉土文學〉，收於李南衡編，《文獻資料選集》（日據下臺灣新文學明集 5）（臺北：明潭，1979.3.15），頁 488。
92 同前註，轉引自廖毓文（漢臣），〈臺灣文字改革運動史略〉，《文獻資料選集》，頁 495。
93 同林瑞明前揭書，〈自序〉，《臺灣文學與時代精神》，頁 VI。
94 〈鬥鬧熱〉（約 1925.11 作，此爲林瑞明推測），原載於《臺灣民報》86 號（1926.1.1）。收於《全集》，頁 3-9。
95 王詩琅，〈賴懶雲論〉，《全集》譯文，頁 405。

的「反其道而行」指的可能是晚期賴和已能直接以臺語創作。
李獻璋云：「賴和曾向筆者提及，他在創作之初，先用漢文思考，用北京話寫了之後，再改成臺灣話。」[96] 這當然是因為臺灣口語要轉換成漢字，有時會找不到合適的字可用。雖然臺灣話文有實踐上的困難，賴和卻是最先實踐「以臺語為文」的理想的作家，後來更嘗試全面以臺灣話文創作小說，如〈一個同志的批信〉、〈富戶人的歷史〉。然而，一方面由於對自己運用臺灣話文寫作的要求，一方面由於現實環境使然，一九三○年代，臺灣話文運動開展後未及五、六年，因一九三七年漢文即受禁止，賴和尚未達到他所追求的「舌尖和筆尖的合一」的理想境界，便被迫放棄了以臺灣話文創作新文學。

漢字用臺灣話唸，讀法可分為「文言音」、「白話音」和「訓讀」（Kundoku），[97] 這也會影響臺灣話文的書寫，賴和的隨筆散文中，很早就注意到臺灣話文的音字使用問題。發表於一九二六年一月廿四日的〈讀臺日紙的「新舊文學之比較」〉（1926.1.9）即談及「音字」問題，賴和認為臺灣話文有橫書的必要，而音字併用可以用洋字或注音方式，並以為文章中插有別種文字是進化的表識，[98] 認為「把說話用文字表

---

96 李獻璋，〈臺灣鄉土話文運動〉；林若嘉譯，《臺灣文藝》102 期，頁 155。轉引自林瑞明，《臺灣文學與時代精神》（臺北：允晨文化，1993.8），頁 385。

97 王育德云：「把漢字用做假借字，從唸法來說就是訓讀。訓讀（Kundoku）是日本漢字的一種唸法。」例如：「國」音讀 koku，訓讀 kuni；「山」音讀 san 或 sen，訓讀 yama。但是臺灣話的訓讀其意義用法與日語不同，可以說是「用方言翻譯借自中央的漢字。」參考氏著，黃國彥譯，《臺灣話講座》（臺北：自立晚報社文化出版部，1993.5），頁 98-99。

98 〈讀臺日紙的「新舊文學之比較」〉（1926.1.9 作），原載於《臺灣民報》89 號（1926.1.24）。文中云：「在現狀下的新文學，尚沒有橫書的必然性，但將來音字採用的時候，就有橫書的必要。」、「新文學的趨向，是要把說話用文字來表現，再少加剪裁修整，使其合於文學上的美。」、「音字的併用。在現狀下，有許多沒有文學可表現的話語，……不用音字，是不能表現，所以一篇文章中，插有別種的文字，是進化的表識，若嫌洋字有牛油臭，已有注音字母的新創，儘可應用。」引文見《全集》，頁 209-210。

彰化學

現」，是新文學的趨向；一九三二年，賴和又在《南音》發表一封給郭秋生的信：〈臺灣話文的新字問題〉，[99] 認爲應該儘量用既成文字，尋不出「音」、「意」兩通用的字時，不得已才造新字，若有意通而音不諧時，用既成字再附以旁註較易普遍。由上可知，賴和很早就注意到音字使用的問題。

筆者所見賴和漢詩中，目前最早明顯出現臺灣口語的漢詩，應是賴和就讀醫學校時期，約於一九一二年所作的〈西北雨〉詩：

> 日暮黑雲合，風來雨亦來。庭前飛落葉，空際滾黃埃。勢暴疑傾海，餘威震怒雷。倏然雲忽散，猶見日斜西。[100]

詩末註「讀俗音」，表示押俗韻。在一九一三年作〈感慨〉：「自憐心地久糊途，直到如今夢始蘇。我與秋花同寂寞，人如春草盡榮枯。」[101] 賴和詩題下自註「俗語」，首句「糊途」一詞，亦明顯是臺灣口語。由上述二詩，可知賴和早在醫學校時期，便有將臺灣口語及臺灣俗韻運用入漢詩的意識。

一九一九年，賴和所作的〈郊行雜詩〉云：「明朝新制新行時」，[102]「行時」是臺灣口語用法，表示「時候」的意思，但起初這樣的詩作很少，只偶爾出現。之後，賴和於一九二三年作〈我心惻〉，並註明「押俗韻」，一九三〇年的〈農民嘆〉，詩題下亦註明「押臺灣土俗韻」指的都是以臺灣話爲韻腳：[103]

---

99 〈臺灣話文的新字問題〉（1932.1.27作），《南音》1卷3號（1932.2.1），頁9。
100 〈西北雨〉（約1912），《賴和先生全集》（四），頁179。
101 〈感慨〉（1913），《賴和先生全集》（四），頁94。
102 〈郊行雜詩〉（1919）之五，《賴和先生全集》（五），頁318。
103 當時臺灣知識分子不分白話音和訓讀，一律稱爲「土音」或「俗音」。見前揭王育德書，頁122。

月明露水多，晚稻定然好。不意三日風，滿田剝黃槁。早季患蟲害，甚者家已破。穩冬復失收，喪本無田作。甘蔗發育佳，傾倒滿官道。豈無種蔗心，也曾喪本過。[104]

由此可知賴和將臺灣話文實施於漢詩創作上，首先是從押韻的韻腳開始，當賴和開業與從事新文學運動之後，這樣的意識漸漸明顯。

比較明顯以臺灣話文寫整首詩的是一九三○年所作的〈新樂府〉一詩，例如第二首：「行商如做賊，拿著便要罰，小可講情理，手括再腳躂。」[105] 此時可說是賴和新文學創作的興盛期，[106] 但其仍不忘作臺灣話文的漢詩。之後，他陸續發表過不少以臺灣口語為取向的漢詩，例如一九三六年的〈寒夜〉、〈苦雨〉、〈田園雜詩〉、〈新竹枝歌〉等，未發表的尚有〈甲長〉等詩。今摘錄詩句如下，以明其詩中用臺灣話文的情況：

知是風聲是雨聲，唏唏虎虎打窗鳴。曲腰縮頸都無用，薄被如冰睡不成。（〈寒夜〉·1936.4.1）
寒雨霏霏久不晴，違時亦自害農耕。秧苗黃幼生機弱，霜凍風敲儘長成。（〈苦雨〉·1936.4.1）
風過砂奔走，潮生水倒流。移溪種蕃麥，護岸插林投。（〈田園雜詩〉·1936.6.5）
一齣加冠故事新，揭開假面看來真。登場自是憑繩索，幕

---

104 〈農民嘆〉，《賴和手稿集》（新文學卷），頁 453。
105 〈新樂府〉5 首，《全集》，頁 167-169，今依手稿。
106 賴和創作最為熱烈的時期是 1930 ～ 1931 年，在全部發表的 40 多篇新文學作品中總共佔了 20 篇左右。可參閱林瑞明編的賴和發表作品表，《臺灣文學與時代精神》，頁 75-79。

後牽抽另有人。（〈新竹枝歌〉・1936.7.7）[107]

烏鴉叫樹天未光，也就赤腳落眠床。一日天光拚到暗，趁人未著只三頓。（〈甲長〉）[108]

上列詩歌均以臺灣話文入詩，並描述與民間貼近的事物。賴和並非只在漢詩上這樣做，其頭先便將之實踐於小說創作上，而在新詩上亦有所實踐，例如〈農民謠〉便是。他也用臺灣話文來創作民間歌謠（詳後），到了晚期（1930）之後，更以臺灣話文小說去實踐他對臺灣語言的主體性之追求，而在漢詩上亦有這樣的現象。從賴和的詩文作品中，可以發現他晚期除了新文學加入臺灣話文之外，也在漢詩創作上加以實踐，可見其文學與思想的一致性，並不受其創作形式的影響。他嘗試將臺灣話文在新舊文學作品上加以實踐的用心，也是他在日治時期臺灣文壇執牛耳的原因之一。

3. 採集整理民間文學

一九二七年，鄭坤五編纂《臺灣國風》，將臺灣的褒歌與《詩經》價值等同視之，[109]一九三〇年代，採集民間文學的工作也陸續蓬勃地展開。民間文學並非一九三〇年代才開始整理，其實當知識分子開始推動反殖民運動時，就存在著本土主義這條路線，以對抗殖民進步主義的意識型態。本土路線與同時存在的西化主義、中國主義立場不同，然而重建本土文化的

107 〈寒夜〉、〈苦雨〉，原載於《臺灣新文學》第 1 卷第 3 號（1936.4.1）。〈田園雜詩〉，原載於《臺灣新文學》第 1 卷第 5 號（1936.6.5）。〈新竹枝歌〉，原載於《臺灣新文學》第 1 卷第 6 號（1936.7.7）。以上爲引用方便，均引自《初編》，頁 122-124。

108 〈甲長〉以「現代生活社原稿用紙」所寫，以臺灣口語入詩，推測是 1930 年以後的作品。

109 呂興昌，〈論鄭坤五的「臺灣國風」〉，「臺灣民間文學學術研討會」（臺灣省政府文化處委辦，清華大學中文系主辦，1998.3.7～8）。此文有詳細析論。

信心、正面評價本土文化的基礎、讓本土文化成為新文化建構的要素[110]、使本土文化與民間文學成為文化抗爭力量的來源，可說是賴和等知識分子推動民間文學的原因之一。

由賴和的漢詩中，我們可以發現賴和早在一九二四年時便開始著手採集民間文學。最明顯的例子就是〈月琴的走唱〉：[111]

> 月下叮噹響，臨風韻更清。曲哀心欲碎，調急耳頻傾。我厭陳三柏，人憐戴萬生。悠悠少兒女，隔世亦知名。

詩歌末兩句指出走唱文學具有文化傳承作用，而詩中所云即賴和請民間吟遊詩人唱〈辛酉一歌詩〉，並加以記錄的事，後來由宮安中整理發表。〈辛酉一歌詩〉文前有宮氏的「抄註後記」，說明「彰化楊清池」是唱者，此稿是賴和所記：

> 這篇稿子是懶雲先生的舊稿，大約是十年前罷，他特地找了來那位老遊吟詩人來唱，費了幾天工夫速記下來的。但是當此次謄抄時，卻發見了有幾處遺漏和費解的，拿去問他，他因為經時太久了，也不再記憶得，因此，我們又重找來了那遊吟詩人，從頭唱了一次，所以我們自信得過是再不會有多大錯誤的。[112]

---

110 游勝冠，〈日本殖民進步主義與本土主義的文化抗爭——本土主義發展脈絡中的民間文學〉，《民間文學與作家文學研討會論文集》（清華大學中文系主辦1998.11.21～22），頁60。

111 〈月琴的走唱〉（1924），《賴和先生全集》，頁445。賴和原作為「我厭陳三柏，人憐戴萬生。」後來經賴和老師洪以倫修改為「仙侶梁山伯，賊豪戴萬生。」對仗雖工整，但原作之意頓失。今依賴和手稿原作。

112 楊清池，〈辛酉一歌詩〉，發表於《臺灣新文學》第1卷第8號，及第2卷第1號（1939.9.19、11.5、12.28）。因為此文前言也提及原先的抄錄者是賴和先生，作者楊清池應該就是楊守愚日記中所提的「柴坑仔丑」，因此作註與前言的「宮安中」很有可能就是楊守愚。

〈月琴的走唱〉此詩作於一九二四年三、四月間，上述引文云約十年前，時間相差不多。《楊守愚日記》並詳載此事經過：

　　　　今日讀到賴和先生手抄的〈戴萬生反歌〉，覺得很不錯，要是再經潤飾，當可成爲一首好史詩……。（1936.5.20）

　　　　今天拿〈戴萬生反歌〉，想去問賴和先生。他也以當時抄錄匆惶，一些代用字，日子過久了，他也忘記。並說要再請柴坑仔丑來唸一遍。（據賴先生說柴坑仔丑尚生存著。）這是多麼可喜的一回事呀。假如這一首長詩，能夠完全地保留下來，不是很有價值嗎？（1936.5.24）

　　　　〈戴萬生反歌〉，因乘柴坑仔丑來市內買月琴，請他來唸，一些缺錄或誤抄的地方，也得以訂補了，這眞是一件快事。（1936.5.26）

　　　　〈戴萬生反歌〉，至今日才算整理告一段落。已決定於臺新九月號發表出去。（1936.8.3）

　　　　晚，莊松林君來信爲〈辛酉一歌詩〉訂正，那是很爽快的。（1936.9.23）[113]

楊氏日記所云的〈戴萬生反歌〉指的就是楊清池的〈辛酉一歌詩〉，觀楊守愚在日記中反覆記載此事，可知他與賴和都對民間文學極爲關心，因此不在乎麻煩，再三請楊清池吟唱，並一再訂正校稿。

除此之外，賴和在漢詩中有記錄民間傳說的習慣，例如關於鄭成功草雞霸業的傳說，〈石井〉、〈臺南雜感〉、〈赤嵌

---

113 許俊雅、楊洽人編，《楊守愚日記》（彰化：彰化縣立文化中心，1998.12），頁 19。

樓〉均提及，[114]另有多首漢詩提及劍潭的傳說；[115]而如〈紅毛井〉、〈國姓井〉、〈蕃仔井〉、〈古月井〉，[116]都有附註記錄了井的傳說；其也記錄了鴉母王朱一貴、戴萬生的傳說等。又如〈七星墜地歌〉（約 1925）：

> 舉頭星空夜細認，南斗六星北斗七。是何世界七顆星，墜落人間億萬日。化作頑石山之隈，草埋土掩長祕密。（之一）[117]

詩中記錄七星墜地的傳說故事，亦提及玄天上帝與有應公、癲哥廟的民間傳說，雖站在反對迷信的批判立場，但仍是加以記錄，自有其民間性，對民間文學的價值當然有所肯定。賴和早年在〈開頭我們要明瞭地聲明著〉文中即云：「有思想的俚謠、有意態的四季春、有情思的採茶歌，其文學價值不在典雅深雋的詩歌之下。」[118]可見其文學觀有民間意識的基礎，一九三〇年，他在給《臺灣新民報》的編輯黃周（醒民）的信上說：「講要把民間故事和民謠整理一番，這是很有意義的工作，我是大贊成。若不早日著手，怕再幾年，較有年歲的人死盡了，就無從調查。現時一般小孩子所唱的豈不多是日本童謠嗎？想著了還是早想方法才是。」（《臺灣新民報》345 號），

---

114 〈石井〉詩云：「草雞未應真王識」，〈臺南雜感〉詩云：「草雞偏不延明祀」，〈赤嵌樓〉中云：「草雞霸業亦陳跡」。爲引用方便，此處僅註明《初編》頁數，見《初編》，頁 225、257、259。賴和漢詩中所記載的傳說極多，僅提較有代表性的作品討論，不一一詳列。

115 見本文第 2 小節，論及鄭成功部分；註 14，所列關於劍潭的漢詩。

116 〈紅毛井〉、〈國姓井〉、〈蕃仔井〉、〈古月井〉，《賴和先生全集》（五），頁 450。

117 〈七星墜地歌〉（約 1925 年末），《全集》，頁 353。

118 此文賴和發表於《現代生活》創刊號（1930.10.15）。林瑞明推測作於 1930.9，見前揭書（1993.8），頁 77。但是此文手稿見於賴和新文學作品手稿（一）下，由於此文後面有〈○○先生康健〉（註明 1925.1.15 作），因此推測此文約作於 1924～1925 年間較爲合理。收於《全集》，頁 356。

一九三一年並和黃周在《臺灣新民報》推動臺灣民間歌謠的徵集，一九三二年一月一日賴和與陳逢源、周定山、葉榮鐘、郭秋生等人，創刊《南音》雜誌並設有「臺灣話文嘗試欄」，有系統地大量整理童謠與民歌、謎語，可知賴和深知民間口述文學，與民間歌謠傳承的意義與重要性。《南音》開啓了以集團力量來整理民間文學的風氣，之後，便有臺灣文藝協會發行的《先發部隊》與《第一線》繼續整理民間文學的工作。[119]

除了推動民間文學的整理，在實踐方面，賴和並用臺灣話文來嘗試寫作民歌，例如〈新樂府〉（1930.12）、〈農民謠——附李金土譜〉（1931.1）、〈相思歌〉（1932.1.1）、〈月光〉（1932.2.1）、〈相思〉（創作日期不詳）、〈呆囝仔〉（1935.2）等，用民間的語言，來書寫民間的情感、現實狀況，親身走向民間去了解民間的一切，顯現了賴和強烈的民間性格。[120]如同其〈十日春霖〉（《初編》，頁125）詩云：

心情俗化久無詩，墜落雖深卻不悲。要向民間親走去，街頭日作走方醫。

誠然，賴和的民間意識是強烈的，新詩〈寂寞的人生〉亦云：「慨然幾次思奮起，跑向民眾中間去。」[121]在〈臺灣民間文學序〉文中云：「從前，我雖然也曾抱過這麼野心，想跑這

---

119 《南音》係半月刊，由南音社發行，同仁名單見《南音》第1卷第3號（1931.2.1），頁41。關於《南音》與民間文學的關係，可參考陳芳明，〈現代性與本土性：以《南音》爲中心看三〇年代臺灣作家與民間想像〉，「民間文學與作家文學研討會論文集」（清華大學中文系主辦，1998.11.21～22），頁73-85。

120 關於賴和「走向民間」的文學立場，可參閱陳萬益，〈從民間來，到民間去——賴和的文學立場〉，《中國文學史暨文學批評學術研討會論文集》（政治大學中文系，1996.12），頁133-143。

121 〈寂寞的人生〉，《賴和手稿集》（新文學卷），頁345。

荒蕪的民間文學園地去當個拓荒者，無如業務上直不容我有這
樣工夫，直到現在，想來猶有餘憾。」（《全集》，頁256）
賴和一再強調其「走向民間」的精神，故林瑞明論述賴和與
臺灣新文學運動的關係時，認爲賴和是「出身民間，回到民
間」，稱他是「民間的兒女」。[122]

　　一九三六年六月，李獻璋編的《臺灣民間文學集》出版，
賴和受邀作序云：

> 這些被一部士君子們所擯斥的民間故事與歌謠，到了現
> 在，還能夠在民眾的嘴裡傳誦著，這樣生命力底繼續掙
> 扎，我們是不敢輕輕看過的；何則？因爲每一篇或一首故
> 事和歌謠，都能表現當時的民情，風俗，政治，制度；也
> 都能表示著當時民眾的眞實底思想和感情，所以無論從民
> 俗學，文學，甚至從語言學上看起來，都具有保存的價
> 值。[123]

　　並說出內心對民間文學的期許：「我只有希望這一冊民間
文學集，同樣跑向民間去。」（《全集》，頁257）賴和對於
《臺灣民間文學集》不僅是作序，由楊守愚的日記中得知，[124]
賴和更是幕後推動的出錢出力者。賴和又云：

---

122 林瑞明，〈賴和與臺灣新文學運動〉，頁27。〈相思〉引言云：「賴和的確
　　是屬於民間的，是民間的兒女。」見前揭書（臺北：允晨文化，1993.8），頁
　　433。
123 賴和受邀作序，《臺灣民間文學集》，（臺灣文藝協會出版，1936.6），頁1。
124 《楊守愚日記》，同前揭書，例如1936.7.20云：「民文集，大概於最近能夠配
　　布了。因爲賴和先生已許爲代墊，獻璋君與印刷所間的折衝，也像有點頭緒了
　　呢。」頁51。關於《臺灣民間文學集》（簡稱「民文集」），由賴和出錢出力之事，
　　守愚記載甚詳，不一一列舉。

吾臺開闢以來，雖說僅是短短的三百多年，但是先人遺留
給予我們的，與世界各國無異，同樣有了好多的傳說、故
事，和歌謠；就中像是鴨母王、林道乾、鄭國姓南北征的
傳說……由歷史的底見地看來，尤為名貴。（〈臺灣民間
文學集序〉，《全集》，頁255）

強調臺灣民間文學的價值與世界各國相當，在歷史上而言
其本土與獨特，值得重視，賴和曾為文希望民報能多記載「有
臺灣色彩的文學，世界思潮學術的介紹」，[125] 正表示了賴和期
許臺灣文學不僅有本土的特殊性，其源流亦不僅是中國五四新
文學運動，也能大量吸收世界文學的養分，有其寬廣與開放的
世界性，即使被放置於世界文學當中亦毫不遜色，是「世界主
義下的臺灣新文學」。[126] 就小說而言，賴和所寫的〈善訟的人
的故事〉及〈富戶人的歷史〉，都屬於民間故事轉化而來的新
文學創作，也是賴和這種理念的實踐。[127]

楊雲萍云最後一次在臺北市大附設醫院見到賴和的情景：

時間是在他要出院的前一天（出院後沒有幾日，他
就過世了）。我們已經許久沒有過那樣的談話了。看著他
水腫的臉，我有某種拂之不去的預感，然而當時他的意識
卻十分清明，甚至於精神也很好。我們時而互相握著對方
的手；時而談著臺灣民俗研究的事。他談起《民俗臺灣》
這本雜誌，對某一位年輕學者關於臺北雜貨鋪的調查工

125 〈答覆臺灣民報特設五問〉，原載於《臺灣民報》67號（1925.8.26）。《全集》，
頁205。
126 「世界主義下的臺灣新文學」的說法，首先由林瑞明提出。《臺灣文學與時代
精神》，頁324。
127 林瑞明，〈富戶人的歷史〉，見前揭書（1993.8），頁384。

作，認爲主題很好，是世界性的大問題。[128]

　　楊雲萍這段敘述，顯示賴和對民俗問題極爲重視。賴和關懷民間文學，並且探錄走唱文學，他對民間文學的努力，已有定論。[129] 採集民間文學，是建立臺灣主體意識的重要方法，除了知識分子外，眞正傳承了臺灣精神的是那些目不識丁的老者，可以藉由他們的口傳與口述，加以記錄，建立臺灣的民間傳說與歷史源流。因此賴和對民間文學極爲投入與支持，因爲這有助於建立臺灣的主體性。

五、結語

　　由上述討論可知，對於臺灣命運的思考，賴和首先是從臺灣源流去思考，認爲臺灣人有自己的根源；從臺灣住民去思考，認爲臺灣人應該當自己的主人；從臺灣地理去思考，臺灣本來就該是獨立的一個島嶼；從臺灣歷史去思考，與中國亦只是文化母國的關係，即使回到中國懷抱，亦不可能解脫被統治的困境；從臺灣的現況去思考，臺灣人不應永遠淪於異族統治，或依附於中國之下，只有獨立自主一途，臺灣人才可能做自己的主人，因此，建立臺灣的主體性極其重要。但是，激烈的手段不可能達成這樣的目的，所以賴和一直在追尋與重建臺灣自主性的道路上努力前進。簡而言之，賴和對臺灣歷史的反思，影響他臺灣意識的形成；實際到過中國之後，觀察當時中

---

128 楊雲萍，〈追憶賴和〉，收於《彙編》，頁 16。
129 關於賴和與民間文學，可參考胡萬川，〈賴和先生及李獻璋先生等民間文學觀念及工作之探討〉，《日據時期臺灣文學國際學術會議論文》（清華大學中文系承辦，1994.11.25～27）；及陳建忠：〈民間之歌，民族之詩──日據時期民間文學採集與新文學運動之關係初探〉，見《民間文學與作家文學研討會論文集》（清華大學中文系主辦，1998.11.21～22）。

國情況，更體認到中國實不可憑；歸結到臺灣人應有所自覺，建立臺灣人的主體意識，才有可能徹底改變臺灣人長久被奴役的命運。

　　賴和重建臺灣主體性的主要方式，便是一方面處於協調的中間立場，致力於團結異議，使方向一致，力量才不會分散；一方面推動文化、社會、政治運動，朝著建立臺灣語言的主體性去扎根，推動臺灣話文、採集並整理民間文學，並以實際的文學創作來加以實踐。由上述的討論中，我們可以了解賴和的民族意識（National consciousness），也就是民族認同（National identity），早期並非完全以臺灣為主體來思考，而是在民族自決的理想與現實不平等結構的情況擠壓之下，慢慢有所自覺，漸次形成。日治時期的那些具有理想與熱情的先知先覺者，採取實際行動，向日本殖民政權提出臺灣人的訴求後屢遭挫折，卻仍然不斷地追求與實踐臺灣的主體性，而賴和是其中一位重要的代表性人物。臺灣的殖民地處境、臺灣人追求幸福的訴求所遭遇的種種挫折，啓發並鞏固了賴和的臺灣自主性思考，進一步朝臺灣主體性的建立努力實踐。我們可以看到賴和的眼光是長遠的，行動是確實的，賴和的思想與行動，亦落實於臺灣社會現象的觀察與關注，令人感受到他對臺灣這塊土地的熱愛，在建立臺灣自主性與思考臺灣命運的道路上，他的確傾注了全生命的力量去奮鬥。

試說賴和的〈論詩〉詩

周益忠

一、前言

> 莽莽神州看陸沉，縱無關繫亦傷心。迴天有志憐才小；填
> 海無功抱怨深。蕭瑟客途秋復半；淒迷庭院月初陰。亂離
> 世界良宵景，料定先生有壯吟。[1]

這是賴和（1894～1943）在廈門行醫時，寄給臺灣舊識
肖白的詩。短短一年多時間的廈門之行（1918.2～1919.7），
充滿挫折感的賴和終於決定返臺，返臺後的時間他一方面從事
新文學寫作，一方面還參與徵詩活動，繼續漢詩的寫作。[2]

在廈門時看到吸鴉片風氣的普遍，而有「人病猶可醫，國
病不可醫。國病滋仁人，施濟起垂危。今無醫國手，坐視罹瘡
痍。禹域四百川，鴉片實離離。無賢愚不肖，嗜毒甘如飴。沉
痼去死近，惘惘復誰知？」[3]的感嘆，本來對於中國行高度期

1　〈中秋寄在臺諸舊識〉見《賴和全集五漢詩卷》（臺北：前衛，2000.6），頁
　385。
2　賴和於1922年6月應《臺灣》第1回徵詩，以〈劉銘傳〉2首分別入選第1名
　及第13名。見《賴和全集五漢詩卷》（臺北：前衛，2000.6），頁598。
3　〈於同安見有結幢於市上為人注射嗎啡者趨之者更不斷〉，見《賴和全集五漢
　詩卷》（臺北：前衛，2000.6），頁393。

待的賴和，卻是在滿是無奈中回來，[4]因爲醫國手當如何醫一國之病？這正是賴和一直思索的問題。如何以新觀念、新思維喚醒民心，也是他所念茲在茲的課題。一九二三年即有詩：

世間久已無公理，民眾焉能倡利權。自愧虛生已卅載，空隨牛馬受鞍鞭。[5]

因此他積極投入社會改革，也因「治警事件（1923.12.16）」入獄二十四天，由此而更顯積極，有詩明志：

一死原知未可輕，吾身不合此間生。如何幾日無聊裡，已博人間志士名。[6]

所以，在此時他還寫了〈飲酒詩〉：

世間萬事皆縈心，悲哀歡樂遞相侵，生者勞勞死寂滅，豪門酒肉貧民血。[7]

4　前引賴和詩，〈於同安見有結幌於市上爲人注射嗎啡者趨之者更不斷〉，施懿琳，〈賴和漢詩的新思想及其寫作特色〉即說道：「何以中國人會以此方式來解毒？是誰發明了這種慘不忍睹的方式，使上癮者四體結痂，宛如蛇皮？又是誰容許公然聚眾吸毒？這個社會是病了，這個國家是病了，而且幾已無藥可醫了。賴和的悵然歸臺，賴和的憤怒指陳，並非無因而然。」原載《中正中文學術年刊》第 2 期（1999.3），後收錄於《從沈光文到賴和》（高雄：春暉，2000.6），頁 422。

5　〈元日小集各賦抒懷一首不拘體韻〉，《賴和全集五漢詩卷》（臺北：前衛，2000.6），頁 403。

6　「治警事件」乃 1923 年 12 月 16 日，日本臺灣總督府警務局依「治安警察法」，檢舉臺灣議會期成同盟會會員，包括賴和等 99 人，並於當天扣押至 1924 年 1 月 7 日才以不起訴處分出獄。詳吳三連等，《臺灣民族運動史·治警事件始末》（臺北：自立晚報，1987.4），頁 201-280。

7　《賴和全集五漢詩卷》（臺北市：前衛，2000.6），頁 432。

起因於憤世不平的感慨，對於詩作的根本意義因而更有積極的反思，而這應與賴和廈門之行的新中國經驗攸關，於此楊守愚（1905～1959）曾說道：

　　　　誰都知道五四以後，民主自由，反帝反封建，已成爲中國青年的口號，旅居廈門的賴先生。自然不……（原稿缺文）[8]

在廈門時的賴和，適逢中國青年的五四運動，自也感受到此思潮，因而回臺後可於所作詩中，看出這種豪情；[9] 還有可能受到《臺灣文藝叢誌》等舊文人自身反省的薰陶；[10] 此外，也不容忽視身處在大正民主潮時代，當時日本的文藝評論家如廚川白村等的影響，[11] 而後者也將英法等文學新知帶進來，如「作爲預言者的詩人」一節中更說：

8　許俊雅編，《楊守愚作品選集（補遺）》（彰化：彰化縣立文化中心，1998.12），頁 270。

9　楊雲萍即說道：我想，臺灣新文學的發生是受五四的影響大概是沒有疑問的，……懶雲也曾說過，日文小說沒有味道，中文才有興趣。我則初是受舊文學的影響，後來是受五四的刺激的。……文見〈北部新文學、新劇運動座談會〉，《臺北文物》第 3 卷第 2 期（1954 年 8 月），頁 5。雖然所說在新文學，但其實可見當時詩人所受新思潮的影響之深。

10　黃美娥舉 1918 年 10 月，由櫟社同仁林幼春等 12 人所創立的「臺灣文社」，在其設立旨趣中便強調：「在學習時要不拘古今、不限東西。」因此有社內刊物《臺灣文藝叢誌》介紹許多外國局勢、西方新文明，以及國外文人著作的概況。見氏作，《重層現代性鏡像》（臺北：麥田，2004.12），頁 53-54。

11　梁明雄以爲：當時的日本，由東京帝國大學的政治學者吉野作造，於 1916 年所提倡的「民本主義」（亦即民主主義），正蔚成思想界的主流，形成巨大的大正民主潮時代。臺灣的留學生浸淫在這種自由風氣之下，對於形成「大正文化」的當代日本作家諸如：西田幾太郎、河上肇、福田德三、田中王堂、杉森孝次郎，廚川白村等人之著作，於汲取吸收之餘，自然轉化爲新文學運動的精神糧食。見氏著，《日據時期臺灣新文學運動研究》（臺北：文史哲，2000.5），頁 30。

文藝是生命力用絕對的自由而表現自身的唯一機會。[12]

對於因臺人被奴役而痛苦，看到詩壇的萎靡不振，在思索詩作的前途後，轉而嚮慕新文學的賴和、陳虛谷（1896～1965）等詩人，廚川的觀點自對他們產生了一定的衝擊。耳目一新之下，思想觀念已大有不同。所以遇到了同樣的志士，或令人景仰的前輩，如林獻堂等（1881～1956），他就將此等心事，毫不掩飾地說出：

不避辛勤走帝京，伊誰甘苦世平生。囂囂有口徒滋議，碌碌無能但吃驚。壓迫自然生反動，艱難豈為慕虛榮。是非公理人心在，萬死猶當乞一生。
陸沉忽已遍神州，到處南冠泣楚囚。愧我戀生甘忍辱，多君先覺獨深憂。破除階級思平等，掙脫強權始自由。欲替同胞謀幸福，也應悟到死方休。
（〈送林獻堂之東京〉）

佩服林獻堂對於爭取臺灣人權利的付出，這兩首七律詩中，壓迫、反動、公理、階級、平等、強權、自由等字眼已觸目可見，這也是此時賴和心中所關注的。[13]又如〈李君兆蕙同黃張二君來訪因留住勸之以酒書以言志〉也說道：

---

12 廚川白村著，顧寧譯，《苦悶的象徵》（臺中：晨星，1990.5），頁71。
13 《賴和全集五漢詩卷》（臺北：前衛，2000.6），頁326-327。於此陳建忠以為：「新思想與新語言已然成為賴和新的世界觀的『常識』，這種現象，可以說明賴和做為第一代的新式知識分子，已經不再被舊有的世界觀所局限，他以一對新的解釋世界的眼睛來看待殖民地問題。使得漢詩中許多被沿用的語言與觀念也不得不一起被更新。」見氏著，《賴和的文學與思想研究》（高雄：春暉，2004.1），頁128。

滿腔碧血吾無吝，付與人間換自由。短鬢漸疏終不悔，南冠對泣總堪羞。勸君更進一杯酒，何物堪消萬古愁。徒作哀吟閒過日，寸心未死肯教休。

　　以王維和李白詩中的名句，表達自己想拯救生民於水火之上內心的痛苦。[14]所以喝酒原為了將熱血灑出換取世人之自由。而灑出熱血之前，應是先用文字，也就是詩作來表現。

二、賴和〈論詩〉一詩之旨趣

　　至於要探討〈論詩〉可先讀其〈吾人〉，因在寫此詩時，他即感嘆：

鬱鬱居常恐負名，只緣羞作馬牛生。世間未許權存在，勇士當為義鬥爭。一體有情何貴賤，大千皆佛不聞聲。靈苗尚無自均等，又敢依違頌太平。[15]

　　可見他對於日人統治下，臺灣人們沒有基本權利、被視為牛馬的憤慨，以及對於歌頌詩篇的不敢領教。而這也表現他在此論述中的內容，也呼應了〈論詩〉一詩的旨趣。而要改變這不平等，一切有待於思想之啟蒙改變，因而早在〈書答王敏川先生〉賴和即以三首七絕冀望其人：

14　《賴和全集五漢詩卷》（臺北：前衛，2000.6），頁430。陳建忠也認為此詩是「治警事件」出獄後所作，其中所言之志比起其餘諸作似乎極其慷慨激昂，此一事件在賴和反殖民漢詩中的重要性應格外加以正視。見氏著，《賴和的文學與思想研究》（高雄：春暉，2004.1），頁129。唯第二首套用王維及李白的詩句入詩也應加以注意。

15　《賴和全集五漢詩卷》（臺北：前衛，2000.6），頁458。

幼年失學壯何知，有負先生賞識之。未是駑駘甘戀棧，鷺
門一蹶力猶疲。

已覺人間無賞音，逢君燃起未灰心。感恩重滴兒時淚，愛
我殷勤望我深。

往哲名言實可懷，人生心死表堪哀。方今社會無思想，專
賴先生改造來。

先自述以往曾得敏川先生賞識，然由一首末句「鷺門一
蹶」可知鷺江即廈門行醫的失敗經驗，對他產生嚴重的打擊，
而三首之「天下無思想」等字眼，又可見對其人思想啓蒙臺灣
的期待之深。[16]

王敏川亦曾以〈口占贈史雲〉一詩贈賴和：

振起斯文志未灰，元龍豪氣謫仙才。好將一管生花筆，寫
出人間苦痛來。[17]

以史雲相稱，應是肯定懶雲其人所具有的歷史感，賴和的
詠史詩頗為時人所稱道，他曾以〈劉銘傳〉一詩獲得詩壇的肯
定，史雲云云，原來是如此借古說今，尤其他又喜題詠明鄭史
事，賴和應是藉著詠史詩來訴說其反殖民的思想，[18]正如他藉

---

16 《賴和全集五漢詩卷》（臺北：前衛，2000.6），頁320。
17 引見林瑞明，《臺灣文學與時代精神──賴和研究論集》（臺北：允晨文化公
   司，1994.12），頁366-367。林氏引此詩後曾分析道：「以史雲稱文學家的賴和，
   不愧是知心好友的深切認識。」
18 賴和詠歷史人物的詠史詩不少，其中題詠明鄭之事更多，陳淑娟即曾統計直接
   言及的有18首，間接提及的也有34首。見氏著，〈賴和漢詩的主題思想研究〉
   （臺中：靜宜大學碩士論文，2000.6），頁163。

著詩經、國風雅頌說自己的詩觀一樣。又以謫仙之才視之,可見在同儕間,賴和是被視同有如歷史人物李白的。此詩王敏川先是佩服其人為振起斯文未曾灰心喪志,有漢代陳登元龍高臥之豪氣,也有李白謫仙之奇才,繼而讚許他以詩筆寫出人間的苦痛。

〈讀臺灣通史十首〉更表現他藉著史觀,思考臺灣的過去與未來,這與〈論詩〉一詩借著回顧詩史,而思索詩壇的走向,可說有其桴鼓之應:

黑旗風捲卦山巔,善戰才堪當一邊。留有當年遺老在,男兒猶共說彭年。

旗中黃虎尚如生,國建共和怎不成(原:國建共和竟不成)?大與臺灣原獨立(原:天限臺灣難獨立),我疑記載欠分明。[19]

戴潮春亦一時英,暮地干戈起不平。今日定軍山下路,冤燐夜夜竹根生。

男兒志氣恥偷生,意到難平賭命爭。先覺遺模猶在目,後人見義只心驚。(昔臺之民以反抗政府著稱,今日以服從見賞,何今昔之不同如此,亦教育之收效否乎?)[20]

---

19 按此詩曾作更改,林瑞明以為:「在他後期的改稿詩中,原詩意義做了一百八十度的大逆轉,可做為賴和臺灣主體意識深刻化的例證。」又說:「改動的文字不多僅僅八個字而已,然而這裡頭有對臺灣民主國的無限惋惜,有對臺灣歷史的反省,敢於根本之處質疑史書之紀載。在日本統治下的賴和,歷經社會、政治運動的衝擊、挑戰,以這樣的改稿,呈現了他『民族主義/國家主義』前後期不同的面貌。」《臺灣文學與時代精神——賴和研究論集》(臺北:允晨文化公司,1994.12),頁372。

20 《賴和全集五漢詩卷》(臺北:前衛,2000.6),頁321-322。原10首今錄4首。

　　再看賴和這組詩的末首則以臺灣的過去，思索臺灣的未來，而詩中作者改詩的痕跡，更可看到他由消極轉為積極的思路。充滿歷史感的他，自覺責任所在，作為詩壇的一員，當從詩壇的改革開始，賴和因而有此〈論詩〉之作。

　　〈論詩〉一首由「國風雅頌篇」說起：

　　國風雅頌篇，大率皆言志。所貴在天真，詞華乃其次。嘲笑及萬物，刻劃半遊戲。未用嘔心肝，不妨閒擁鼻。有時還自來，求之轉不易。無病作呻吟，易滋人謗議。頌揚非本心，轉為斯文累。迫仄乾坤中，閒情堪託寄。鞭策牛馬身，此即自由地。多少嘆息聲，幾許傷心淚。主權尚在我，揮洒可無忌。門戶勿傍人，各須立一幟。梅花天地心，鳴鳳人間瑞。思想之結晶，文字為精粹。[21]

　　作於一九二四年的此詩頗能看到詩人在大環境中的省思，今試分析如下：

（一）

　　由前四句可知論詩當探其原，原其本則當自《詩經》之〈雅‧頌〉說起。作詩當如〈詩大序〉所述以言志為主，至於詞藻之華麗優劣與否為次。且貴在天真自然，其他為次要。於此施懿琳在賞析此詩時曾說：

　　　　賴和的古典詩造詣，在二世文人之中頗高。由於接受新思想的洗禮刺激，賴和漢詩中的風味，也與一世文人

21　《賴和全集五漢詩卷》（臺北：前衛，2000.6），頁429。

很不同。試看他的〈論詩〉，這首詩傳達了他崇拜天眞、不務雕琢的詩觀。[22]

「所貴在天眞」一語，我們也可試由他的詩壇好友陳虛谷所述來印證：[23]

> 詩既是書寫感情，那麼，詩人該有什麼要件呢？第一要有敏鋭的直觀；第二要有奔騰的情熱；第三要有豐富的想像；第四就是純眞的品性。

這四點：直觀、情熱、想像、純眞的品性，與賴和一樣，就是「所貴在天眞」。[24] 做爲他詩友，陳虛谷頗能呼應〈論詩〉的旨趣，[25] 他另有〈詩人〉自道：

> 惜物憐人大有情，不貪利祿不求名。詩家自是預言者，何得無言過一生。

> 吟花詠鳥善傳神，花解相思鳥解親。萬物有情皆可愛，天

---

22 見《國民文選·傳統漢詩卷》（臺北：玉山社出版公司，2004.6），頁363-364。文中所謂二世文人，作者根據林莊生在《懷樹又懷人》中所言：「稱之爲二世文人，也就是相對於完全接受傳統漢文教育的『一世文人』而言，這個既接受傳統漢學教育，同時也接受日本帶來的新式教育的世代，稱之爲二世。賴和，就是這個世代的佼佼者。」

23 陳虛谷之子陳逸雄在〈我對父親的回憶——陳虛谷的爲人與行誼〉有言：「父親的文學活動，始於舊詩，終於舊詩，在殖民地體制下坎坷的文學環境裡，這不僅是他個人走的路，亦是賴和、守愚、一吼等人走的路，可能亦是其他更多的中文新文學從事者所走的路。」見《陳虛谷選集》（臺北：鴻蒙，1985.10），頁500。按：走同樣的文學路，也可見賴和與陳虛谷等的背景及交情。

24 原載1926年〈駁北報的無腔笛〉，《臺灣日日新報》，引見《陳虛谷作品集》（彰化：彰化縣立文化中心，1997.12），頁517。

25 如前篇引文〈駁北報的無腔笛〉，頁516，即有言：「你看毛詩序裡説得好：『詩者，志所之也。在心爲志，發言爲詩』，書經上也説得好：『詩言志，歌永言，聲依永，樂和聲』，這是何等透徹呀！」可作爲賴和此句「大率皆言志」的註腳。

生多感與詩人。[26]

以其天眞所以才能大有情的惜物憐人，不貪俗人追求的利祿，且不平則鳴，甚至成爲所謂的預言者；第二首進一步述說詩人因天眞，故歌詠花鳥皆傳神，且能善解花鳥之意，進而體會天地萬物有情可愛之處，所以一九四〇年於〈寄逐性〉一文他還說：

情意中心生活是人類特有可貴的東西，古今來的大詩人都不脫此例。[27]

只因詩人的天眞而天生多感。陳虛谷善寫田園自然之詩，以「臺灣的陶淵明」自許，[28] 他也有詩稱許賴和，如〈贈懶雲〉：

平生慣作性靈詩，珠玉聯篇不費思。藝苑但聞誇小說，世間畢竟少眞知。[29]

稱讚賴和的詩尤其是性靈詩，不爲一般人所知，另言他人

---

26 《陳虛谷作品集》（彰化：彰化縣立文化中心，1997.12），頁 490。

27 引見陳逸雄編，〈寄遂性信〉，《陳虛谷作品集》之7（彰化：彰化縣立文化中心，1997.12），頁 590。又前一首提及「詩家自是預言者」，應引自廚川〈做爲預言者的詩人〉一節之説：「所謂詩人，意思就是因靈感的感觸而像預言者般地歌詠的人，又不外乎是傳達神意，感受到常人所未感受的，以向當代民眾顯示出來的人。」廚川白村著，顧寧譯，《苦悶的象徵》（臺中：晨星，1990.5），頁 71-72。

28 陳逸雄有言：「父親以田園詩人自許，在晚年的一次散策中，曾對我說：『我能當臺灣的田園詩人就好，能做臺灣的陶淵明就滿意了。』」〈我所認識的陳虛谷〉，《陳虛谷作品集》（彰化：彰化縣立文化中心，1997.12），頁 835。

29 引見《虛谷詩集》（臺北：龍文，2001.6），頁 14-15。葉榮鐘曾對賴和此詩是否爲性靈詩加以討論，見〈詩醫賴懶雲〉，收入李南衡編，《賴和先生全集》（臺北：明潭，1979.3），頁 451。

僅誇其小說，卻不識其詩之佳妙。或許他此處的性靈可與賴和的天真相呼應。他還說：

> 你關心雨天草會快長起來，這若以文字表現出來便成了詩；你要摘草不使滋蔓，這意思亦可成詩。草雖長而青蒼可愛，手不忍摘這更是詩。[30]

陳虛谷也對於天真最有感觸，所以他還引廚川氏之說道：「除去了假面孔，以純真大膽的態度把自己表現出來這才算是文藝。」[31] 言純真態度的另有：「讀書明至理，處世在親仁。鄉黨尊和睦，襟懷重率真」也是以率真說天真。[32]

（二）

接著「嘲笑及萬物，刻劃半遊戲。未用嘔心肝，不妨開擁鼻。有時還自來，求之轉不易。無病作呻吟，易滋人謗議。」等八句頗耐人尋味。蓋作者以為詩人所作，當牢籠天地萬物，然有時不免賣弄技巧而為嘲弄、遊戲之作。且「遊戲」一詞最宜思索，賴和於此應也有感於廚川之說：「人只在遊戲的時候，才是真正的人。」、「遊戲是人類因自己內心的要求而動，不受外來強制，自由的創造生活。」[33] 可見遊戲攸關於詩者。

遊戲對於作詩雖至為重要，只是賴和卻也見識到臺灣當時的處境。詩壇的風氣每每有人不知今夕何夕，常遊戲過頭，尤

---

30 《陳虛谷作品集》（彰化：彰化縣立文化中心，1997.12），頁640。
31 《陳虛谷選集》（臺北：鴻蒙，1985.10），頁351。
32 〈寫懷〉，《陳虛谷作品集》（彰化：彰化縣立文化中心，1997.12），頁388。
33 廚川白村著，顧寧譯，《苦悶的象徵》（臺中：晨星出版社，1990.5），頁16。

其詩會之風騷，只成了逢場作戲而已，少見嘔心瀝血之苦心；但依樣畫葫蘆、學其擁鼻而吟，甚至無病呻吟，流爲無意義的詩篇，以致招人謗議。賴和於此頗爲用心良苦。

詩要出自於本心，關鍵在「未用嘔心肝，不妨閒擁鼻。有時還自來，求之轉不易。」也有不求而自得的意味，重點在不可無病呻吟。至於如何做到呢？或許要走出戶外多接觸大自然。於此陳虛谷所述，也可做註腳：

遊山玩水易動靈感，早晚須常外出散步，不可一味做課題，沉思默想也。

以做爲「臺灣的陶淵明」自許的他又說：

不可一味埋首室內，須常向田村走。看山玩水，看雲看月，凡自然界一切的物象，皆足以陶冶性情也。[34]

（三）

至於「頌揚非本心，轉爲斯文累。迫仄乾坤中，閒情堪託寄。鞭策牛馬身，此即自由地。」等六句筆鋒一轉，可以看到賴和更關心眼前臺灣人的處境，述說在此江山易主、天地局促的時代，唯詩作吟詠可堪爲寄託，且在異族統治下，此身已如牛馬遭人鞭策，唯詩壇堪稱自由地。「詩界從權堪自主」，切不可只是一味頌揚統治者而已，更有甚者做出歌功頌德之舉，只追求眼前利祿，一時虛榮，非出自於本心，人品當轉爲此作

---

34 以上2則分別引見〈寄遂性信〉，《陳虛谷作品集》之6、之9（彰化：彰化縣立文化中心，1997.12），頁588、597。做爲「臺灣的陶淵明」自許云云，引自〈我所認識的陳虛谷〉，《陳虛谷作品集》，頁835。

彰化學

所累。所以賴和也另有篇文章慨嘆：

> 雖然若吟失其情，詠失其事，不僅僅使詩失了價
> 值，連作詩的自己亦喪失其品格了。請看，現在我們的彰
> 化。文風不振，詩道萎靡，致使人心敗壞，世風日下。那
> 些人們，不是身耽聲色，即便心迷利慾，把趨附認作識
> 時務，把賣節當作達權變，是好久的了。當這時代能獨
> 標勁節，超然自在，不同季世沉淪的，唯有真正詩人拉
> （啦）。[35]

可見賴和所注意的是在彰明詩作之不可不出於本心，詩人
當潔身自好，否則將淪落而成為狐媚詩人。於此他的好友陳虛
谷也指責那些趨附賣節、逢迎當時總督而作詩的詩人說道：

> 上山督憲的詩，我是沒有意見的，因為我沒有你們
> 那樣的好眼光。但我相信他的詩，確和你們無干，他來臺
> 灣做總督，自有他的抱負，他離別他的美麗山河、知心親
> 友，自有他的感情，他要書他的抱負，寫他的感情，他自
> 然要發之於詩，這是毫無可疑的。只是你們要曉得，他的
> 詩不是寄給你們的，並且也和你們素不識面。他是為著自
> 己作詩，不是為你們作詩。誰要你們巴結？你們真不要臉
> 啊！

就是這篇〈駁北報的無腔笛〉真把這些一味頌揚詩人罵得
體無完膚，陳虛谷在此文中進而又說道：

35　〈應社招集趣意書〉，《賴和全集三雜卷》（臺北：前衛，2000.6），頁109。
　　按原註1，「拉」即「啦」。

　　　　狐媚的詩人們啊！我非責你們和詩，是犯了道德上的罪惡。我是說你們違背了作詩的旨趣，是太把藝術污辱了！太把自己的人格糟蹋了！臺灣出你們這班詩人眞要羞死人呀！你們且不要作詩罷！你們且去洗洗你們的腦袋，涵養你們的人格罷！[36]

　　賴陳兩人之所以敢如此大聲疾呼、而無所顧忌，只因他們知道詩作的意義所在。這也讓我們看到「鞭策牛馬身，此即自由地。」、「主權尚在我，揮灑可無忌。」等，賴和如此述說作詩與自由之間的關聯，應也有廚川氏的影響在：

　　　　文藝是純粹的生命表現。文藝是完全擺脫外界的壓抑強制，唯一立於絕對自由的心境而表現個性的世界。[37]

　　廚川氏更以爲文藝位居人類文化生活中的最高位，其原因在於：

　　　　這是人類捨棄一切虛僞和欺詐，而能純正、率眞地做人的唯一生活。[38]

　　所以，賴和要在〈論詩〉裡感嘆道：「迫仄乾坤中，閒情堪託寄。鞭策牛馬身，此即自由地。」這唯一擁有的自由地，怎能不珍惜而有所作爲？

36　《陳虛谷作品集》（彰化：彰化縣立文化中心，1997.12），頁 514。按此篇原載於《臺灣民報》132 號（1926.11.21）
37　引自廚川白村著，顧寧譯，《苦悶的象徵》（臺中：晨星，1990.5），頁 18。
38　引自廚川白村著，顧寧譯，《苦悶的象徵》（臺中：晨星，1990.5）頁 18。他還說：「與這相比，其他一切人類活動都可以說是扼殺、破壞或踐踏我們個性表現的舉動。」

（四）

再來看：「多少嘆息聲，幾許傷心淚。主權尚在我，揮灑可無忌。門戶勿傍人，各須立一幟。」等幾句，這先要提及影響賴和寫作的，一九二一年諾貝爾文學獎得主法人安納托爾‧法朗士，得獎時大會的評語：

> 認定他輝煌的文學成就，乃在於他高尚的文體、寬憫的人道同情、迷人的魅力，以及一個真正法國性情所形成的特質。

一九二一年正是賴和從廈門回來兩年後，這時他也參與臺灣文化協會擔任理事一職，極力思謀如何拯救臺灣。法朗士得到諾貝爾獎應給賴和一定的啓發：「寬憫的人道同情」，應就是「多少嘆息聲，幾許傷心淚」而「一個真正法國性情所形成的特質」不就是賴和所說的「門戶勿傍人，各須立一幟」？賴和因而三年後有〈論詩〉詩，再一年更有抗議日人不義統治的小說〈一桿稱仔〉相呼應。[39] 於此，可再由陳虛谷敢不假詞色地痛斥當時總督〈內田總督撤職有感〉爲證：

> 來是堂堂去香然，此時心事亦堪憐。也應舟出基隆港，感慨榮枯易變遷。（其一）
> 思想絲毫不變更，依然壓迫再橫行。可憐汝亦痴愚甚，嬴

39 引自林瑞明，〈賴和的文學及其精神〉，《臺灣文學與時代精神──賴和研究論集》（臺北：允晨文化公司，1994.12），頁324-330。

得千秋唾罵名。（其二）[40]

雖貴為總督，但因是壓迫臺人的日本總督，虛谷因而在痛恨之餘，以千秋史筆責備之，真乃快人快語。非但如此，對於總督府的魔犬，其也於〈警察〉一詩說：

凌虐吾民此蠢材，寇仇相視合應該。兒童遙見皆驚走，高喊前頭日本來。[41]

之所以如此說日本總督、警察壓迫臺人之作為為痴愚、蠢材之行徑，但得千秋唾罵名，這指責之餘實不知含有多少臺人的嘆息、傷心？而這也是「主權尚在我，揮灑可無忌。」陳虛谷即曾有詩〈觀日人祝戰勝有感〉感嘆道：

捷報頻傳奏凱歌，三呼萬歲震山河。前朝父老今猶在，不信無人掩淚過。[42]

陳虛谷在此有其嘆息聲及傷心淚，而賴和也感受到了，詩作實應該要如此表達才是。也因臺灣人身處日本統治之下，故懷有志難伸的身世之感。因而賴和早年詩中已有不少感嘆身世的作品，如〈夜作〉：「茫茫身世感，忽焉滿吾衷。」又如

---

40 引自《虛谷詩集》（臺北：龍文，2001.16），頁 2。於此施懿琳曾有說明：「內田家即 1910.8 ～ 1915.10 任職臺灣民政長官，在職期間曾以武力鎮壓臺灣原住民，又發生了臺灣史極其慘烈的羅福星及噍吧哖事件。1923 年 9 月來臺擔任第 9 屆臺灣總督，在職期間壓迫臺灣議會設置請願活動。引發 1923 年底的治警事件，多位臺灣民主鬥士受到株連。」內田就職未及 1 年就因山本內閣垮臺而去職，虛谷此詩當作於 1924 年初。見氏著，《從沈光文到賴和》（高雄：春暉，2000.6），頁 481，註 46。

41 引自《虛谷詩集》（臺北：龍文，2001.6），頁 7。

42 引自《虛谷詩集》（臺北：龍文，2001.6），頁 51。

〈愁來〉更直說道：

> 身世可無愁，愁來不易消。對花常有恨，坐月每無聊。[43]

還有同題為〈感懷〉之「身世而今自可憐，吾生命蹇奈何天。」、「想到傷心魂欲斷，感懷身世淚潸然。」、以及「客中寂寞多愁緒，身世凋零信命乖。」[44] 又如題為〈傷心〉之「每念恩仇欲斷場，自憐身世一心傷。」[45] 都可看到他早年對於做為臺灣人身世的深沉感慨，因而當年歲漸長就將此化為反抗的能量，所以〈元日小集各賦書懷一首不拘體韻〉：「有酒未甘成獨醉，不才偏會妒人賢。世間久矣無公理，民眾焉能唱利權。」[46] 已有其質問；另外，除〈飲酒〉：「眼前救死無長策，悲歌欲把頭顱擲。頭顱換得自由身，始是人間一個人。」[47] 之慷慨悲歌外，〈留鬚五古〉也有詩以血明志：

> 豈無丈夫氣，豈無男兒血。悲欲示吾衰，聊與少年別。[48]

而要拯救此種身世之不平，在革命鮮血之外，則有待於文藝寫作之先行。正如陳虛谷引自廚川氏之言：

> 文藝純然是生命的表現，是完全脫離外界的抑壓、強制，立在絕對自由的心境，表現個性的唯一世界。忘卻

---

43 〈夜作〉、〈愁起〉分見《賴和全集四漢詩卷》（臺北：前衛，2000.6），頁169、172。
44 此3首〈感懷〉分見《賴和全集四漢詩卷》（臺北：前衛，2000.6），頁111、124、145。
45 〈傷心〉見《賴和全集四漢詩卷》（臺北：前衛，2000.6），頁156。
46 《賴和全集五漢詩卷》（臺北：前衛，2000.6），頁403。
47 《賴和全集五漢詩卷》（臺北：前衛，2000.6），頁432-433。
48 《賴和全集五漢詩卷》（臺北：前衛，2000.6），頁432。

了名利，丟掉了奴隸根性，擺脫了一切的羈絆、制縛，文藝上的創作才能成立。[49]

以此之故，立足於詩壇更得倍加珍惜，勿依傍他人門戶，須有自己的旗幟、樹立自己之風格。陳虛谷也有不拘形式之作，他甚至有呼應賴和這段主張的文字：

> 格式、押韻這種形式，都不是詩的本體。詩的本體是在於情感，表現形式沒有千古不易的道理。[50]

賴和他自己也強調：「表現個人的情感思致」、「不拘體韻」：

> 我們這社沒有什麼規則。凡所吟詠，以能表現個人的情感思致為主旨，以此不擬題目，詩不拘體韻，吾們大家心所感的，眼所觸的。用詩表現出來，勿論長短篇，有韻無韻，以一月為期，個人把一月中，自己最得意的選錄兩首寄來辦事處。[51]

可見賴和不滿於舊詩已日趨僵化的體制，亟思有所突破，而有此論點。因他認為詩作應是要能寫出真感情的：「表現個

---

49 引見〈駁北報的無腔笛〉，《陳虛谷作品集》（彰化：彰化縣立文化中心，1997.12），頁518。按此段文字語出廚川白村，《苦悶的象徵・強制壓抑的力》一節，今晨星出版社顧寧譯本頁18也有相關的內容，唯文字頗有出入，應是譯本不同所致，或者虛谷自己直接翻譯日文原文而成。且作者在此先說：「廚川白村有批評文藝甚勾很好的話說」，代表他對廚川白村論點的推崇，也以此做為反駁無腔笛的依據。
50 《陳虛谷作品集》（彰化：彰化縣立文化中心，1997.12），頁598。
51 《賴和全集三雜卷》（臺北：前衛，2000.6），頁109-110。關於「不拘體韻」也是指不要像當時詩社的課題那樣限體限韻。

人的情感思致」，這或許也可以看出，何以在創作新文學與書寫漢詩上，賴和可以兼顧。[52]

當然創作詩不分新舊，只要有眞感情即可，所以詩要有時代嘆息的聲音，要能抒發人民傷心的淚水。他在〈詩〉七律中的頸聯更說：

寫出相思多帶淚，吟來音節各成家。[53]

也可與〈論詩〉中的「主權尚在我，揮灑可無忌。」以及「各須立一幟」相呼應，皆要詩人能寫出眞感情，如此當可自成一家。

（五）

因而到了此詩最末四句：「梅花天地心，鳴鳳人間瑞。思想之結晶，文字爲精粹。」賴和更以詩作不只是閒詠花鳥而已。花當如梅花以大地爲心，爲天地心發出芬芳；鳥當如世間鳳凰，詩語且應作鳳鳴開啓人間之祥瑞。詩作當更把詩人自己思想之結晶，以精練之文字加以表出。也可見他的〈論詩〉仍不忘詩人之思想，[54] 當爲天地立心，語言如鳴鳳之喚醒世人，

---

52 或許這種觀點可以解釋賴和等人既創作新文學又寫舊詩之故，陳建忠即說：「1919～1920 年代初、中期這段書寫新文學作品前的時期，賴和的漢詩作品說明了，他是在一邊參與新文化運動、同時又練習以白話文創作新文學作品，但也一直保有以漢詩抒情言志的書寫方式。這種情形可說是這一代知識分子（如王敏川、陳虛谷等人）的普遍情形。」

53 《賴和全集五漢詩卷》（臺北：前衛，2000.6），頁 219。

54 或許特別說梅花而捨棄櫻花等，也應有見於當時人詩社課題之偏好詠物，卻未能體會到詠物詩的積極意義，因而特別將梅花連結到思想之結晶，令人想到黃永武：「詠物詩必須因小見大，有所寄託才能使筆有遠情。」、「詠物詩自然會觸及民族思想及文化理想。」等，參考氏作，〈詠物詩的評價標準〉，《古典文學第二集》（臺北：臺灣學生書局，1980 年）。

而鳳鳴也是出自於《詩經·大雅》的典故。[55]

　　或許賴和詩末兩句「思想之結晶，文字爲精粹。」則更可
由廚川氏所引莎士比亞之名句看出其奧妙：

　　被一種微妙的念頭所驅使，
　　瘋狂般地轉動著的詩人之眼，
　　時而向天看時而向地視，
　　時而向地視時而向天看，
　　當他幻想著把未知的事物具體化時，
　　詩人的筆爲它定下形狀，
　　又爲虛無之物正名和給與地位。

　　就是這最後三行我們看到了賴和的「思想之結晶，文字爲
精粹」，[56]而早在一九二二年時，陳虛谷也在〈荒川賞櫻〉有
如鳴鳳之呼喚：

　　荒川十里路橫斜，匝地漫天盡落花。得寵東皇無幾日，大
　　和魂莫向人誇。

　　直到後來一九四〇年又有〈偶成〉：

55　《詩經·大雅·卷阿》：「鳳凰鳴矣，于彼高崗，梧桐生矣，于彼朝陽。菶菶萋萋，
　　雝雝喈喈。」
56　廚川白村著，顧寧譯，《苦悶的象徵》（臺中：晨星，1990.5），頁38，於此
　　作者並將此段引自莎翁第一行中的「fine frenzy」，說：「也就是我所謂的熱。」
　　且進而說：「但是熱本身，是隱伏在無意識心裡深處的潛熱。它化成藝術時，
　　必須經過象徵化而成唯一種具體的表現。上列莎士比亞詩句的第三行以下，可
　　以看作是指這象徵化的。」這與賴和期待詩人者有其可對照之處。

葉落蕭蕭捲地來，北風吹過雁聲哀。太陽卻亦寒酸甚，無
力支撐雲霧開。[57]

等等詩篇藉著自然意象，表現他對日本統治者的諷刺，其
中皆可看到臺灣人的反抗意志，以及「思想之結晶，文字為精
粹」的真諦。

賴和他自己在〈應社召集趣意書〉也說：

　　唉！詩的一道，很難窮極，藉以陶冶性情嘯吟風
月，亦藉以比興事物，是文學上的精粹，思想上的結晶。
凡所吟詠以能表現個人的情感思致為主旨……[58]

所以，他的〈讀林子瑾黃虎旗詩〉：

黃虎旗。誰復知（改：此何時）。閒掛壁上網蛛絲，彈痕
戰血空陸離。前人已死後莫繼（改：不是盛名後難繼），
子孫不肖（改：蟄伏）良堪悲。三十年間噤不語，忘有共
和獨立時。先民走險空流血，後人弔古徒有詩。黃龍破碎
亦已久，風雲變幻哪得知。昂首向天發長嘆，堂堂日末西
山陲。[59]

因黃虎旗而書寫對於當年臺灣民主國的憑弔，第一首即

---

57 此二詩分見於《虛谷詩集》（臺北：龍文，2001.6），頁 12 及《陳虛谷作品集》（彰
　　化：彰化縣立文化中心，1997.12），頁 369。尤其前詩雖寫櫻卻又說「得寵東
　　皇無幾日」，可見其寄託。於此施懿琳有言此二首：「皆表達了對太陽國——
　　日本的諷刺之意，與他小說〈榮歸〉最末的『落日』意象可遙相呼應。」見氏作，
　　《從沈光文到賴和》（高雄：春暉，2000.6），頁 482。
58 《賴和全集三雜卷》（臺北：前衛，2000.6），頁 109。
59 《賴和全集五漢詩卷》（臺北：前衛，2000.6），頁 446。

突破絕句四句的限制。且改寫之痕跡，也可看到所謂「思想之結晶，文字爲精粹」。第三首更藉著日末西山，同虛谷一樣，以日落的意象，期盼臺灣早日擺脫日本人的統治，得到自由，〈自由花〉即又如此說道：

> 自由花蕊正萌芽，風要扶持日要遮。好共西方平等樹，放開世紀大光華。[60]

　　凡此種種，都可看到詩人念茲在茲者在喚醒臺灣人的覺醒與自由，〈論詩〉一首與其〈飲酒〉一詩實可相輝映，都是詩人以其血淚所作的書寫。

三、賴和〈論詩〉當時的詩壇背景

　　賴和自廈門歸來後，從一詩壇之青年健將，不到數年間竟轉而如此慷慨激昂，除了在閩南期間對於神州大陸沉淪的感慨，其在目睹陳炯明所見的漳州公園中一柱上鑄有自由、平等、和平、博愛等字樣後，因之有感成詩〈漳州雜詠〉：

> 牛馬生涯經慣久，一聞平等轉添憂。此間建立平等柱，幾處人間碧血流。[61]

　　由於對神州沉淪的親睹，加上自傷身世的感慨不免有此無力感，所以賴和在寄肖白先生的詩上又說：「莽莽神州看陸沉，縱無關繫亦傷心。迴天有志憐才小，填海無功抱怨深。」

60　《賴和全集五漢詩卷》（臺北：前衛，2000.6），頁317。
61　《賴和全集五漢詩卷》（臺北：前衛，2000.6），頁383。

因而決定回鄉打拼。當時臺灣詩壇於此頗爲關注，許之爲騷壇健將，如一九一九年九月十三日《臺灣日日新報》第六九一三號〈彰化特訊〉之報導即云：

> 醫師歸來。彰街醫師賴和氏，騷壇中一青年健將也。去歲夏間渡廈，在該地博愛醫院奉職。因鄉土是戀，故於日前歸彰。[62]

然而，此一備受詩壇期待的青年詩人何以在〈論詩〉中發出如此深沉的感慨呢？這應就當時詩壇背景說起。賴和敢如此大聲疾呼，且當時詩壇之風氣之所以令賴和深有感慨，與詩壇相對自由卻又不能珍惜甚而墮落腐敗的風氣攸關。當時臺灣詩壇相較於外界之所以較爲自由，除了前所引日本一些文論家如廚川氏等的影響外，也與日本統治之初的懷柔政策攸關：

> 日人據臺之初，百政伊始，來臺官員，多以具漢學素養而能詩文者派充，文人墨客亦多參與，其治臺方針，且在施行懷柔政策，故自臺灣總督以下官吏，多禮賢下士，招待詩人，主持吟會，蓋藉文教而謀親民，俾鞏固其統治基礎。[63]

日本統治者想以懷柔代替鎮壓，而此地的有志之士也想藉著漢文字保存漢文化，因而黃美娥有「新漢文想像共同體」的

62　《賴和全集三雜卷》（臺北：前衛，2000.6），頁 243。同頁前一則又載前 2 月，《臺灣日日新報》第 6487 號〈彰化特訊〉之報導：「後起之秀。彰化騷雅場中，諸青年筆。旗鼓相當者顏有其人。──若王敏川錫舟、王麗水蘭生、吳上花仲簪、及轉廈門之賴和等，則顏爲老前輩期待云。」可見賴和在廈門期間，已備受矚目。

63　見《臺北市志·文化志·文學篇》（1991.11），頁 60。

說法：

> 乙未割臺之後，傳統詩社的再起，蘊含了臺人「漢
> 文再發現」的歷程，故不同於清代以文會友的單純文學本
> 質型態，而是具有漢族文化記憶的再確認與再鞏固的積極
> 性意義，促使社群成為一「新漢文想像共同體」，在詩社
> 本質上已有所改變；而社群意識的凝聚，也藉由集體組織
> 活動與刊物傳播，達成公共理性的認同。[64]

或者也可謂之漢學運動：

> 淪陷未久，許多地主官僚出身的上層知識分子迅速
> 掀起一個聲勢不小的漢學運動。讀漢書、寫漢字、作漢
> 詩，此仿彼效，蔚然成風。最初發軔於文化素養先近的臺
> 南，接著逐漸擴展至臺中、嘉義、高雄各地，北鄰的臺
> 北、新竹聞風而起，出現了第二中心，最後連邊僻如澎
> 湖、臺東、花蓮也捲了進去。這是一個範圍遍及全島的群
> 眾性運動，一直持續到三十年代初期。[65]

最具代表性的是各地詩社如風起雲湧，紛紛成立，連雅堂
即說：

> 三十年來，臺灣詩學之盛，可謂極矣！吟社之設，
> 多以十數。每年大會至者嘗二三百人，賴悔之所謂「過江

---

64 黃美娥，《重層現代性鏡像》（臺北：麥田，2004.12），頁 17-18。
65 引見陳碧笙，《臺灣地方史》（北京：中國社會科學出版社，1982 年），頁 289。

有約皆名士，入社忘年即弟兄」，誠可為今日詩會讚語矣。[66]

　　既然如此盛況，也就出現以詩、且只有詩才能為當時臺灣文學代表的情形，如張我軍所在〈糟糕的臺灣文學界〉中所言：

　　　　是現在——歷來也許都是如此——臺灣的文學，除了詩之外，似乎再也沒有別種的文學了。如小說、戲曲不曾看見，所以現在臺灣差不多詩就是文學，文學就是詩了。[67]

　　張氏因厭倦舊詩之陳腐，志在創作新文學，發為此言，當然別有用意，先前他在〈致臺灣青年的一封信〉即說道：

　　　　諸君怎的不讀些有用的書，來實際應用於社會，而每日只知道作些似是而非的詩，來做詩韻合解的奴隸，或講什麼八股文章，替先人保存臭味。——想出出風頭，竟然自稱詩翁、詩伯，鬧個不休，這是什麼現象呢？[68]

　　對於青年如此的呼籲，端在物極必反。因漢詩推廣久了，典範已移，以前的精神不再，以至於詩風敗壞且日漸陳腐，真坐實了「舊」詩。受到五四運動影響的張我軍繼續在〈糟糕的臺灣文學界〉中，把臺灣文壇的腐敗現象對於青年的戕害狠狠批判一番：

66　連雅堂《雅言》第九十則，引見梁明雄，《日據時期臺新文學研究》（臺北：文史哲，2000.5），頁35。
67　《臺灣民報》第2卷第24號（1924.11.21），頁6。
68　《臺灣民報》第2卷第7號（1924.4.21），頁10。

創詩會的儘管創，作詩的儘管作，一般人之於文學儘管有興味，而不但沒有產出差強人意的作品，甚至造出一種臭不可聞的惡空氣來，把一般文士的臉丟盡無遺，甚至埋沒了許多有爲的天才，陷害了不少活活潑潑的青年，我們於是禁不住要出來叫喊一聲了。[69]

張我軍之所以如此嚴厲批判，除了當時詩壇風氣日益不堪，也因在林癡仙、賴悔之等老成凋零；施士洁、許南英等避地唐山或遠走海外；洪棄生、胡殿鵬等或孤僻或瘋癲與世不相牟，騷壇頓失依傍，詩人不知所歸。間以執政當局「揚文會」的籠絡優遇有加，[70]所衍生的影響，使後來的舞文弄墨者遂逐漸沉淪、不復自愛，風氣因每況愈下，吟詠多爲應酬之作；風騷竟成揶揄之詞。作品已逐漸以不忍卒睹者爲多，尤其擊缽之風，雖市井之徒猶趨之若鶩，但此更爲人詬病，以其所作，有如吳濁流所言：

在形式上看來多麼壯觀堂皇，文風勃勃，但內容看來廢頹悲鳴，換骨奪胎，拾古今之棄唾而已。又因設詩社造成兩個風潮：一個是詩社變成紳士的遊戲場，他們老詩人自己也承認作詩就是逢場作戲，別無作用；另一方面又從此詩社產生了職業詩人及職業詞宗。

69 《臺灣民報》第 2 卷第 24 號（1924.11.21），頁 6。
70 除了延續「紳章制度」、「饗老典」，兒玉總督更邀請臺灣各地獲有進士、舉人、貢生、廩生名銜者，於臺北舉行「揚文會」。見王詩琅，〈日據初期的籠絡政策〉，〈臺灣文獻〉第 26 卷第 4 期、第 27 卷第 1 期合訂本（1976.3），頁 35-41。這於 1900 年 3 月的措施，卻對這些文士產生不小的影響，黃美娥即由彰化舉人吳德功的書寫道：「我們深刻感受到臺人既驚懼又欣喜的心情，特別是現代化事物、制度的文明召喚，正魅惑著從舊社會過渡而來的知識分子」，除了吳德功，王石鵬也很類似，詳見氏著，《重層現代性鏡像》（臺北：麥田，2004.12），頁 35-38。

所謂的職業詩人的詩如何呢？吳濁流〈新文學運動的氛圍氣〉繼續說道：

請看職業詩人作的詩便知，大都千篇一律，他們一天可以作幾十首，但此詩沒有靈魂。[71]

葉榮鐘甚至發表一篇〈墮落的詩人〉批判道：

換湯不換藥地千篇一律敷衍下去，這簡直是文字的排疊，而不是詩的創作了。似這樣，只爲著巴結權勢，好出風頭，成爲貪一席吃喝以至希圖去博妓女的歡心，而將無作有，假話連篇地亂作一場，這不是「詩之手淫」是什麼呢？[72]

詩人墮落致此，眞是令人吃驚，葉榮鐘之所以如此誇張地描述，由他化名爲「奇」發表在〈南音〉的一文可見：

除起給一些沽名釣譽的有閒階級去自己陶醉而外，任是用百萬倍的顯微鏡也照不出他們對於人生、社會和藝術所寄興，而能夠有一些足以像今日這樣招搖藝林的理由來。[73]

葉榮鐘進而對於擊缽吟毫不保留地抨擊道：「擊缽吟便是這樣『言之無物』的詩的極致」而這一切也端在擊缽吟所形成

---

71 以上 2 則吳氏之言見《臺北文物》第 3 卷第 2 期，頁 48-49。
72 葉榮鐘以天籟之名發表：〈墮落的詩人〉，《臺灣民報》第 2 卷第 24 號（1929.1.8），頁 8。
73 卷頭語〈前葦的使命〉，《南音》第 1 卷第 3 號（1932.2）。

的詩人的習氣：

> 現在的舊詩人，只能汲汲於形式而不能顧及於內
> 容，這樣數典忘祖的態度就是他們的一大蠹病。[74]

　如此尖銳的語鋒，雖與前面諸家一樣免不了招來舊愛好者
等人的反擊，當然也有對於舊文學仍抱持期待者的調停之聲，
如陳炘雖爲新文學運動的前驅，他在〈文學與職務〉上依然
說：

> 今日之形勢，當使文學自覺，勵行其職務，以打破
> 陋習，擊醒惰眠，而就今日之文明思想，以爲百般革新之
> 先導爲急務也。嘗聞我臺有文社之設，已經年餘有光彩之
> 歷史矣，想對此方面，必大有貢獻，固無庸贅也。[75]

　這當然也是對於詩壇的一番期許，舊詩陣營中也頗有反省
之聲。如連雅堂主張「詩界革新論」，且又說道：

> 夫詩界何以革新，則於所反對者爲擊缽吟。擊缽吟
> 者一種之遊戲也，可偶爲之，而不可數，數則詩格自卑。
> 雖工藻繢，僅成土苴。故余謂詩當從大處著筆，而後可歌
> 可頌。[76]

74　卷頭語〈作詩的態度〉，《南音》第 1 卷第 6 號（1932.4）。
75　《臺灣青年》1 卷 1 號（1920.7.12），引見黃美娥，〈重層現代性鏡像〉（臺北：麥田，2004.12），頁 43。黃氏並以爲此文社即「臺灣文社」。
76　引見〈餘墨〉，《臺灣詩薈·下》（臺北：成文，1977.11），頁 460。原載於《臺灣詩薈》第 19 號（1925.7.15）發行。施懿琳仍推斷連氏提出「臺灣詩界革新論」的時間應於 1907 年。見氏著，《從沈光文到賴和》（高雄：春暉，2000.6），頁 256-257。

主張革新，也加入櫟社的他，跟詩社主流一樣，反對擊缽吟。而對擊缽吟沒有好感的，有同樣來自於舊詩陣容中的回響，如陳逢源其人，他喜愛舊詩，吟詠不輟，卻發表了一篇〈對於臺灣舊詩壇，投下一巨大的炸彈〉，光看題目就足以令人震驚，他先則引胡適和林幼春對於舊詩尤其擊缽吟加以批評並說道：

> 我已斷定臺灣的詩社，絕不會作出所謂心畫心聲的詩，倒反挫折了許多青年們革新的意氣，眞不啻是扼殺人才的一大陷阱。[77]

他在投下臺灣詩社的擊缽吟和課題的詩都不是眞的詩，「概是所謂文字遊戲這一類的假詩」的巨大炸彈後，接著在下篇就討論「眞的詩是什麼？」一樣先引《詩經》說道：「可以拿《詩經》的〈大序〉來代我回答。〈關雎詩序〉說，詩者志之所之也。在心爲志，發言爲詩。」旁徵博引將詩的本源說出，只爲了證明所言的根據，這與賴和〈論詩〉一詩的發端可說一樣，最後他還說：

> 要做時代先驅的詩人，於臺灣反形成有阻害社會進步的反動陣營，這是我們不可不打倒的最大理由了吧。[78]

出身漢詩陣營，卻要打倒漢詩的反動，眞的是詩壇內部最深切的反省，但若不如此，舊詩壇又如何能改革呢？陳逢源的這篇發表的時間在一九三二年，應已受到賴和〈論詩〉中觀點

---

77 《南音》第 1 卷第 2 號（1932.1），頁 6。
78 《南音》第 1 卷第 3 號（1932.2），頁 1。

的影響。[79]當時這些詩人及論者彼此之互動與感染,又可由林石崖〈臺灣詩報序〉略窺一二:

> 古詩三百篇,……義旨奧妙,以十五國風言之,……於政治經濟,人才風俗,沿革得失,指陳詳審,後人讀之,勃然感奮,故詩之所以可貴也。是後王風委頓,大雅不作……此雖或運會使然,要非詩人所見不大之故歟?

此段文字言詩三百尤其國風之可貴,真可為賴和〈論詩〉首段之註腳,且言及「王風委頓,大雅不作」則又似上承李白古風,直探本源。唯不僅如此,作者更舉世界之詩人為例而說:

> 近世歐美之詩人則反是,其文藝之醇者,一本於哲學,凡所賦詩,不寫國家之政象,則描民族之心理,如俄之托爾斯泰、印之泰古俞(泰戈爾)者,使人誦其詩,讀其說,可以察其社會千變萬幻之情狀矣!蓋其學不離乎社會,而措辭命意,又務以指導人心,改造時勢,此詩人之偉大,所以能後杜少陵,而為詩聖也。

這也可看出賴和「多少嘆息聲,幾許傷心淚」以及「思想之結晶,文字為精粹」等等的進階意涵。不僅如此,林氏進而又呼籲道:

---

79 由《南音》第 1 卷 2 號、三號卷末「本誌同仁」之名單同樣列:「陳逢源、賴和、周定山……葉榮鐘……」都以陳逢源、賴和兩人掛名領銜,因此賴和〈論詩〉的觀點陳逢源應有所知悉。

　　嗚呼！詩人所學如是，抱負如是，相勗如是，縱偶飲醇近美，試爲綺語豔詞，又何損其大節乎？若夫萬卷不讀，見解不宏，曰唯浸淫於章句之間，沾沾然搜奇抉怪，以與鄉閭憔悴專一之士，較其分寸毫厘，爭一時之長短，亦卑卑不足道矣。[80]

　　非但借古說今，更以世界之潮流，他山之石爲借鏡，指出詩道之坦途所在，當讀萬卷書，有寬宏之見解與抱負，方能有傲人之詩篇，可繼詩聖等而無愧。雖曰其學不離乎社會，有其「社會性」之關注，然而「措辭命意，又務以指導人心，改造時勢」等，可見他應更重視思想之啓發或改造，這方爲本篇之旨趣，[81] 可與賴和〈論詩〉末段相發明。

四、賴和〈論詩〉與李白〈古風五十九之一〉的比較

　　由林石厓論詩的上承李白古風，可回頭再看賴和〈論詩〉結語之「鳴鳳人間瑞」。祥瑞之鳳凰，還有首句之「國風雅頌篇」等，讓我們也想起曾經登金陵鳳凰臺寫下浮雲蔽日、長安不見之愁的李白，剛好時人也以謫仙稱許賴和。我們可比較同樣借論詩一展個人抱負之詩作：李白的〈古風第一〉與賴和的〈論詩〉在旨趣上有何異同？由賴和這首〈論詩〉詩的起筆「國風雅頌篇，大率皆言志。」這兩句，也恍若讀到李白〈古

80　以上3則林石厓之論俱引自〈臺灣詩報序〉創刊號，《臺灣詩報》（1924.2.6）。
81　黃美娥曾討論此篇道：「說明可貴的創作必然與社會相連結，且以指導人心、改造時勢爲務，……可以發現林氏對於國外的文意也有所接觸，甚至認爲其中大有可以借鏡之處，並謂臺灣的創作，應該致力於『社會性』的彰顯。」見氏作，《重層現代性鏡像》（臺北：麥田，2004.12），頁46。唯林氏所言：「又務以指導人心，改造時勢」云云，其實細推文意，思想應該才是他關注之核心，且可與賴和〈論詩〉：「思想之結晶」相印證。

彰化學

為詩之濫觴，直探本源，用心可謂良苦，以詩的根源意義來論
詩，拯救詩道原是拯救世道的根本，且看李白此詩：

> 大雅久不作，吾衰竟誰陳？王風委蔓草，戰國多荊榛。龍
> 虎相啖食，兵戈逮狂秦。正聲何微茫！哀怨起騷人。揚馬
> 激頹波，開流蕩無垠。廢興雖萬變，憲章亦已淪。自從建
> 安來，綺麗不足珍。聖代復元古，垂衣貴清眞。群才屬休
> 明，乘運共躍鱗。文質相炳煥，眾星羅秋旻。我志在刪
> 述，垂輝映千春。希聖如有立，絕筆於獲麟。[82]

李白的這首古風備受世人矚目，如唐汝詢《唐詩解》即
云：

> 此太白以文章自任，而有復古之思也。言大雅既
> 絕，而宣尼又衰，時以無復陳詩者。……夫太白以辭章之
> 學欲空千古而紹素王，亦誇已哉！[83]

頗能讀出李白的用心，但卻囿於俗見，以為是詩人誇誕之
言。

《李詩直解》也說：「此太白志復古道，而以作述自任
也。」又說：「仲尼曰：『文王既沒，文不在茲乎？』將復古
道，捨我其誰？我故師之，如春秋之絕筆於獲麟也。有所感而

---

82 引自瞿蛻園等，《李白集校注》（臺北：里仁書局，1981.3），頁91。
83 《唐詩解》卷3，引自詹瑛主編，《李白全集校注彙釋集評》（天津：百花文藝，
　　1996.12），頁26-27。

起，固有所為而終也。太白蓋以自任矣。」[84]

《唐宋詩醇》卷一則云：

> 古風詩多比興，此篇全用賦體，括風雅之源流，明
> 著作之意旨，一起一結，有山立波迴之勢。昔劉勰〈明
> 詩〉一篇略云：觀白此篇即劉氏之意。指歸大雅，志在刪
> 述，上溯風騷，俯觀六代，以綺麗為賤，情真為貴，論詩
> 之意，昭然揭矣。[85]

這些資料都可見李白將復古道的令人讚揚，後者更以劉勰
之說為證，言根本於大雅、志在刪述，也以情真釋清真。今人
俞平伯也說：

> 所以說：「我志在刪述，垂輝映千春，希聖如有
> 立，絕筆於獲麟。」他既想學孔子修《春秋》，何嘗以文
> 學詩歌自限呢？因之局限於文學的變遷，討論他的復古，
> 是不易詮明本篇大意的。

俞先生接著又說：

> 這裡卻產生一個問題：下半段所說比上半段更為廣
> 遠，是否變成兩橛？我覺得可以用一個傳統的說法來解
> 答——即《詩》和《春秋》的關係。本篇大意，只是《孟
> 子》上的兩句話：王者之跡息而《詩》亡，《詩》亡然後

---

84 引自詹瑛主編，《李白全集校注彙釋集評》（天津：百花文藝，1996.12），頁
27。

85 引自瞿蛻園等，《李白集校注》（臺北：里仁書局，1981.3），頁93。

《《春秋》作。（〈離婁下〉）⁸⁶

對於古風的解讀可說異於他人，卻頗能說出李白的抱負，我們試看賴和此詩，乍看之下與李白詩除首聯發端相近之外，其他則字句似相去頗遠，但若仔細讀至篇末，細加咀嚼，則也頗有相關。所不同者為李白借孟子之言抒發其感嘆，俞平伯說李白古風之一的精神，而觸及到《詩》與《春秋》之異：

> 「再從政治和文學的關係方面說，文學主要功能之一是批評。詩有美刺，春秋有褒貶，而春秋家的褒貶實比詩人的美刺更了進一步。詩人多委婉其詞，春秋家則詞嚴義正。」⁸⁷

的確，詩人之作當重在美刺，而這組詩其實更有其詠懷的意義，如有些詩即被視為「詠懷」，也被視為學陳子昂〈感遇詩〉，而感遇詩也是源自於阮籍〈詠懷〉的傳統，讓我們想到了憂生之嗟的阮籍：「夜中不能寐，起坐彈鳴琴。……徘徊將何見？憂思獨傷心。」⁸⁸ 就是這詠懷傳統，成為從阮籍以後，陳子昂、李白等都有的感慨；充滿歷史意識的詩人，在念天地之悠悠之餘，不免要在詩作中發聲，且對詩壇進行反思。也難怪遙繼此傳統的賴和要被稱為「史雲」了。

只是，不同的是李白的背景是在對政治猶有冀望的所謂盛唐之時，同樣的〈古風其三十五〉就說：「大雅思文王，頌

---

86 俞平伯，〈李白古風第一首解析〉，《李太白研究》（臺北：里仁書局，1985.5），頁418。
87 俞平伯，〈李白古風第一首解析〉，《李太白研究》（臺北：里仁書局，1985.5），頁419。
88 引自逯欽立，《先秦漢魏晉南北朝詩》（臺北：木鐸，1988.7），頁496。

聲久崩淪。」[89]對於當時的政治應是與杜甫相若：「致君堯舜
上，再使風俗淳」，惜鮮有知音，當時一般人所追求的也是如
此詩中所言之：「一曲斐然子，雕蟲喪天眞。棘次造沐猴，三
年費精神。功成無所用，楚楚且華身。」只在文字雕琢上賣弄
技巧、求得賞識而已，這是李白不屑的。所以在感嘆頌聲久崩
淪後，他發出了「安得郢中質，一揮成斧斤」[90]的呼籲，尋找
志同道合的知音。李白將復古道的胸懷，原與他政治上的追尋
相關。所以〈古風之一〉，識者以爲：

> 這是一首論詩詩，又是一首言志詩。[91]

可以看出他的心志；而賴和的〈論詩〉何嘗不是如此？唯
賴和作此論詩之詩，時空背景已大不相同，日本統治臺灣時，
在嚴刑峻法之餘，對於詩壇多以懷柔政策而網開一面，因而風
騷之壇若詩社、詩會等頗爲興盛。惟詩人卻多不能珍惜，但吟
詠風月，流連忘返，引起有識者之批評，因詩人沉湎於詩酒之
會而忘了詩人之職責，故舊詩壇的風氣每爲人所詬病，新舊文
學之爭也因之而起。

賴和出身舊詩之傳統，卻也對新文學付出心力、貢獻頗
多，有臺灣新文學之父的稱譽，[92]但他始終不能忘懷舊文學，
舊詩之創作不斷，因而對於詩壇的積習之深頗不以爲然，此

---

89 引自瞿蛻園等，〈李白集校注〉（臺北：里仁書局，1981.3），頁156。
90 引自瞿蛻園等，〈李白集校注〉（臺北：里仁書局，1981.3），頁156-157。詩後「評
　箋」並引沈德潛《唐詩別裁》之説：「識世之文章無補風教，而因追思大雅也。」
91 見裴斐，《李白與歷史人物》，引自詹瑛主編，〈李白全集校注彙釋集評〉（天
　津市：百花文藝，1996.12），頁29。
92 王詩琅：「臺灣的新文學能有今日之隆盛，賴懶雲的貢獻很大。說他是培育了
　臺灣新文學的父親或母親，恐怕更爲恰當。」李南衡編，《賴和先生全集》，
　收入《日據下臺灣新文學明集》（臺北市：明潭，1979.3），頁400；又楊守愚
　也説賴和：「他就是這樣一個謙遜的長者，其實，代表作家除掉他，還有誰？」
　許俊雅等編，《楊守愚日記》（彰化：彰化縣立文化中心，1998.12），頁32。

〈論詩〉一篇，可說賴和詩作之宣言。

　　賴和想一掃詩壇積弊，因而如李白一樣追溯詩之源頭，以
《詩經》為本，探其精神之淵源，在言志、在天真，以此而責
求詩人，對於時人的詩風，也有李白「雕蟲喪天真」、「功成
無所用」的指陳與呼籲。其亦認為詩壇可以著墨者多，此即為
自由之地，既詩人已有創作之主權不須依傍他人，因而應努力
樹立一己之詩風，以思想之結晶，化為精粹之文字，以如梅花
潔淨的天地心為本，進而如鳳鳴高崗致斯民於太平。且能直探
詩之本源時，則可與李杜並駕，〈詠詩〉即說：

　　　　脫手何應費構思，此中祕訣我能知。編成觸目亡字
　　語，便是興懷一句詩。若得純然見意志，未須弄巧出離
　　奇。而今心到窮源處，李杜看來不過斯。[93]

　　若能直探本源甚至可以超越李杜，真可與〈論詩〉發端之
國風雅頌篇云云相呼應，而未須弄巧，與心到窮原等等也是有
〈論詩〉一詩之旨趣在。

　　若比較李、賴二人之作，則此詩在旨趣上，顯現賴和以
個人的創作體驗並付諸實際行動，對於詩壇之改革責任期許頗
深。非若李白在天寶之時，但得一天上謫仙人之號，卻始終難
以舒展雄才，唯以詩酒自遣，直至安史亂後才有歌詠永王東巡
之舉，欲一展抱負；[94] 卻又以此坐罪，流放夜郎，終其一生，
但以詩鳴。至於賴和此作所冀望的詩壇，雖也有知音，如林獻

93　《賴和全集四漢詩卷》（臺北：前衛，2000.6），頁219。
94　李白有〈永王東巡歌十一首〉，見瞿蛻園等，《李白集校注》（臺北：里仁書
　　局，1981.3），頁546-557。至於永王兵敗，太白遭牽累一事，按：〈校注〉，
　　頁556-557更言：「永王東巡歌既爲太白自抒抱負之作，亦足證天寶至德間史事，
　　非淺人所解也。」闡述李白詩之旨趣並加以辯解，可參照。

堂、陳虛谷與文協、[95] 應社等詩友，[96] 但畢竟面對強大的殖民政權，卻始終難以撼動。唯如夸父逐日、精衛填海般，知其不可為而為的精神，仍深藏在詩人的內心，有時仍須借酒來抒發。且飲酒之豪情可看到賴和與前輩飲者之異同，這也在此〈論詩〉中已可看出端倪。

這一切源於賴和渴望變革之深，欲拯救斯世，當從文學而來喚醒人心才有可能，因而對於臺灣詩壇頗為期待。在此〈論詩〉一詩中，他對於詩歌創作與詩人職責毫不掩飾地表達出其觀點。可以看到在此殖民統治下：「愚民處苦久遂忘，紛紛觸眼皆堪傷。仰事俯蓄兩不足，淪作馬牛膺奇辱。我生不幸為俘囚，豈關種族他人優。」[97] 雖有如此不平與憤慨，但想要有所行動以喚醒同胞，根本還是在思想，而思想的啟迪實賴於文學作品的薰陶、傳播。於文學，賴和還是深有寄望，是以此詩，是詩人的自我期許，也是期許他的同志的一篇宣言。

五、結語：兼論賴和〈論詩〉與蔣渭水〈臨床講義〉的關聯

由上可知賴和寫〈論詩〉一詩時，正當一九二四年，臺灣的漢詩界，於內部或外部的大環境都面臨嚴峻的挑戰。出身小

---

95 文化協會成立時以林獻堂為總理，蔣渭水任專務理事，賴和也被列為理事之一，有關賴和與文協間的互動詳見林瑞明，〈賴和與臺灣文化協會〉，《臺灣文學與時代精神——賴和研究論集》（臺北：允晨文化公司，1994.12），頁143-263。

96 「應社」有同聲相應之意，賴和〈應社招集趣意書〉強調該社之創立主要在：「講求吟詩的趣味，琢勵詩人的節操。」可見賴和與其詩人朋友間的抱負，《賴和全集三雜卷》（臺北：前衛，2000.6），頁109；黃美娥即以此認為：「同時期若干新文學作家，如賴和、楊守愚等素重民族氣節者，願意選擇組織『應社』撰寫舊詩以言志，而未因舊詩與日政府間的曖昧共生關係而唾棄，似又可見廖氏（漢臣）對於舊文學者必與日政府沆瀣一氣的影射可能太過強烈。」

97 《賴和全集五漢詩卷》（臺北：前衛，2000.6），頁432。

逸堂書房的他熟悉漢詩吟詠，卻又一心想要改革臺灣社會而從事新文學寫作，但終究還是回到漢詩的老本行。只是他對於漢詩詩壇不免愛之深、責之切，尤其在治警事件後，除了以〈飲酒〉七古慨嘆臺灣人被奴役的痛苦外，更明瞭社會改革中，思想尤為重要，而思想之啓發改造有賴於文學的薰陶和傳播。當時臺人所最熟悉的文學即為漢詩，若漢詩能拯救，則民心應大有可為。於此施懿琳也說到：

> 至於「鞭策牛馬身，此即自由地」、「主權尚在我，揮灑可無忌」等語，更隱約指出寫作者創造時的神聖性與自主性。整首詩更提示了「思想」才是詩的靈魂。賴和的文學觀是活潑新潮的，直到今日看來，他的想法仍是進步的。[98]

　　他的進步就是在點出詩的靈魂端在「思想」，要拯救人民的苦痛、解決當時的困境，就要改變這時代的種種不公不義，而這有賴於思想的啓蒙。賴和因而想從那時唯一還可算為自由地的詩壇著手，思謀就漢詩改革提出建言，而有此作。

　　當然我們注意到他在中國廈門行醫時的挫折經驗，以及五四運動的影響；也要關心到當時舊文人不管舊瓶裝新酒，或詩界革新論的呼籲；還有外來的世界潮流，包括日本的廚川白村：「文藝是生命力用絕對的自由而表現自身的唯一機會。」或法國的安納托爾·法朗士，[99]這些人在在都於思想層面上深

98　見《國民文選·傳統漢詩卷》（臺北：玉山社，2004.6），頁364。
99　賴和〈一桿稱仔〉曾提及受到法朗士的影響，林瑞明云：「這是賴和在作品中談到外國作家僅有的一次。」又考察及比較其影響所在，且作結道：「前面提到法朗士得到諾貝爾獎的評語，我覺得也可以放在賴和身上，只要將法國改為臺灣即可，因爲賴和一輩子都在爲臺灣的解放而奮鬥。」《臺灣文學與時代精神——賴和研究論集》（臺北：允晨文化公司，1994.12），頁327。

深打動賴和。另外，當然也不能忽略他的文協、應社詩友林獻堂、陳虛谷、王敏川等等的激勵。

由於大正民主潮之故，同樣對於臺灣愚民被人奴役，而思索解決之道的另有蔣渭水，他是賴和在臺北醫學校就學時的學弟，在一九二一年組織文化協會後，其一直把賴和列為理事，可見兩人之關係。[100]

《文化協會第一次會報》發表的〈臨床講義〉一文，就以臨床診斷書的寓言形式寫出臺灣的問題及解決之道。[101] 在文中他以臺灣為「患者」：

> 主訴：頭痛、眩暈、腹內飢餓感。
>
> 最初診察患者時，以其頭較身大，理應富於思考力，但以二三常識問題試加詢問，期回答卻不得要領，可想像患者是個低能兒。頭骨雖大，內容空虛，腦髓並不充實；聞及稍為深入的哲學、數學、科學及世界大勢，便目暈頭痛。此外，手足碩長發達，這是過度勞動所致。

蔣渭水接著又寫道：

> 診斷：世界文化的低能兒。／原因：智識的營養不良。／經過：慢性疾病，時日頗長。／預斷：因素質純良，若能施以適當療法，尚可迅速治療。反之，若療法錯誤，遷延時日，有病入膏肓，死亡之虞。

100 於此林瑞明根據資料考察：「臺灣文化協會成立之後，會務是由專務理事蔣渭水負責推動，他並未遵照賴和所囑，取消其理事資格，賴和一直身任理事。」見〈賴和與臺灣文化協會〉，《臺灣文學與時代精神——賴和研究論集》（臺北：允晨文化公司，1994.12），頁155-156。

101 〈臨床講義〉原載1921年《文化協會第一次會報》，後收入《蔣渭水遺集》1931年版，頁384-387，另見《蔣渭水全集》（臺北：海峽學術，1998.10）。

　　因而他接著又提出治本不治末的根本治療法。所提出的處方則爲：

正規學校　教育最大量／　補習教育　最大量／　幼稚園　最大量／　圖書館　最大量／　讀報社　最大量

　　這種種最大量：補習教育最大量、幼稚園最大量、圖書館最大量、讀報社最大量的處方，就是要解決世界文化低能兒的症狀，其用在思想啓蒙或改造上的用心良苦，也得到了回響。[102] 這是當時關切臺灣未來前途的蔣渭水發出的警告，其實不只是他，憂心臺灣處境的知識分子也都有相同的感受。這也是賴和〈飲酒〉詩中所提：「愚民處苦久遂忘，紛紛觸眼皆堪傷。仰事俯蓄兩不足，淪作馬牛膺奇辱。」的傷感與不平；也是他在〈論詩〉詩中所說的：「多少嘆息聲，幾許傷心淚？」[103] 然而解決之道由「鞭策牛馬身，此即自由地」可知，欲擺脫做牛做馬、爲人奴役的處境，端賴此「主權尚在我，揮灑可無忌」的文學思想來喚醒同胞，庶幾尚有可爲。也擺脫了當初在廈門時「莽莽神州看陸沉，縱無關繫亦傷心。迴天有志憐才小，塡海無功抱怨深。」的無力感，賴和終於在詩作中找

---

102 如林瑞明即引《臺灣民報》2卷19號說：「彰化的開業醫對文化協會的盡心維護，還可從1924年6月17日文協彰化支部成立於北門外，附設了讀報社及施行實費診療制，賴和、陳英方等12位醫生，以實費來診療病患，一則嘉惠窮苦的病患，一則提高文化協會在民眾間的影響力。」見〈賴和與臺灣文化協會〉，《臺灣文學與時代精神──賴和研究論集》（臺北：允晨文化公司，1994.12），頁163。有關文協在啓蒙運動上的推廣，另詳徐雪霞，〈日據時期臺灣文化協會的啓蒙運動1921-1927〉（臺北：臺北文獻直字第71期，1985.3.25），頁113-143。

103 賴和又有〈繫臺北監獄〉：「功疑惟重罪疑輕，救法何嘗喜得情。今日側身攖乳虎，模糊身世始分明。」、「幽囚身是自由身，尺蠖開雷屈亦伸。我向鐵窗三日坐，心同面壁九年人。」《賴和全集五漢詩卷》（臺北：前衛，2000.6），頁425。賴和最後終於因此而大徹大悟，覺悟到自己被殖民者的身分，也因此在〈飲酒〉、〈論詩〉中皆慨乎言之。

到了力量。

　　由於對於詩壇革新的盼望，所以由〈論詩〉詩中可以見到他跟林獻堂、蔣渭水、王敏川等文協同志，及其他後起的新文學作家，走著同歸而殊途的道路，[104] 而他畢竟還是對於傳統詩歌的反思及時代思潮的接收，同樣抱著很深的期許。

---

104 林瑞明有言：「賴和應用臺灣話文的寫作，因無法使形式與內容充分契合，自覺嘗試失敗，而中止新文學的創作，反映出意識與實踐間的差距，對他而言是巨大的困擾；以後賴和又轉向傳統詩文的寫作。」又說他「被總督府視為危險人物。賴和與革命派不同的地方，如前所述，他不是教條主義者，保有比較彈性的空間，因此在文化協會分裂之後，他與臺灣民眾黨主流派亦有關聯。」分見〈賴和與臺灣文化協會〉，《臺灣文學與時代精神──賴和研究論集》（臺北：允晨文化公司，1994.12），頁254、258。凡此都可看到賴和而不同之處。

賴和〈獄中日記〉及其晚年情境

林瑞明

一、前言：殖民地的心聲

　　殖民地反抗者，被統治當局拘禁入獄，是極爲平常的事，日治時期臺灣志士進出牢獄，不知凡幾。蔡惠如、林幼春、蔣渭水、林呈祿、范本梁、張深切、賴和、王詩琅、王白淵、楊逵等人，都有這樣的經驗，但將獄中記事發表出來的並不多見。蔣渭水是坦蕩的政治運動者，每次下獄，隨即發表感想於《臺灣民報》，留下了不少文獻，如〈入獄日記〉、〈獄中感想〉、〈獄中隨筆〉、〈北署遊記〉……尤其治警事件的〈入獄日記〉充滿豪情壯志、慷慨高吟：

　　　　在昔宋朝旣有莫須有禍矣
　　　　於今大正豈無那能無殃哉[1]

　　被日本統治者拘捕入獄，反以坐牢爲榮，充分表現了臺灣人的志氣，不僅是臺灣抗日史上的寶貴紀錄，也是臺灣新文學史上散文的代表作。
　　臺灣新文學的奠基者──賴和亦留有〈獄中日記〉，這是

1　蔣渭水〈入獄日記〉，連載於《臺灣民報》2卷6號至11號。引述聯語見2卷9號，頁11。

日本軍閥發動太平洋戰爭之際，縲絏獄中五十餘日，偶然間留下來的記事；也是賴和一生中唯一見存的日記，當時未必想及將會留之於世，因此更值得重視。從這份在獄中寫於粗紙上的手記，可以窺看賴和在強大壓力下生命受威脅時的徬徨、無告、苦於家庭經濟，甚至整體反映出被壓迫者的殖民地心聲。

〈獄中日記〉從一九四一年十二月八日迄隔年的一月十五日，總共留下三十九日的記事，僅以第一日、第二日、第三日……標示日期。從日記中得知賴和受困獄中第八日，始於雜記帳中發現鉛筆及塵紙（粗紙），乃試著回憶前七天的經歷，故第三日記事且補記於第八日記事中段，可見僅留供個人排遣獄中無奈的歲月。原稿現已不存，現在所見的這份手記題名〈獄中日記〉，也不是賴和親自定名，而是在戰後初期，友人楊守愚整理遺稿，並發表於蘇新主編的《政經報》，因而冠上題名，始見之於世。[2]

一九七九年三月李南衡主編的《賴和先生全集》出版，收存〈獄中日記〉，但在戒嚴體制下，為了減少無謂的困擾，將楊守愚所寫的序言刪略了，十分可惜。楊守愚是日治時期臺灣新文學運動中，創作量最豐富的人之一，也是彰化地區賴和所屬的應社成員，一生深受賴和的鼓勵與影響。這篇寫於一九四五年光復慶祝後二日的序言，反映了臺灣人對新文學之父賴和的高度評價，文中也提及賴和推崇魯迅，遂對於賴和有「臺灣的魯迅」之稱，從精神面上提供了我們了解的訊息。為了探討〈獄中日記〉，首先將序言附錄於後，一則補《賴和先生全集》〈獄中日記〉缺漏部分，再則有助於增進對賴和的認識。

2　賴和〈獄中日記〉，連載於《政經報》1卷2號至5號，以〈我的祖父〉、〈高木友枝先生〉2文為附錄；本文收於李南衡，《賴和先生全集》（臺北：明潭，1979.3），頁268-302。為了參閱方便，有關〈獄中日記〉引文，皆引自《賴和先生全集》（以下簡稱《全集》）。

序

這一篇〈獄中記〉，是大東亞戰爭勃發當時，先生被日本官憲拘禁在彰化警察署留置場，所寫成的。可以說是先生獻給新文壇的最後的作品。在這裡頭，我們能夠看出整個的懶雲底面影，這一篇血與淚染成的日記，就是他高潔的偉大的全人格的表現，也就是他潛在的、熱烈的意志的表現。

身犯何罪？姑勿論先生自己不知道，試一問當時發拘引狀的州高等課長，怕也揶不出明確的答案吧！「莫須有」，還不是宋時三字獄的把（巴）戲？因為先生生平對於殘虐的征服者，雖然不大表示直接抗爭，但是他卻是始終不講妥協的。即當時一部分人士所採取的，所謂「陽奉陰違」的協力，他都不屑為的。他這一種冷嚴的態度，我想這就是他被拘的理由。

先生生平很崇拜魯迅先生，不單是創作的態度如此，即在解放運動一面，先生的見解，也完全和他「……所以我們的第一要著，是在改變他們（國民）的精神，而善於改變精神的，當然要推文藝……」合致。所以先生對於過去的臺灣議會請願、農民工人解放等運動，雖也盡過許多勞力，結果，還是對於能夠改變民眾的精神的文藝方面，所遺留的功績多。

「楚雖三戶，亡秦必楚」。因為先生覺得，只要民族意識不滅，只要大家能夠覺醒起來，不怕他帝國主義者的強權怎樣屬害，他是相信我們總有一天是會得到出頭的。

不是嗎？臺灣已經是光復了！被壓迫的兄弟都得到自由了！

在這萬眾歡呼之中，反而使我不禁流出眼淚來。很

遺憾的，著力於改變民眾的精神的懶雲先生，他不能等著
這光明的日子到來，他不能和我們一齊站在青天白日旗下
額手歡呼，便被凶暴的征服者壓迫而死了！

雖然，我相信他在天之靈，一定在慰安地微笑著啊！

先生的肉體雖然是與世長別，但是先生偉大的精
神，是永續地在領導民眾，在激勵省內的文學同志呢！

當著這歷史的轉換期，爲紀念故人生前的功績，爲
激勵文學同志的奮起，這一篇臺灣新文學運動的先鋒懶雲
先生的遺稿的刊載，是有著多大意義的。

中華民國三十四年光復慶祝後二日

守愚誌

錄自《政經報》第二期，一九四五年十一月

二、我生不幸爲俘囚

　　賴和一生中曾經兩次繫獄。第一次是一九二三年十二月
十六日「治警事件」，總督府警務局檢舉臺灣議會期成同盟會
會員，北自宜蘭、南至高雄，將議會運動關係人一網打盡，當
天並扣押四十一人。這是總督府施行恐怖政治，以鎮壓臺灣人
覺醒的政治意識。事件發生時，臺灣一切對外通訊都被當局所
控制，特務橫行，全島一時風聲鶴唳，民心惶恐。蔣渭水將此
事件稱之爲「臺灣的獅子（志士）狩」。[3] 三十歲的賴和，亦
被囚於臺中銀水殿，後移送臺北監獄，隔年一月七日始不起訴
處分、出獄，總共被監禁二十四天。在獄中有〈囚繫臺中銀水
殿三首〉、〈囚中聞吳小魯怡園籠鶴〉、〈繫臺北監獄〉、

3　蔣渭水〈入獄日記〉（1），《臺灣民報》2卷6號，頁15。

〈讀佛書〉等詩，被釋放之後又有〈出獄作〉、〈出獄歸家〉等作品，反映了賴和在治警事件中的志氣與豪情。賴和在〈囚繫臺中銀水殿三首〉中云：[4]

食飽眠酣坐不孤，枝頭好友黑頭烏；
知人睡晏精神減，破曉窗前即亂呼。

坐久心安外慮忘，憐他枝上鳥啼忙；
無端最是芭蕉雨，攪亂閒情思轉長。

一死原知未可輕，吾身不合此間生；
如何幾日無聊裡，已博人間志士名。

這是賴和初次繫獄時之心境，即使在獄中亦能食飽眠酣，而且還有閒情欣賞獄窗外的景緻，不愧是個青年志士。〈繫臺北監獄〉亦有詩云：[5]

功疑惟重罪疑輕，赦法何嘗喜得情；
今日側身攖乳虎，模糊身世始分明。

幽囚身是自由身，尺蠖聞雷屈亦伸；
我向鐵窗三日坐，心同面壁九年人。

在日本政府同化主義下，臺灣的「新附民」，要求在臺灣

4　〈舊詩詞集〉，《全集》，頁375-376。
5　同上註，頁376。

特殊情況下能有臺灣特別立法，以成立臺灣議會，[6]終究不容於臺灣總督府當局。大日本帝國臺灣籍民的賴和「模糊身世始分明」，正是臺灣殖民地民眾深刻的悲哀，往後賴和更是徹徹底底地和日本統治者劃開了界線，在臺灣文化協會，以及分裂後的新文協，都起了極大的作用。[7]在詩中亦顯現了出身道士家庭的賴和，他的宗教觀傾向於佛教，其使用了達摩面壁的典故，將坐牢和悟道巧妙地結合起來，洋溢著豁然開朗的曠達。在獄中讀佛書，於第二次入獄之〈獄中日記〉亦屢有記載。在賴和的漢詩中有一首〈上圓瑛大師〉，極有可能是民初圓瑛於閩南遊方時，當時正在鼓浪嶼博愛醫院任醫官的賴和，曾經親炙圓瑛；爾後歸臺，亦時與關子嶺碧雲寺的屯圓接近。[8]無神論者的賴和不排斥眾生不等的佛教，而且從唯心主義的佛學中得到了內在動力。

賴和於治警事件〈出獄歸家〉詩，曾生動地呈現出臺灣志士受群眾歡迎的情形：[9]

> 莽莽乾坤舉目非，此身拼與世相違；
> 誰知到處人爭看，反似沙場戰勝歸。

並且在出獄後，隨即與同志組織了「同獄會」，每年在十二月十六日定期聚會，充分顯現了反抗者的精神。

以上概述了賴和第一次入獄的情境，年輕的賴和這時的身分是臺灣文化協會的理事、臺灣議會期成同盟會會員；

6 詳見〈臺灣議會設置請願理由書〉，《臺灣》3 年 2 號，漢文之部，頁 3-11。
7 參見拙稿〈賴和與臺灣文化協會〉一文，《臺灣風物》38 卷 4 期至 39 卷 1 期。有關賴和參與的政治、社會運動，皆請參見此文。
8 1988 年 11 月 12 日探訪賴和哲嗣賴燊所得。
9 《全集》，頁 377。

彰化學

一九二五年八月始有新文學作品〈無題〉，刊於《臺灣民報》，從此成爲臺灣新文學運動的健將。以作品實踐了張我軍等人鼓吹的新文學理論，恰如旭日初升，在臺灣新文學史上留下了不朽的功業。

第二次入獄，發生於一九四一年十二月八日，亦即珍珠港事變的隔天，美國和日本宣戰後，中國的戰況，也因美國的參戰，而有了重大的轉機。值得注意的是，臺灣總督府這時發動警務局和憲兵單位僅拘捕賴和一人，目的是爲了查明賴和與臺灣醫學校同班同學翁俊明的關係。當時翁俊明在香港籌設中國國民黨臺灣省黨部，對臺灣進行工作。賴和早年就讀臺北醫學校時參與了蔣渭水、翁俊明、杜聰明等人爲核心的「復元會」，[10] 爾後於一九一八年春天亦一度前往廈門鼓浪嶼行醫；一九二一年以迄一九三一年在臺灣成爲文化協會核心人物之一，並且因社會主義思潮的衝擊而愈來愈傾向階級運動，雖然賴和可以確證不是臺灣共產黨的成員，但他亦在幕後支持了臺共。從賴和思想的歷程，以及回臺灣之後，並沒有和身在中國的翁俊明交往的紀錄來看，他在思想與行動的路線和翁之間已經有相當大的差距。然則在抗日戰爭中翁俊明主持對臺工作，翁或許會因舊有關係而進行聯絡也說不定，爲此，四十八歲的賴和因此遭了一場牢獄之災。日本憲警違反常例，一直未告知逮捕他的理由，直到第二十九日（1942.1.5），始由州高等課詢問與翁俊明的關係，早已平白被關了二十九天，然後又繼續被拘留；另外，也因憲警長期的不告知逮捕理由，使賴和更顯得徬徨、無告，這或許也是憲警的心理作戰之手段。

---

10 有關「復元會」，請參見拙稿，〈賴和與臺灣新文學運動〉，《成功大學歷史學報》第 12 號，第 2 小節「民族意識與復元會」。

楊守愚在發表的〈獄中日記〉序言中云：[11]

> 身犯何罪？姑勿論先生自己不知道，試一問當時發拘引狀的州高等課長，怕也挪不出明確的答案吧！「莫須有」，還不是宋時三字獄的把（巴）戲？因為先生生平對於殘虐的征服者，雖然不大表示直接抗爭，但是他是卻是始終不講妥協的。即當時一部分人士所採取的所謂「陽奉陰違」的協力，他都不屑為的。他這一種冷嚴的態度，我想這就是他被拘的理由。

楊守愚對此事件的理解，雖未必盡然，但足於顯現日常生活中「諧謔多妙語，心竅最玲瓏」[12]的賴和，對於日本統治者是絕不妥協的。除了不肯陽奉陰違的協力之外，即使在中日戰爭期間，日本在殖民地臺灣逐步推展皇民化運動，對於違反日本國策的人，每每斥之為非國民；在這樣的巨大壓力下，賴和還曾以他的機智與幽默，與彰化地區的文友組織了一個非正式的文學俱樂部，戲稱「半線俱樂部」，「半線」是彰化的古地名，如果以日語發音，恰好就是「はんせん（Hansen）」，與日文的「反戰」同音，於是以詩文聚會的半線俱樂部，聽起來就變成「反戰俱樂部」了。[13]在戰爭期間，這可是不得了的大事，這樣的人當然是日警嚴密監視的對象，一有風吹草動，自然會對他採取行動，更何況他在臺灣文學界及社會政治運動中，均有極大的影響力。

賴和在臺灣新文學開展期間，以他出色的出品，在文壇上

---

11 《政經報》1卷2號，頁11。

12 應社詩友陳虛谷〈哭懶雲兄〉詩句，《全集》，頁429。

13 1986年夏天採訪自賴和哲嗣賴淺。此則紀錄曾在臺灣研討會演講中述及，見〈賴和的文學及其精神〉，《臺灣風物》39卷3期，頁168。

取得崇高的地位，一九三五年底以臺灣話文發表〈一個同志的批信〉之後，困擾於語言使用的問題，從此不再發表新文學作品，轉寫漢詩、竹枝詞，以古典文學的形式避開臺灣話文無法充分書寫的難題。賴和的文學創作過程是「先用漢文思考，用北京話寫了之後，再改成臺灣話」，[14] 這對臺灣人而言是很大的負擔。〈獄中日記〉是在牢中的記事，絕無閒情餘暇再經修飾，可以拿來印證他思考及行文的特色。茲舉一例以方便檢討：[15]

> 這幾日來，我真反省，對於我的平生，我行年四十八了，廿三歲辭了醫院出來做醫生，和這社會周旋，便漸得到世人的稱許，漸博信賴，為業務所費消的時間，比較讀書修養，占去四分之一以上。不讀書，自然不能有資於修養，且因為忙，自要求些慰安，就只偏於娛情的小說詩歌。及至第一次歐戰終了，世界思想激動，臺灣亦有啓蒙運動的發生，我亦被捲入其中，我對於此運動，缺乏理解，無有什麼建樹。繼而有政治運動，我亦被拉入去，其所標榜，亦只於顧慮臺灣特殊事情，法律制度，不能一同內地。本島人要求參與其立法，但於內田總督時一受解散，已有消散無有留存。及到了自治制施行，在彰化結成一個市政研究會，當其在發起會紀念講演時，我考臺灣人善與環境適合，消極生存，沒有改善環境的魄力，若這樣下去，臺灣人是會滅亡，這一語受到停止，不知是這一句的話，成為不滅的罪嗎？

---

14 賴和友人李獻璋在〈臺灣鄉土話文運動〉中的說法，《臺灣文藝》102期。王詩琅在〈賴懶雲論〉（日文原刊於《臺灣時報》201號），亦有類似的看法。

15 《全集》，頁278。

這樣的行文是以漢文爲思考的基礎，有臺灣話文的特色但又非以臺語能夠順讀，其間又加入了一些由日文轉化而來的臺語如「費消」、「慰安」、「本島人」等詞彙，但通篇可用北京話來讀，並不會覺得礙口。大體而言，賴和的小說創作行文亦有這樣的特色，然而經一九三〇年鄉土文學論戰、一九三一年臺灣話文論戰之後，追求言文一致的臺灣話文派在理論上取得上風。王詩琅（王錦江）在〈一個試評——以《臺灣新文學》爲中心〉一文中有一個總結的論評：[16]

> 臺灣文學是要用什麼話文表現的問題還未確定。……自所謂鄉土文學的討論以來，一般有關心的人雖積極地要解決，卻仍未見就緒。作家們於用語言問題，依然還在徬徨。不過在最近，臺灣語式的白話文之嘗試者漸增，而也漸漸地決定爲它的主要方向，由我們看起來，固然是個必然的歸趨。

賴和隨著臺灣左翼運動的深刻化，其臺灣主體意識增強，亦嘗試以臺灣話文創作，然而身處殖民地，臺灣話文是絕不可能成爲標準語的，通篇以臺灣話文書寫，反而造成表現上的困難，讀者理解也因新字的使用而增加困難，在這種雙重困難的情形下，賴和的〈一個同志的批信〉遂成爲他唯一的一篇臺灣話文作品，爾後也未再發表小說新作了。持平而論，臺灣話文理應追求並且也需要有人嘗試，但賴和寫慣了中國式白話文，也確能在行文之間展現臺灣的特色，大可以原有的表現模式，繼續創作，或可在臺灣新文學運動史上，留下長篇作品，發揮

16 《臺灣新文學》1 卷 4 號，頁 95。

更大的影響力也說不定。

關於〈獄中日記〉，我們還可以從賴和的三十九日記事中，觀察到一些賴和個人以及時代的訊息。在日本軍閥發動太平洋戰爭之後，對於臺灣島內的控制更加強了，憲警當局此時不說明理由將賴和監禁，長期不予審問，造成他心理的恐慌，一向充滿抵抗精神的賴和在牢中也不免流露出膽怯、害怕，甚至因不久前三弟賢浦之病逝而籠罩在死亡的陰影下。在第十二日的記事中有一段賴和的自我譴責：[17]

> 當國家非常時，尤其是關於國家民族盛衰的時候，生爲其國民者，其存在不能有利於國家民族，已無有其生存的理由。況被認爲有阻礙或有害之可虞，則竟無有生存餘地。但國家總不忍劇奪其生，只爲拘束而監視之，已可謂眞寬大，僕之處此，又何敢怨。

身在牢中爲求脫困，在記事的「再錄」中寫下這些譴責之詞，不能當眞（注意是寫在「再錄」中，是對日本官憲的辯解），相反地更顯現了統治者的橫暴。臺灣人究竟不是大和民族，國家更是被迫不得不接受的國家，賴和漢詩中曾有這樣強烈的感嘆：[18]

> 我生不幸爲俘囚，豈關種族他人優；
> 弱肉久矣恣強食，至使兩間平等失。

這才是賴和的眞精神，殖民地的人民當然有權利抵抗。另

17　《全集》，頁 277-278。
18　〈飲酒〉，《全集》，頁 381。

一方面，日本殖民統治者則十分霸道，小如日常穿臺灣服，也成爲賴和被指控的理由：[19]

> 事變後，參加救護班，到市役所（市公所）輪值，便直接受到柴山助役的質問和非難，我便答應他在次回當值（值班）時便要穿洋服。……榊原氏（署長）也以臺灣服爲題，叫我要注意，我不想在衣裝也會生起問題來，這眞是吾生的一厄。

賴和在〈獄中日記〉辯解他穿臺灣服，不含臺灣的精神，然而賴和行醫經常是一襲臺灣服，這也是他給同時代交往的文化人一種極強烈的印象，說不含臺灣精神，連日本人都不會相信的。問題是人當然有選擇穿衣服的自由，外觀的衣著都被干涉的話，還有什麼自由可言？

賴和在〈獄中日記〉中，亦間雜寫些漢詩，第二十八日詩云：[20]

> 堅壘已收馬尼剌，東亞新建事非難；
> 解除警戒容高枕，囚繫哀愁亦少寬。

第三十三日又有一首：[21]

> 忽聞街上有遊行，說是軍人要出征；
> 好把共榮圈建設，安全保護我東瀛。

19　《全集》，頁286。榊原壽郎治後來調昇臺北州南警察署長。
20　《全集》，頁294。
21　《全集》，頁298。

這類詩作，與賴和向來漢詩中表現的精神，本質相差極大。應從他盼望早日出監來理解，不宜責其反抗精神之墮落。第十七日因在牢中屢遭蚊子咬叮，逐寫了一首：[22]

嘤嘤只想螫人來，吾血無多心已灰；
你自要生吾要活，攻防各盡畢生才。

以蚊子象徵日本帝國主義，雖然牢中之人被吸取了很多血，然而各有各的立場，被支配者總要掙扎著活下去，這才是賴和真精神的表現。

在獄中除了政治的壓力之外，記事中也不時呈現了經濟壓力。主要原因是住家及醫院剛改建完成，因向銀行貨款而有了債務的負擔，然而自己被困於牢中，出獄又遙遙無期，心情更顯得慌亂。在入獄的第十二日，賴和清算自己的負債總計二萬元，於是盤算出售住屋及股票還債，[23]第十七日則記載了支出的經費，深感苦於經濟的壓力：[24]

我一個月經常支出約須三百圓，若併及薪水公課（稅金），平均要五百圓。若及教育費算在內，將要六百圓。若併此次建築所負的債，勸銀（勸業銀行）每月須要還者總算在內，將近千圓。我一日不能勞働，即一日無收入，所有現金皆填於這兩次的建築，可謂現金全無，若檢束（拘留）繼續一個月，就要生出一千圓債務，若繼續到明年三月，則家將破滅，哪能不愁苦？

22　《全集》，頁284。1986年6月18日，前往南投訪問賴和醫學校同班同學吳定江老先生（年96歲）時，他以臺語吟誦此詩，並表示佩服之義。
23　《全集》，頁277。
24　《全集》，頁283。

身為醫生，竟然受困於經濟生活，極為罕見。臺灣俗諺云：「第一醫生，第二賣冰」，意謂都是靠賣冰賺錢，醫生是收入豐富的行業，然而賴和是仁醫，病患雖多，收入則仍然有限。曾在文學上受賴和提攜，並且在彰化附近地區從事農民運動，時常出入賴家的楊逵，在賴和的喪禮中，曾生動地記錄下村里鄰人們的議論。總結而言：[25]

> 賴醫師每天看的病人總有百人以上，但他的收入卻比每天看五十個病人的醫生還少。有些病人請賴醫師賒下藥錢，但對於看來不可能還錢的病人，是連帳都不記下的。

聽了這些議論的楊逵由是感觸，賴和不管在看病或不看病時，「都生活在奉獻的大我之境」，[26] 這絕非過譽之詞。他的行醫收入一大部分支援了抗日的各種團體，雖然如同默默行善不為人知，但從賴和出殯時，臺共重要領導人謝雪紅，以女兒的身分為其提孝燈，[27] 亦能了解他對最激烈的抗日團體臺灣共產黨，不管在精神上、物質上都曾給予相當的支援，而贏得了尊敬。賴和另一文化界的朋友楊雲萍在追憶文章中亦云：[28]

> 做為一個醫師，先生是彰化數一數二的最孚人望的醫生，以至於被民眾稱為「彰化媽祖」的程度。他每天所看的病人，都在一百名以上。然而，先生的身後，卻留下

---

25 〈憶賴和先生〉，原文刊於《臺灣文學》3卷2號，譯文收於《全集》，頁418-419。
26 同上註，頁419。
27 採訪自賴和哲嗣賴燊。
28 〈追憶賴和〉，原文刊於《民俗臺灣》3卷4號，譯文收於《全集》，頁411。文中提及楊雲萍到臺大醫院望病危時的賴和，兩人曾談到魯迅，可以看到魯迅在賴和心目中的地位。

了一萬餘元的債務。他的生活是那麼樣的簡樸。據說一張處方箋，還收不到四十錢。原來醫生也有好幾種的啊！

這是對仁醫賴和極高的禮讚。從楊雲萍關於處方箋的記載，一張不到四十錢，而每天看百名病患以上，扣掉賒帳的窮人家，一天約略是四十元的收入，再扣掉休診時日，賴和一個月的收入約略一千元左右，他在〈獄中日記〉中所載，被關一個月就要生出一千元債務，誠然不虛。賴和〈獄中日記〉顯現的是至情血淚之文，令人讀之三嘆！

在這樣困窘的局面下，身在牢中仍有警察借機「敲詐」，第二十三日有一則記載：[29]

> （張）金鐘君姪女要出閣，要先借金一百圓，也煩代為傳言，教其辦點祝儀為賀，托其盡力。

賴和醫院中雇有藥劑生、人力車夫，加上稅金一個月支出也只不過兩百元而已；借金一百，已超過一般人家一個月的收入了，更何況賴和家中此時已無餘款，身在牢中操心家庭經濟，卻仍不得不應付，以求早日脫身。

日治時期警察是殖民地統治的代表。賴和在小學畢業後，一度還有人勸他去做「補大人」（巡查補，候補警察之義），在他的回憶文中曾提及：[30]

> 我自己看他們在威風的過著享福的日子，是有些心癢，無如自己生成羞恥心強些，怕被人家笑話。因為那時代的補

29　《全集》，頁291。
30　〈無聊的回憶〉，《全集》，頁230。

大人，多是無賴，一旦得到法律的保障，便就橫行直撞，
爲大家所側目，說起大人，簡直就是橫逆罪惡的標本，少
〔稍〕知自愛的人，皆不願爲。我心裡雖在欣慕，今日眼
睜睜地看他們有錢有勢，只怨自己生來缺少膽力。

　　年輕的賴和寧可先到雜貨店學生意，一波三折，終於當了
醫生，並且走上反抗之路。在他的文學創作中諸多以警察爲統
治的象徵，而大加批判，反映了臺灣民眾的心聲。
　　〈獄中日記〉中總共出現了二十五名警察，從高等主任
平塚喜一以迄臺灣人警察，而前述張金鐘就是前來拘捕他的
人。[31] 當然牢中亦有對他有所善意的人，然則終究是支配者與
被支配者間的不平等關係。第九日記事云：[32]

　　　　午飯後，水野樣（巡查水野平雄）來監存問，要代
　　買雜誌，對其好意，眞爲感謝，因此又知事屬匪輕，不易
　　有到社會之日。

第十日記事云：[33]

　　　　見到吳錦衣君，又煩爲主任懇求。在此內見一熟
　　人，似遇救主。

第二十日又有記事云：[34]

31　見〈獄中日記〉，第一日記事，文中僅提到「警官張樣（先生）」，查 1941 年
　　度《臺灣總督府警察職員錄》，當年彰化員警署張姓警察僅有張金鐘一員。
32　《全集》，頁 274。
33　《全集》，頁 276。
34　《全集》，頁 288。

　　　　晚飯後，不意見到豎山樣（查部長豎山盛義），恍
惚遇到求主。懇其代求書籍的差入，問其何時可得釋出，
正月中有可能無，彼亦含糊其辭，說須仰州（臺中州）的
意見，真使我失望。

　　賴和與臺灣左翼社會運動關係密切，又因與翁俊明聯絡嫌
疑被捕繫獄，本身不知被拘捕的理由，心中更是不安，在獄中
屢有讀佛經的記載，漢詩作品率多充滿佛家色彩，並有「人從
地獄才成佛，我到監牢始信天」[35]之嘆，這類作品但求心安居
多，但亦偶有佳作，如：[36]

　　欲渡迷津過，提攜及眾生；
　　眾生登彼岸，大道始完成。

　　這種大乘入世的精神，和他素來傾向社會主義，試圖解放
「奴隸的奴隸」，其實是一體之兩面。
　　〈獄中日記〉提及的臺灣人警察劉先炳，在一九四一年度
的警察名冊，已響應皇民化運動而改名村上炳次郎，據云就是
平日負責監視賴和的警察。囚禁中的賴和第三十七日心悸亢進
發作，第三十九日痛感，「看看此生已無久，不能看到這大時
代的完成，真是失望之至」，[37]日記絕筆。五十餘日後因體衰
出獄，劉先炳則繼續監視，以後終成為好友。[38]

35　《全集》，頁300。
36　《全集》，頁297。
37　《全集》，頁302。
38　賴和故宅懸有「賴和紀念館」大匾額，劉先炳亦與其他友人列名其上，監視云
　　云。1989年11月12日，採訪自為賴和平反盡力的李篤恭，至於劉先炳改名為
　　村上炳次郎，見《臺灣總督府警察職員錄》，頁86。

三、結論：回顧與展望

一九二六年春天，臺灣新文學運動正熱烈展開之際，首先攻擊舊文學而大張新文學理論的張我軍，偕同夫人羅心薌回臺灣省親，曾南下遊覽，在彰化見過賴和，聆聽賴和批評臺灣的舊文人毫無現實的「批評眼」，對其意見大表贊同，留給他印象深刻的尚有：[39]

> 最引起我的興味的，是懶雲君的八字鬚。他老先生的八字鬚，又疏又長又細，全體充滿著滑稽味，簡（檢）直說，他的鬍子是留著要嘲笑世間似的，和我想像中的懶雲君完全不一樣。

其實，賴和當時並不老，當三十三歲的壯年，一月間才在《臺灣民報》發表了第一篇小說：〈鬥鬧熱〉。賴和留鬚，是在一九二四年一月治警事件出獄後之舉，漢詩中有古〈留鬚〉一首，以誌其事：[40]

> 齒落不再生，搖搖悲欲脫。髭剃悲復長，每苦勞人拔。
> 悠悠縲絏中，忽焉將一月。繞煩森如戟，得意更怒發。
> 一捻一回長，臉皮癢復熱。戴盆莫望天，坐使肝膽裂。
> 豈無丈夫氣，豈無男兒血。悲欲示吾衰，聊與少年別。

賴和從此留鬚，以示與日本官憲抗爭，倒非是為了嘲笑世間。在日常生活裡，賴和是幽默的、慈祥的、溫暖的仁者形

---

39 〈南遊印象記〉（3），《臺灣民報》93號，頁12。
40 〈留鬚〉，《全集》，頁379。

象。一九三〇年代見過賴和的廖毓文曾有生動的描寫：[41]

> 賴和先生，一見差不多有四十多歲，肥胖的身材，圓圓臉兒、慈祥的眼睛、柔弱的口脣，好像「火燒紅蓮寺」裡的智圓和尚的另一個模型兒一樣，差的是智圓和尚的性格鄙陋，他的人格高尚而已。筆者還沒和他見面以前，就常常聽著人家極口稱讚他為人和藹仁德，直至親過他的儀表，接過他的咳唾，愈加景仰他仁德過人。

這樣溫馨的仁者，站在臺灣人的立場，對於日本殖民統治者是堅強地站在對立面的；其參加了臺灣文化協會一九二一年至三一年十年間全程的運動，付出諸多心血及金錢，對於反抗日本殖民統治最徹底的臺灣共產黨，亦以階級運動的相同理念，在背後默默支持。賴和亦珍視自己的盛名，絕不逃避反抗者的義務，漢詩〈吾人〉中云：[42]

> 鬱鬱居常恐負名，祇緣羞作馬牛生；
> 世間未許權存在，勇士當為義鬥爭。

一九四一年底的入獄，賴和在〈獄中日記〉中，表現了人性最真實的一面，他亦有平常人徬徨、受驚、膽怯……的弱點，由是更令人佩服他一生中堅強反抗者的作為，畢竟賴和也是血肉之軀，也是芸芸眾生中的一人，而在殖民地臺灣，反抗日本帝國主義統治，絕對是要付出代價的！〈獄中日記〉是真實的、歷史的文獻，也是以生命為代價的感人作品。戰後楊守

41　〈甫三先生〉，原刊於《臺灣文藝》2卷1號，後收於《全集》，頁397-398。
42　〈吾人〉，《全集》，頁387。

愚發表遺稿〈獄中日記〉,也曾以文學作品視之:[43]

> 這一篇獄中記,是大東亞戰爭勃發當時,先生被日本官害心拘禁在彰化警察署留置場,所寫成的。可以説是先生獻給新文壇的最後的作品。在這裡頭,我們能夠看出整個的懶雲底面影,這一篇血與淚染成的日記,就是他高潔的偉大的全人格的表現,也就是他潛在的、熱烈的意志的表現。

這是知音之言,事隔將近半世紀,仍然擲地有聲。臺灣這些年來,各方面變遷甚大,做爲反映現實的文學也取得相當的成就,作家宋澤萊反省臺灣文學的特質,大力提倡「人權文學」,以彰顯文學的道德正義性。賴和寫於日治時期的〈獄中日記〉,做爲臺灣人權文學的代表作,足可當之無愧!

在〈獄中日記〉序中,楊守愚亦提及賴和一生崇拜魯迅之事。自從日治時期臺灣文學史家黃得時將賴和比擬爲「臺灣的魯迅」,[44] 此一觀點幾乎已是臺灣文壇一致的見解。既是醫生也是作家的吳新榮,在一九四八年對賴和亦曾大加推崇:[45]

> 賴和在臺灣,正如魯迅在中國,高爾基在蘇聯,任何權威都不能漠視其存在。賴和路線可説是臺灣文學的革命傳統,談臺灣文學,如無視此一歷史上的事實便不足了解臺灣文學。有人説臺灣的過去沒有文學,其認識不足才是笑話呢。

43 《政經報》1 卷 2 號,頁 11。
44 見〈輓近の臺灣文學運動史〉,《臺灣文學》2 卷 4 號,頁 9。
45 以筆名史民在《文藝通訊》中,強調賴和在臺灣是革命傳統。楊逵主編,《臺灣文學》第 2 輯,頁 12。

　　吳新榮的看法，一則反映一九四五年至一九四九年海峽兩岸文學自由交流中，代表當時主流的中國大陸作家對臺灣文學認識之不足，一則也是臺灣本土作家對賴和文學的高度禮讚。以作品多寡而論，賴和比起魯迅或高爾基而言，的確有所不足，但以賴和在日本帝國統治下，堅持用漢文創作，在臺灣新文學運動推展之際，以福佬話為日常生活語言的人，要將所見所思轉化為文學作品，其負荷之大是前兩位無法相比的，至於文學的內涵、抵抗精神以為帶動整個文學世代前行的影響力，則確有相通的地方。

　　在臺灣文學日漸受到重視的今天，如何深化賴和及其文學的研究，且更進一步展開賴和、魯迅、高爾基之間的比較研究，從而多了解一九三〇年代文學的思潮、動向與影響，正是今後重要的課題。

【附錄】

賴和民間‧古典文學論述作者與出處

序號	作者	職銜	篇名	出處
1	胡萬川	清華大學臺文所教授	賴和先生及李獻璋先生等民間文學觀念及工作之探討	賴和及其同時代作家：日據時期臺灣文學國際學術會議（新竹：清華大學中文系，1994.11）。
2	陳萬益	清華大學臺文所教授	從民間來‧到民間去——賴和的文學立場	《中國文學史暨文學批評學術研討會論文集》（臺北：政治大學中文系，1996.12）。
3	翁聖峰	臺北教育大學臺灣文化研究所教授	賴和的雅俗文學觀試論	《彰化文獻》第12期（彰化：彰化縣文化局，2008.12）。
4	林瑞明	成功大學歷史系教授	賴和漢詩初探	賴和及其同時代作家：日據時期臺灣文學國際學術會議（新竹：清華大學中文系，1994.11）。
5	施懿琳	成功大學臺文系教授	賴和漢詩的新思想及其寫作特色	《中正中文學術年刊》，第2期（民雄：中正大學，1999.03）。
6	廖振富	中興大學臺文所教授	林幼春、賴和與臺灣文學	《文學臺灣》第17期，（高雄：文學臺灣，1996.01）。
7	陳淑娟	彰化高工教師	賴和漢詩的臺灣自主性思想研究	《彰化文獻》第2期（彰化：彰化縣文化局，2001.03）。
8	周益忠	彰化師大臺文所教授	試說賴和的〈論詩〉詩	《賴和‧臺灣魂的迴盪：2014彰化研究學術研討會論文集》（彰化：彰化縣文化局，2015.03）
9	林瑞明	成功大學歷史系教授	賴和〈獄中日記〉及其晚年情境	《臺灣風物》41卷1期（臺北：臺灣風物社，1991.03）

國家圖書館出版品預行編目資料

賴和文學論〔上〕：民間・古典文學論述 / 施懿
　琳・蔡美端編著.－－初版.－－台中市：晨星，
　2016.11
　面；公分.－－（彰化學叢書；49）

ISBN　978-986-443-147-2（平裝）

1.賴和　2.臺灣文學　3.文學評論　4.文集

863.4　　　　　　　　　　　　　　　105008109

彰化學叢書

049

賴和文學論〔上〕

民間・古典文學論述

編著	施 懿 琳・蔡 美 端
主編	徐 惠 雅
校對	施 懿 琳・蔡 美 端・徐 惠 雅・張 慈 婷
排版	林 姿 秀
總策畫	林 明 德・康　　原
封面設計	王 志 峰
總策畫單位	彰 化 學 叢 書 編 輯 委 員 會
創辦人	陳銘民
發行所	晨星出版有限公司
	臺中市407工業區30路1號
	TEL：04-23595820　FAX：04-23550581
	E-mail：service@morningstar.com.tw
	http：//www.morningstar.com.tw
	行政院新聞局局版台業字第2500號
法律顧問	陳思成律師
初版	西元2016年11月10日
劃撥帳號	22326758（晨星出版有限公司）
讀者專線	04-23595819#230

定價320元
ISBN　978-986-443-147-2
Published by Morning Star Publishing Inc.
Printed in Taiwan